L'ASSASSINO DELLA RISERVA

LA SERIE LUCA MYSTERY

DAN PETROSINI

DAN PETROSINI
MYSTERY & SUSPENSE AUTHOR
www.danpetrosini.com

ISBN: 978-1-960286-50-5

Naples, Florida, USA

RINGRAZIAMENTI

Un ringraziamento speciale a Julie, Stephanie e Jennifer per il loro amore e sostegno, e al sergente di squadra Craig Perrilli per la sua consulenza sul mondo reale delle forze dell'ordine. Mi aiuta a restare ancorato alla realtà.

1

I PIEDI MI SGUAZZAVANO NEL FANGO MENTRE CAMMINAVO nella riserva di Cocohatchee Creek. Vidi comparire il nastro giallo della scena del crimine e un paio di agenti. Mi fermai di colpo. Il tallone mi era uscito da una scarpa. Riuscii a sfilarla, a rimetterla e perlustrai con lo sguardo l'area boschiva.

Non era il basso ronzio del traffico proveniente dall'autostrada a rompere la quiete. A deturpare lo scenario naturale era un cadavere. Una diretta violazione del motto del parco: «Non prendete altro che fotografie, non lasciate altro che impronte».

Infilandomi i guanti, considerai il luogo. Dovevano aver scaricato qui il cadavere; le probabilità che un litigio potesse degenerare in un parco mi sembravano remote. Mi avvicinai lentamente.

Il cadavere era appoggiato a un cipresso calvo. «Sembra messa in posa, non trovi?»

Derrick disse: «Non lo so. Magari ci si è appoggiata nel tentativo di rialzarsi».

«Se avesse lottato per la vita, avrebbe cercato di strisciare».

La sua camicetta bianca era coperta di sangue. Studiai il corpo. Cosa le era successo?

La donna aveva tra i trentacinque e i quarant'anni. I capelli biondi, lunghi fino alle spalle, le incorniciavano un viso privo di rughe. Niente di vistoso o costoso nel suo abbigliamento e nelle sue scarpe aperte in punta. «Dov'è la sua borsetta?»

«Bella domanda».

Il mio sguardo si posò sul suo grembo. C'era qualcosa sotto la sua mano. Una vibrazione mi percorse la base del cranio. Mi chinai. «Cos'è quello? Un portaocchiali?»

«Sì, è strano».

Mi alzai e guardai nella direzione da cui eravamo venuti. «Ecco che arriva Gianelli». Macchine fotografiche appese a ogni spalla, il fotografo della scientifica fece il segno della pace. «C'è anche Bilotti».

Mentre Gianelli si legava i capelli in una coda di cavallo, dissi: «Fammi un favore, documenta il suo grembo e le mani. Sta stringendo quello che sembra un portaocchiali. Vorrei vederlo il prima possibile».

«Nessun problema, Frankie».

Mentre lui scattava a raffica, mi inginocchiai, esaminando il punto in cui la schiena della donna toccava l'albero. «La borsetta è incastrata dietro di lei».

Derrick si avvicinò. «Strano».

«Questa scena è stata preparata».

«Quale potrebbe essere il messaggio?»

«Lo scopriremo presto, se ce n'è uno».

Gianelli si rivolse a me. «Hai via libera. Ho fatto una ventina di scatti».

Guardai alle mie spalle; Bilotti era a venti metri di distanza. «Grazie».

Mentre allungavo il braccio per afferrare la custodia, Bilotti disse: «Aspetta un attimo, Frank. Non toccare niente».

«Ha in mano una custodia; devo vedere se significa qualcosa».

«Quando avrò finito, potrai alterare la posizione del corpo».

«Gianelli ha già documentato...»

Bilotti inarcò le sopracciglia. «Su quanti omicidi abbiamo lavorato insieme?»

«Ok, ok. Fa' quello che devi».

«Ma grazie, Frank».

«Secondo me sembra che la scena sia stata preparata».

«Può darsi».

«Fa' il tuo lavoro. Noi andiamo a parlare con il tizio che l'ha trovata».

Ci presentammo a Mike Breem, un sessantenne allampanato. Indossava jeans consunti e un cappellino da baseball con ricamata una tartaruga marina. Disse: «Non posso crederci. La gente di oggi è semplicemente pazza. È così deludente».

La delusione era ricevere una bistecca al sangue invece che a media cottura. «Cosa stava facendo quando ha scoperto il corpo?»

«Sono sempre qui».

«Perché?»

«Monitoro la popolazione della testuggine di Gopher».

«Per quale motivo?»

«È una specie che richiede particolare tutela. Se non

fosse per gente come me, verrebbe spazzata via dal pianeta».

Era un esperto di tartarughe. Volevo chiedergli se fosse vero che potevano vivere più a lungo degli esseri umani. «È un bel gesto da parte sua. Ora, da quanto tempo era nel parco prima di trovare il corpo?»

«Circa un'ora».

Il parco era di soli quattro acri. «Per essere un parco, questo posto è piccolo. Cosa ha fatto per tutto quel tempo?»

«Stavo osservando una tana».

«Una tana?»

«Dove vivono le testuggini. Depongono le uova, ed è affascinante vedere i piccoli venire al mondo».

«Oh».

«Lo sapeva che il sesso di una testuggine è determinato dalla temperatura del terreno in cui sono sepolte le uova?»

«Interessante. E quindi, come ha fatto a trovare il corpo?»

«Setaccio sempre il parco in cerca di segni di nuove tane. Mi dà un'idea delle dimensioni della popolazione».

«Capisco. Cosa ha fatto quando l'ha vista?»

«Non potevo crederci. All'inizio ho pensato che qualcuno stesse riposando o si fosse fatto male, ma avvicinandomi ho visto il sangue. Ho gridato, ma non ha risposto, così ho chiamato il nove-uno-uno».

Avremmo ascoltato la chiamata. Ci avrebbe dato indizi sulla veridicità del racconto dell'Uomo delle Tartarughe. Derrick prese i suoi contatti e tornammo verso il corpo.

Bilotti stava scrivendo su un taccuino. «Come va, dottore?»

«La tua ipotesi sembra corretta; credo che sia stata messa in posa».

«Ora del decesso?»

«Per ora, direi da quattro a sei ore fa, ma ne avremo la certezza con l'autopsia».

Erano le 10:30 del mattino. Chiesi: «Morta accoltellata?»

«Sì. Tre ferite nella regione toracica. Puoi esaminare la custodia».

Misi le dita attorno al suo polso sinistro e le sfilai dal grembo la custodia marrone. C'era del sangue sulla parte inferiore del suo avambraccio. Rialzandomi, mi chiesi se avesse cercato di difendersi dal suo aggressore.

La vecchia custodia sembrava vuota. Aspettandomi di vedere un paio di occhiali, la aprii. «Oh-oh».

2

Derrick sbirciò da sopra il monitor mentre entravo in ufficio. «Che ha detto lo sceriffo?»

«Non molto, ma credo che sia d'accordo sul fatto che potrebbe essere un serial killer.»

«Perché altrimenti avrebbe lasciato il ritaglio con il numero uno sopra?»

«Remin è preoccupato per l'immagine pubblica. Non vuole scatenare il panico tra la gente. Non vuole che la cosa venga resa pubblica.»

«E per quanto riguarda l'analisi della valigetta e del foglio?»

«Li ha chiamati mentre ero lì. Il laboratorio ci sta già lavorando.»

«Sarà una prova fondamentale.»

Feci spallucce. «Forse, ma se la mania dell'assassino è numerare le vittime, dobbiamo tenere la cosa nascosta.»

«Già, se lo prendiamo, la useremo per avere la conferma che è lui.»

«Non 'se', 'quando' lo inchioderemo, quel bastardo.»

«Sicuro al cento per cento.»

Squillò il telefono sulla mia scrivania. Fu una breve conversazione. Riattaccai il telefono con rabbia. «Nessuna impronta sulla valigetta o sul foglio.»

«L'assassino è meticoloso.»

«La maggior parte dei serial killer lo è.»

«Da dove cominciamo?»

«Niente telecamere al parco né testimoni, a parte l'Uomo Tartaruga. Fai un controllo su di lui e io scaverò sulla vittima.»

———

NELLA BORSETTA di Melissa Wright non c'era il telefono. Un altro segno della cautela dell'assassino? Nel portafoglio c'erano una patente, un biglietto della lavanderia, dodici dollari in banconote da uno e un biglietto da visita di Jonathan Ong, un agente immobiliare.

Rigirai il biglietto tra le dita. Con un mercato immobiliare in piena espansione e quella che sembrava un quarto della popolazione intenta a vendere case, poteva avere un significato?

L'indirizzo della Wright risultava essere 3939 Francis Avenue. Si trovava in un quartiere a sud dell'aeroporto di Naples, vicino ad Airport Pulling Road. Non portava la fede nuziale, ma non significava nulla. La convivenza senza matrimonio stava sfiorando il 70 percento.

Melissa Wright aveva trentotto anni. Lo stomaco mi si rivoltò al pensiero che la sua famiglia la stesse aspettando a casa. Pregai che non avesse figli. Rincuorato dal fatto che nessuno avesse presentato una denuncia di scomparsa per lei, mi diressi fuori.

Mentre un jet privato scendeva di quota, svoltai a destra prima dell'Alice Sweetwater's Bar and Grille. Francis Avenue era costeggiata da case a un piano in muratura su lotti stretti. Una Honda Civic argentata era parcheggiata nel vialetto della Wright.

Trattenendo il respiro, suonai il campanello. Niente. Bussai e ancora nessuna risposta. Feci il giro della casa, guardando dentro dalle finestre. Nessuna prova che ci vivesse qualcun altro. Inviai un messaggio a Derrick per far venire qui una squadra della scientifica.

Mettendo le mani a coppa, sbirciai all'interno della Honda Civic. Sul sedile del passeggero c'era un libro. Digitai un numero sul mio cellulare. «Sto per iniziare l'autopsia, Frank.»

«Lo so, Doc. Ma puoi controllare se è incinta?»

«Certo. Perché me lo chiedi?»

«La Wright ha una copia di *I migliori nomi per bambini del 2022* in macchina.»

«Mmh. Controllerò. Sarà nel rapporto preliminare.»

«Quanto tempo ti ci vorrà per fare l'autopsia?»

«Se ci sono altre interruzioni e…»

«Scusa, Doc. Volevo solo avvisarti.»

«Va bene, Frank. Conto di finire in serata.»

———

I VICINI della Wright ci dissero che lavorava all'Hyatt House, un hotel sulla South Fifth Avenue, di fronte a Tin City. Con il traffico che sfrecciava, per la maggior parte oltre il limite di velocità, mi chiesi come fosse soggiornarci. Entrai nel parcheggio e mi fermai.

L'hotel si trovava su un'isola. Diedi un'occhiata sul retro.

Il fiume Gordon si estendeva oltre la piscina. La posizione offriva un accesso incredibile al Golfo del Messico, e non era una sorpresa che la Captain Joey D Charters operasse a un tiro di schioppo.

Paul Norris era il direttore generale dell'hotel. Alto e magro, con una zazzera di capelli bianchi, pensai che per lui questo fosse un secondo lavoro. «Non so dirLe quanto siamo sconvolti. Melissa era una donna meravigliosa. Un piacere lavorarci insieme.»

«Quali erano le sue responsabilità qui?»

«Era la vicedirettrice. In realtà abbiamo tre persone con lo stesso titolo.»

«Quali erano le sue mansioni?»

Lui abbozzò un sorriso. «Qualsiasi cosa capitasse. Questa è un'attività con zero prevedibilità. Non si sa mai cosa può succedere quando si arriva al lavoro.»

Avevamo questo in comune. «Può fornirmi dettagli sulla sua routine quotidiana?»

«Lavorava alla reception quando necessario, sa, nei momenti di punta, quando la gente fa il check-in. Melissa ci sapeva fare con le persone.» Si acciglò. «I suoi colleghi sono devastati.»

«C'è stato qualche incidente con un cliente o un collega, qualcosa che potrebbe essere sfuggito di mano?»

«No, la forza di Melissa era la sua capacità di smorzare le situazioni.»

«Può essere più specifico?»

«A volte i clienti hanno aspettative irrealistiche. Le tariffe durante l'alta stagione sono piuttosto elevate, e la gente si sente, be'… diciamo solo che può diventare furiosa per il più piccolo dettaglio. Melissa li calmava. Parlava con loro, assicurava loro che erano apprezzati. Offriva loro una cena o un pranzo, se era giustificato, al Latitude 26, il nostro ristorante.»

«Aveva un temperamento equilibrato?»

«Oh sì. Era qui da due anni e non ha mai alzato la voce.»

«Sa se avesse una relazione con qualcuno?»

«Si vedeva con un brav'uomo, Bobby, ehm... Bobby Ryan. Sì, esatto.»

«Sa come posso contattarlo?»

3

Nel soggiorno le tende erano tirate e le persiane della cucina chiuse. La casa non era solo buia, era silenziosa. Non era un buon segno.

Entrai in punta di piedi nella camera padronale. Mary Ann dormiva. Mi cambiai e mi accostai al letto, sussurrando: «Mary Ann. Stai bene?».

Si mosse, aprendo gli occhi. «Ciao.»

«Che succede?»

Strizzò gli occhi. «Un brutto mal di testa.»

«Mal di testa o una riacutizzazione?»

Fece spallucce. Era un attacco di sclerosi multipla.

«Quando è iniziato?»

«A metà mattina.»

«Non hai detto niente quando ho chiamato.»

«Avevi un omicidio di cui occuparti.»

«Non importa. Tu vieni prima di tutto. Ho bisogno di sapere cosa succede.»

Forzò un sorriso.

«Hai chiamato la dottoressa Gentile?»

«Sì, ha detto che dovrebbe passare da solo e di chiamarla se dovesse peggiorare o durare più di cinque giorni.»

«Tutto qui? Devi convivere con il dolore?»

«Non c'è molto che possano fare.»

«Per tutti i soldi che stiamo spendendo per il farmaco sperimentale, dovresti correre le maratone.»

«Mi dispiace che sia così costoso. Non sono obbligata a prenderlo.»

«No, no. Sta funzionando un po'. Sono solo frustrato.»

Le si riempirono gli occhi di lacrime.

Le presi la mano. «Sono uno stronzo. Scusa. Non riesco a immaginare quanto debba essere frustrata tu.»

Il labbro le tremò. «A volte...»

«Andrà tutto bene, supereremo anche questa insieme.»

Chiuse gli occhi. Le lacrime le scivolarono fuori. Salii sul letto, l'abbracciai a cucchiaio e chiusi gli occhi.

«Mamma? Papà? Va tutto bene?»

Mi tirai su su un gomito. «Sì, la mamma aveva mal di testa e io ero distrutto. Ci siamo addormentati.»

«Stai bene, mamma?»

«Sì, il mio mal di testa è passato. Credo che il pisolino abbia aiutato.»

Feci scendere le gambe dal letto. «Jessie, prendi il menù del True Foods. Alla mamma piace quel posto, ordineremo qualcosa da asporto.»

«Che buono, muoio di fame.»

Quando Jessie uscì, dissi: «Ti senti bene?».

«Sì, il mal di testa va dieci volte meglio.»

«Vedi, ci so ancora fare.»

Lei scosse la testa e si alzò. Dal modo in cui si muoveva,

capii che si sentiva meglio. Fu un sollievo, ma queste montagne russe stavano diventando pesanti.

———

RIMASI a casa per assicurarmi che Mary Ann si sentisse ancora bene. Si sforzò di entrare in piscina. Fece metà delle vasche, ma ciò significava che si stava riprendendo. La baciai e mi diressi a Fort Myers.

Derrick chiamò mentre imboccavo Corkscrew Road. Non era riuscito a rintracciare nessun parente prossimo di Melissa Wright. I suoi genitori erano morti ed era figlia unica. Gli chiesi di contattare l'Hyatt House per vedere se sapessero da quale stato potesse essere emigrata e di cercare zii e zie.

La porta non si era ancora chiusa alle mie spalle che una commessa era già in movimento. Sfoggiò un ampio sorriso. «Benvenuto da MINI Cooper di Fort Myers. Le interessa un modello in particolare?»

«Sono qui per vedere Bobby Ryan.»

«Oh, glielo chiamo subito. Posso dirgli chi lo cerca?»

«Frank Luca.»

Mentre aspettavo, non riuscivo a decidere se mi piacessero le larghe strisce da corsa sul cofano di una decappottabile rossa. Le macchine erano carine ma piccole. Non avrei voluto che Jessie se ne andasse in giro con una di quelle.

Ryan era alto e di bell'aspetto. Allungò la mano. «Signor Luca?» Mi scrutò il viso mentre ci stringevamo la mano. «Mi scusi, ma stavamo trattando un'auto?»

Abbassai la voce. «Sono dell'ufficio dello sceriffo della contea di Collier. Sono qui per Melissa Wright.»

«Melissa? Le è successo qualcosa?»

«Possiamo parlare fuori?»

Uscimmo nel parcheggio. «Cosa sta succedendo?»

«Non lo sai?»

«Sapere cosa?»

Il modo in cui inarcò le sopracciglia mi fece dubitare della sua sincerità. «Melissa Wright è stata trovata morta ammazzata.»

«Oh, mio Dio. Dove? Come?»

«Il suo corpo è stato scoperto nella riserva di Cocohatchee Creek.»

«Coco cosa?»

«Cocohatchee Creek. È un parco dalle parti di Veteran's Park Drive.»

«Cosa le è successo?»

«È morta per delle ferite da taglio.»

Scosse la testa. «È terribile. Chi diavolo ha fatto una cosa del genere?»

«Speravo che tu potessi darmi qualche idea.»

«Non riesco a ragionare. In questo momento, sono... sono sotto shock.»

«Qual era la natura del tuo rapporto con la signorina Wright?»

Fece spallucce. «Eravamo amici.»

«Coinvolti sentimentalmente?»

I suoi occhi castani saettarono intorno. «Senta, sono sposato. È finita, ma mia moglie non può venirlo a sapere.»

Avrebbe dovuto pensarci prima di infrangere i suoi voti. «Manterremo l'informazione riservata. Quand'è l'ultima volta che l'hai vista?»

«Oh, non so. Un paio di settimane fa, più o meno.»

Lo interpretai come non più di cinque giorni. «Da quanto tempo la conoscevi?»

«Circa un anno o due.»

«Quando è finita la relazione?»

«Circa un mese fa.»

«Aveva parenti in zona?»

«Non che io sappia.»

«Di dov'era?»

«Michigan. Grand Rapids, ne sono abbastanza sicuro.»

«Amici?»

«Era una che tendeva a stare per conto suo.»

«Non siete mai usciti in coppia?»

Aggrottò la fronte. «No. Non facevamo quel genere di cose.»

Sapevo che genere di cose facessero. «Avrà pur menzionato qualcuno. Dimmi.»

«Andava spesso in quel bar in fondo alla sua via, da Alice Sweetwater's. Però non ne ho mai saputo il nome.»

«Quanto spesso ci andava?»

«Non lo so. Ci andava per mangiare un boccone. Le piaceva il bar all'aperto.»

«Ci sei andato con lei?»

«No. Mai.»

«Chi conosci che potrebbe averle fatto questo?»

«Non lo so. Onestamente, sto solo cercando di metabolizzare la cosa.»

«Capisco. Se ti viene in mente qualcosa, non importa quanto piccolo, questo è il mio biglietto da visita.»

«Lo farò. E se le serve una MINI Cooper...»

«Sono belle, ma non fanno per me.»

«Si sorprenderebbe. Sono ottime macchine, molto divertenti da guidare.»

«Da quanto tempo lavora qui?»

«Da sei anni.»

«Da dove viene?»

«Da nessuna parte. Sono nata a Estero.»

Una nativa del sud-ovest della Florida che non sapeva pronunciare Cocohatchee?

4

Il bar vicino a casa della Wright era praticamente il punto più a sud che si potesse raggiungere da Fort Myers. Controllai la foto che avevo scattato al biglietto da visita di Jonathan Ong. Lavorava per il Willis Group, un'agenzia immobiliare di lusso. Il loro ufficio a Mercato avrebbe spezzato il viaggio. Presi appuntamento.

Un traffico intenso si snodava per Mercato. Non avrei mai immaginato di dover girare a vuoto in cerca di parcheggio. Dopo aver superato un posto libero in fondo al parcheggio di Whole Foods, mi inventai un parcheggio e misi il tesserino sul cruscotto.

Il Willis Group aveva sede in un locale con vetrina accanto a Design West. Lo studio di interior design era il posto giusto in cui andare, se avevi ventimila dollari per un divano. Diedi un'occhiata alle foto delle case in vendita appese nella vetrina dell'agenzia. Metà di esse avevano il cartellino con la scritta «Venduto».

Chiedendomi quanto ci avessero messo a venderle, entrai. Una venditrice pimpante si diresse verso una serie di uffici privati e apparve Jonathan Ong. Indossava un abito blu scuro con pantaloni a sigaretta. Era alla moda, ma sembrava troppo piccolo.

I suoi capelli corvini erano stati appena tagliati. «Signor Luca. Come posso esserLe d'aiuto oggi?»

Il suo sorriso svanì quando mi presentai. «L'ufficio dello sceriffo? Oh, si tratta dello sfratto della signora Morrow?»

«No. Melissa Wright.»

«Le sarei grato se mi aiutasse. Non so chi sia.»

«Aveva il tuo biglietto da visita nel portafoglio.»

Il suo sorriso tornò. «Faccio l'agente immobiliare. Diamo sempre in giro i nostri biglietti da visita. Non significa nulla.»

«L'hanno trovata assassinata ieri.»

«Oh, mio Dio. Davvero?»

«Sì. Devo sapere come ha avuto il suo biglietto.»

«Non c'entro nulla con quello che è successo.»

Tirando fuori il telefono, gli mostrai una foto della Wright. «La riconosci?»

«Mmm. Mi sembra di conoscerla. Dove abita?»

«In Francis Avenue, vicino al...»

«Oh, adesso ho capito. È in affitto in quella casa. Sally Johnson ne è la proprietaria e mi ha contattato per venderla. Ci sono andato una settimana fa per fare una valutazione per lei. Non è proprio il tipo di proprietà che tratta la nostra agenzia.»

«Hai incontrato la signorina Wright lì?»

«Sì. È stata molto gentile e mi ha chiesto di aiutarla a trovare un affitto, ma noi non ci occupiamo di affitti. Semplicemente, non ne vale la pena.»

«C'era qualcun altro?»

«No, solo lei.»

«E che giorno era?»

«Credo fosse martedì, ma mi lasci controllare.» Tirò fuori il telefono per verificare. Presi nota delle informazioni sulla proprietaria della casa e me ne andai.

Il parcheggio dell'Alice Sweetwater era pieno a metà. Forse era per il fenicottero rosa al centro dell'insegna, ma mi venne in mente Jimmy Buffett mentre salivo le scale del locale.

Un lungo bancone di quercia dominava la stanza ben illuminata. Un registratore di cassa vecchio stile e lo specchio alle sue spalle trasformarono l'atmosfera da 'Margaritaville' a una cittadina mineraria del Colorado. Non durò a lungo: i miei occhi si posarono su un marlin appeso sopra l'ingresso della cucina.

Il barista stava chiacchierando con due uomini che tenevano in mano una birra. Gli feci un cenno e lui si avvicinò. «Cosa ti porto?»

Gli mostrai una foto della Wright. «Conosce questa donna?»

«Sì, viene ogni tanto, ma si siede fuori. Abbiamo un bar e dei tavoli alti là dietro.»

«Viene da sola?»

«Credo di sì. Perché?»

«C'è qualcuno al bar esterno?»

«Sì, c'è Philly là dietro.»

Era un altro bancone lungo, questo coperto da una tenda color mirtillo. Cinque tizi, tutti fumatori, erano seduti in fondo. Un ventilatore dietro il bancone soffiava il fumo nella mia direzione. Feci un passo indietro mentre il barista panciuto si avvicinava dondolando. «Cosa prendi?»

Mostrai il distintivo e gli passai il telefono. «Cerco informazioni su questa donna.»

«Oh sì, lei è Mary o qualcosa del genere. Viene ogni tanto. Si siede sempre laggiù.» Indicò un tavolo d'angolo con un ombrellone blu inclinato.

«Viene con qualcuno?»

«Non credo, ma chieda a Sheila, è lei la cameriera.» Come a chiamata, la porta si aprì e apparve una donna con i capelli color platino e due piatti pieni di cibo. «Sheila, questo poliziotto ti deve parlare.»

«Un secondo, tesoro.» Posò i piatti. Con gli occhiali che le pendevano da una catenella di perline intorno al collo, si avvicinò. «Cosa posso fare per te, tesoro?»

Mostrandole la foto, dissi: «Lei è Melissa Wright. Viene spesso, vero?»

«È un'abitué. Una brava ragazza.»

«È mai venuta con un amico o un'amica?»

«Non che io sappia.»

«E con qualche uomo?»

«No, ma so che aveva una storia con uno sposato.»

«E come lo sai?»

«Era giù di morale una sera, forse tre mesi fa. Melissa è una tipa da un drink e via, e quella sera ne prese tre.»

«E come mai?»

«Quella sera c'era poca gente e, sai, noi ragazze dobbiamo aiutarci a vicenda.»

«Ti ha detto il nome di quest'uomo?»

«No. Non importava, sono tutti uguali. Ti promettono lo champagne, ma non arriva mai. È sempre acqua del rubinetto.»

Dovetti pensarci su, ripetendomelo mentalmente per ricordarmelo. «Ha mai menzionato degli amici?»

«Lavorava in centro, all'Hyatt. Prova a chiedere a loro.»

«E sei sicura che non sia mai venuta con nessuno?»

«Sì.»

«Ha mai litigato con qualcuno?»

«No. Non era il tipo. Melissa era un tesoro. Ecco perché quel tizio si approfittava di lei.»

«Sai di qualcuno che potrebbe averle fatto del male?»

I suoi occhi si spalancarono. «Cos'è successo? Non dirmi che qualcuno le ha fatto qualcosa.»

Le diedi la brutta notizia e la ringraziai.

Uscendo, mi fermai a leggere una citazione di Virginia Woolf: «Non si può pensare bene, amare bene, dormire bene, se non si è pranzato bene.» Per uno come me, che diventa scontroso quando ha fame, la Woolf aveva ragione da vendere.

5

Non fu facile resistere alla tentazione di chiamare Bilotti. Feci un patto con me stesso mentre guidavo verso l'ufficio: se non mi avesse chiamato lui prima del mio arrivo, l'avrei chiamato io. Mi ci vollero venti minuti per raggiungere il complesso municipale su Airport Pulling Road.

Mentre parcheggiavo, squillò il cellulare. «Ehi, Doc. Che si dice?»

«Scusa se ci ho messo tanto. Ma è saltato un trasformatore e il...»

Anche se non mi piaceva l'espressione, mi uscì di bocca. «Nessun problema. Cosa hai scoperto?»

«La signora Wright era incinta. All'inizio della gravidanza. Direi approssimativamente tra le dodici e le quattordici settimane.»

«Mi dispiace sentirlo. Cos'altro?»

«Aveva tre ferite da taglio, una delle quali le ha perforato il ventricolo destro. Non può essere sopravvissuta per più di un'ora, e il feto è probabilmente morto poco dopo.»

«Bastardo. L'arma era un coltello?»

«Sì. Sembrerebbe un coltello a lama seghettata, lunga circa otto pollici.»

«Nessuna idea dell'altezza dell'assassino?»

«Supponendo che l'accoltellamento sia avvenuto mentre la vittima era in piedi, direi che l'assassino è alto tra il metro e settanta e il metro e ottanta.»

«Ora del decesso?»

«Basandomi sul contenuto dello stomaco, collocherei l'ora del decesso tra le due e trenta e le cinque del mattino del sedici gennaio.»

«È stata uccisa a Cocohatchee Park?»

«Credo di sì. Ma concordo sulla messa in scena.»

Un punto per Luca. «Altro?»

«Niente droga o alcol dall'esame preliminare, ma stiamo eseguendo un esame tossicologico completo.»

«Fibre o capelli che potrebbero essere stati lasciati dall'assassino?»

«Niente, tranne il fatto che la vittima aveva del sangue sulla parte interna dell'avambraccio. Non corrisponde allo schema delle ferite. Potrebbe essere che, quando l'aggressore ha ritirato il coltello, delle goccioline di sangue si siano disperse nell'aria.»

«Qualcosa sotto le unghie?»

«Sembra che le avesse tagliate di recente, ma abbiamo prelevato dei campioni e sono in laboratorio.»

«È stata violentata?»

«No, ma sulla base di lievi abrasioni, direi che ha avuto un rapporto sessuale nelle quarantotto ore precedenti la morte.»

«Questo potrebbe essere d'aiuto.»

«Trascriverò l'autopsia e ti manderò il rapporto preliminare il prima possibile.»

Entrai spedito in ufficio. «Ho appena parlato con Bilotti. La Wright era incinta.»

Derrick disse: «Cavolo. Fa venire la nausea.»

«Cominciamo dai suoi amici maschi. Una cameriera del bar che frequentava ha detto che usciva con un uomo sposato.»

«Bobby Ryan è sposato.»

«Certo che lo è. Ed è da lì che cominceremo.»

«Cosa ne hai pensato di lui?»

«Difficile a dirsi, è un venditore. Una cosa strana è che è nato qui, ma ha fatto finta di non sapere come si pronuncia Cocohatchee.»

«Non saprei, Frank. Metà delle persone che incontro non pronuncia mai Immokalee nel modo giusto. I nomi indiani sono complicati.»

«Non me la bevo, non da uno del posto.» Allungai la mano verso il telefono della scrivania che stava squillando. «Omicidi, detective Luca.»

«Frank, sono Eddie. Qualcuno ha segnalato un cadavere a Baker Park. Un agente di pattuglia a Bayfront è intervenuto e ha confermato che è una donna, sulla trentina, vicino alla rastrelliera dei kayak.»

«Sembrava una messinscena?»

«Non l'hanno specificato.»

«Va bene, stiamo arrivando. Di' loro di chiudere il parco.»

Mi misi al volante e dissi a Derrick: «Sei mai stato a Baker Park?»

«No, è da un po' che volevamo andarci. Tu?»

«Un paio di volte. È un bel posto, con sentieri e accesso all'acqua.»

«Forse ci andremo con le bici. Ho sentito che la famiglia Baker ha donato un paio di milioni per avviare il progetto.»

«Deve essere bello avere tutti quei soldi.»

«Spendono e spandono, mettendo il loro nome su ogni cosa, come l'ospedale, ma è per buone cause.»

Perché non ne mandano un po' a me? Pagare duemila dollari per un farmaco sperimentale non era una causa meritevole? «Lasciare un'eredità deve essere importante per loro.»

«O vedere il proprio nome in pubblico.»

«Tutti abbiamo bisogno di riconoscimento, ma questo mi sembra esagerato.»

Un'auto di pattuglia bloccava l'ingresso di Baker Park. L'agente si spostò e noi sfrecciammo lungo un viale, parcheggiando vicino all'edificio principale. Ricordavo una rastrelliera per kayak sulla destra, ma un poliziotto ci condusse per circa quattrocento metri, su un sentiero di cemento che si trasformava in una passerella sopraelevata.

Il sole mi cuoceva la schiena. Superata una curva, il fiume Gordon si estendeva su entrambi i lati della passerella. Un secondo agente stava di guardia a un'apertura, poco prima della sponda occidentale del fiume.

«È là sotto.»

Infilammo guanti e calzari e scendemmo la breve scalinata. Allungai una mano per fermare Derrick e osservai la zona. Il cadavere non era visibile. C'era un tavolo da picnic a sinistra e, poco oltre, una rampa per varare kayak e paddleboard. L'accesso era tramite un sentiero che scompariva dietro un gruppo di mangrovie.

A bloccare parzialmente la vista c'era una rastrelliera piena di kayak gialli. «Va bene. Vediamo un po' cosa abbiamo qui.»

Seduto, il corpo era appoggiato sul lato della rastrelliera rivolto verso l'acqua. Era nascosto dal sentiero principale, ma chiunque usasse la rampa o si trovasse sul fiume l'avrebbe visto. Era un dettaglio curioso, che mi portò a credere che fosse stato messo lì di notte.

I lunghi capelli biondo sporco della vittima erano arruffati e le coprivano l'occhio sinistro. Un'ampia macchia di sangue imbrattava la zona del petto della sua camicetta di raso rosa. I miei occhi scesero sul suo grembo. «Ha un altro astuccio per occhiali.»

6

Lo sceriffo Remin non mi deluse. Non fece il minimo sforzo per sorridere. Borbottando, mi indicò una sedia con un cenno del mento.

«Non sono buone notizie, signore. Abbiamo a che fare con un serial killer.»

«Ne è certo?»

«Sì. Ha lasciato un altro biglietto, con il *numero due* in un'altra custodia per occhiali.»

«Potrebbe essere un emulatore.»

«A meno che non ci sia stata una fuga di notizie, non abbiamo mai reso pubblico il fatto che l'assassino numerasse le sue vittime.»

Le rughe sulla fronte di Remin si fecero più profonde.

«Il modus operandi è lo stesso, e ho parlato con il dottor Bilotti. Deve ancora fare l'autopsia, ma crede che sia stato usato lo stesso tipo di coltello, e...»

«Va bene. Va bene. Dobbiamo chiudere questa faccenda, al più presto. Non voglio l'attenzione dei media qui. Se ci mettono le mani sopra, questo posto diventerà una città fantasma.»

«Saremo il più discreti possibile. Ma la notizia verrà fuori. La nuova vittima era la dottoressa Sarah Bigham. Aveva uno studio su Piper Boulevard ed era molto conosciuta. Bilotti la conosceva.»

«Dobbiamo identificare il legame tra queste donne.»

«Ci stiamo lavorando.»

«Spero che non abbiamo a che fare con qualcuno che uccide indiscriminatamente.»

«Siamo in due a sperarlo, signore.»

Per risolvere un omicidio, le connessioni erano importanti tanto quanto le prove materiali. Fornivano una sorta di mappa che portava all'assassino. Gli omicidi casuali erano più difficili da decifrare.

«Che cosa ha in termini di soggetti di interesse?»

Non avevamo nulla e, dopo che Remin si era preso il merito del mio lavoro sul caso di Pine Ridge Lake, ero riluttante a condividere dati concreti. «È ancora presto, signore. Appena avrò qualcosa, sarà il primo a saperlo.»

«Mi servirà qualcosa per il comunicato stampa. Qualcosa di incoraggiante, un messaggio che infonda fiducia.»

Non mi dispiaceva affatto vederlo a disagio. Avrei potuto dirgli che, dopo quella chiacchierata, mi sarei diretto a casa della dottoressa, ma dissi: «Faremo del nostro meglio.»

«Se ha bisogno di risorse aggiuntive, venga da me.»

Non importava quante volte guidassi lungo Gulf Shore Boulevard, le case mi impressionavano sempre. Era il motivo per cui la gente credeva che a Naples vivessero solo i super ricchi. Lo chiamavo il fattore Bentley. La gente notava una Bentley o una Ferrari quando ne vedeva una, ma non le decine di Toyota per strada.

Svoltai sulla Third Avenue South. La dottoressa Sarah Bigham viveva vicino alla spiaggia e alla Fifth Avenue, piena di ristoranti. Il verdeggiante quartiere si chiamava Olde Naples ed era costoso.

Un'auto di pattuglia era parcheggiata nel vialetto di una struttura a un piano dipinta di blu, con un garage indipendente. Era una casa modesta, datata e non ancora ristrutturata. Le case su entrambi i lati avevano le persiane antiuragano abbassate. Non c'entravano nulla gli uragani; i proprietari erano fuori città.

Guardando dall'altra parte della strada, fui sollevato nel vedere i bidoni della spazzatura vicino al marciapiede. Cominciai a risalire il vialetto, e i miei occhi si posarono su un cartello piantato nel prato. La dottoressa stava vendendo casa. Mi bloccai di colpo. L'agente immobiliare era Stephen Ong.

Era *il* nesso o *un* nesso? Ong aveva sostenuto che il passaggio del suo biglietto da visita fosse pura routine. Non avevamo approfondito con la proprietaria della casa in cui viveva la Wright. Non era sembrato importante. La storia di Ong era credibile. Ma era stato un errore che aveva portato all'omicidio della dottoressa?

Tirando fuori il cellulare, chiamai Derrick. «Sono a casa della dottoressa Bigham, ed è in vendita.»

«Non dirmi che l'agente immobiliare è Ong.»

«Proprio lui.»

«Coincidenza o no?»

Sapeva che non credevo alle coincidenze. «Contatta la proprietaria della casa dove viveva la Wright. Credo sia una certa signora Johnson. Controlla nel fascicolo dell'omicidio, è lì dentro. Vedi se ha chiesto a Ong di dare un'occhiata alla casa.»

«Ricevuto.»

«E fai delle ricerche sulla dottoressa Bigham. Abbiamo bisogno di informazioni su di lei.»

«Me ne occupo subito.»

Firmai il registro, indossai i guanti e trovai la chiave giusta nella borsetta della dottoressa. La casa era troppo buia, con soffitti bassi e una pianta mal suddivisa. Era stata costruita negli anni Sessanta, quando Naples era un paesino sonnolento, e non mi sembrava di essere in Florida.

La dottoressa Bigham era una donna impegnata, il che giustificava la scarsa pulizia, ma mi chiesi se ci fosse un indizio nascosto nello stato disordinato della sua casa. Il mercato immobiliare era così vivace che i compratori erano disposti a passarci sopra? O questa casa abitabile veniva venduta come un immobile da demolire?

Nel lavello della cucina c'erano i piatti di un paio di giorni. Aprii i cassetti, trovando quello delle cianfrusaglie al terzo tentativo.

Tirandone fuori una manciata, frugai tra elastici, penne e una pila di buoni sconto. Di quanti buoni sconto di Bed Bath & Beyond poteva mai aver bisogno una persona?

Passai alla camera da letto principale. Un letto a baldacchino sfatto dominava la stanza. Il cassetto del comodino era pieno di una Bibbia, fazzoletti, una boccetta di Excedrin, un apparecchio dentale e, in fondo, una bomboletta di spray al peperoncino.

Come per l'abbonamento in palestra, se ti limiti a comprare un deterrente non ne ricavi nulla, se non la sensazione di aver fatto qualcosa.

L'armadio era stipato di vestiti, nessuno da uomo.

Il nome di Stephen Ong continuava a tornarmi in mente. Decisi di mandare una squadra esperta per una perquisizione approfondita ed entrai in una camera da letto che fungeva da studio della dottoressa. Due grandi quadri catturarono la mia attenzione. Uno era una rappresentazione dello scheletro e l'altro un poster che identificava ogni muscolo del corpo umano.

Guardai un certificato appeso tra i due. Era una laurea in medicina che la Bigham aveva conseguito quattordici anni prima. Avvicinandomi a una scrivania in legno scuro piena di fascicoli, inciampai sul bordo di un tappeto. Riguadagnato l'equilibrio, spostai di lato la sedia in pelle bordeaux e rovistai nei cassetti.

Nulla era evidente, ma non lo era mai. Ero preoccupato e non era un buon segno. Feci un respiro profondo e cercai di capirne il motivo. Non era Ong. Quella pista l'avremmo seguita. Cercando di mettere a fuoco il problema, uscii dallo studio.

Una porta alla destra del soggiorno attirò la mia attenzione. Conduceva fuori, a un breve sentiero collegato al garage. Aprii la porta del garage e mi bloccai sui miei passi.

7

Con la mente che mi frullava, salii in macchina e rimasi lì seduto. Quali erano le probabilità? Le MINI Cooper erano in giro, ma non erano comuni. Cercai su Google quante ne venissero vendute ogni anno. Il numero era più basso di quanto pensassi, circa diecimila esemplari all'anno del loro modello a due porte in tutto il paese.

Quella della dottoressa Bigham era del 2019 e il portatarga pubblicizzava MINI of Fort Myers. Non importava se Bobby Ryan fosse stato il venditore o meno. L'opportunità di incontrarlo era concreta. La dottoressa non era sposata. Aveva un paio d'anni più di Ryan. Non riuscivo a immaginarmela a letto con lui, ma che ne sapevo io dell'attrazione?

Misi la marcia e partii. Avevamo due uomini che conoscevano entrambe le donne. Era ora di scavare a fondo e vedere chi dei due fosse stato. Si trattava di decidere da chi iniziare. Mentre soppesavo i pro e i contro, mi squillò il cellulare. Era Bilotti.

«Ehi, Doc. Hai qualcosa sulla dottoressa Bigham?»

«Non ho nemmeno iniziato. È difficile credere che sia stata uccisa in modo così brutale.»

«Era una brava persona?»

«L'ho incontrata solo un paio di volte. Ma mi piaceva.»

«Era brava nel suo lavoro?»

«Non c'è più, Frank.»

«Potrebbe aiutare le indagini.»

«Diciamo solo che ci sono medici migliori in zona.»

«Ha avuto qualche problema, dal punto di vista medico?»

«No. Niente del genere. Mi rendo conto che le aspettative sui dottori sono più alte che per la maggior parte delle persone, ma la realtà è che ci sono dottori bravi e altri meno.»

«Capito. Perché hai chiamato?»

«Riguardo a Melissa Wright. Il sangue sul suo braccio è risultato essere il suo.»

«Maledizione.»

«Il laboratorio ha completato l'analisi del DNA del feto. Quando identificherai un sospetto, potrebbe essere collegata al movente.»

«Sai che la paga da detective è molto più bassa, vero?»

Bilotti ridacchiò. «Dopo tutte le volte che ti intrometti, ho pensato che avresti apprezzato la reciprocità.»

Sarebbe stato troppo facile trovare il sangue dell'assassino. Sapevo che anche i piani migliori andavano a rotoli quando scoppiava la violenza, ma chiunque ci fosse dietro queste morti era stato attento. Aveva lasciato un indizio, ma era stata una scelta consapevole. Il portaocchiali era più una provocazione che una pista.

La gravidanza poteva essere qualcosa, ma avremmo dovuto ottenere campioni di DNA dai possibili padri. A questo punto, avevamo Ryan e Ong come persone di interesse. Ryan era sposato; se non usava protezioni era un incosciente, ma quando si trattava di sesso gli uomini pensavano con l'uccello, non con la testa.

Entrando nel parcheggio, ignorai la chiamata di Derrick. Sarei stato in ufficio tra due minuti. Un lampo squarciò il cielo che si oscurava. Per puro riflesso, contai i secondi in attesa del tuono. La mia mano stava raggiungendo la maniglia della porta quando risuonò uno schianto di tuono. Erano passati cinque secondi. Il fulmine era caduto a un miglio di distanza.

Con un piede sulla soglia, Derrick scattò in piedi. «La dottoressa Bigham aveva un ordine restrittivo nei confronti di un certo Micky Carbo.»

«Quando è stato?»

«Un anno fa.»

«Ha precedenti?»

«Aggressione, ma risalente al 2010.»

«Comunque, ha un caratteraccio ed è violento.»

«Cosa vuoi fare?»

Gli parlai della MINI Cooper. «Iniziamo con Ryan.»

«Sì, e la padrona di casa, la signora Johnson, ha confermato di aver chiesto a Ong di dare un'occhiata alla casa.»

«Questo non significa molto. Ha incontrato la Wright. Da lì potrebbe essere successo di tutto.»

«Potrebbe aver voluto qualcosa da lei che lei non era disposta a dare.»

«Ho visto questo film troppe volte. Senti, approfondisci quello che puoi su questo tizio, Carbo. Io torno a Fort Myers a parlare con Ryan.»

Accanto a una cabrio bianca, Ryan stava chiacchierando con una cliente. Aprì la portiera del guidatore. La donna guardò dentro e scosse la testa. «È bella, ma non mi servono degli interni speciali; sono troppo costosi.»

«Ne ho una usata in arrivo da una permuta. È una vera bellezza, solo ventimila miglia. Lasci che le faccia due conti.»

«Non so...»

«Quando può portare l'Audi per una valutazione?»

«Forse lunedì.»

«Perfetto. Allora ci vediamo lunedì.»

Sorridente, le strinse la mano. Lei si diresse verso la porta e Ryan si voltò. Le sue spalle si afflosciarono quando mi vide. Si riprese rapidamente. «Ha cambiato idea sulla MINI?»

«Forse. Ce n'è una rossa qui fuori.» Mi diressi verso la porta e Ryan mi seguì.

La porta si richiuse oscillando. «Non mi ha mai dato il suo biglietto da visita.»

Lui ne tirò fuori uno dal taschino. «Ecco a lei.»

«Grazie.»

«Allora, le piaceva quella rossa?»

«Forse. Ma parliamo della dottoressa Sarah Bigham.»

Il suo viso si incupì. «Ho sentito cos'è successo. Che disgrazia.»

«Cos'è successo?»

«È stata assassinata, no?»

«Sì. Come la conosceva?»

«Era una cliente, ha comprato una Cooper S. Blu elettrico, superaccessoriata.»

«Quanto tempo fa?»

«Caspita, circa un anno fa o forse più. Posso controllare.»

«Quand'è stata l'ultima volta che l'ha vista?»

«Da un'eternità.»

«Aveva qualche tipo di relazione con lei?»

«Cosa intende?»

«Ci andava a letto?»

«Io?»

«Sì, lei.»

«Sono sposato.»

«Era sposato anche quando stava con Melissa Wright, non è vero?»

«Sì, ma...»

«A proposito di Melissa, sapeva che era incinta?»

«Lo era? Io... io non lo sapevo.»

«È lei il padre?»

«No.»

«È disposto a fornire un campione di DNA per un confronto?»

«DNA? Per cosa?»

«Per vedere se è lei il padre.»

«Le ho detto di no.»

«Come fa a saperlo?»

«Prendeva la pillola anticoncezionale.»

«Non è efficace al cento per cento. Ci darà il suo DNA?»

«Ehi, non mi piace la piega che sta prendendo questa storia. Mi sembra che stia cercando di incastrarmi per il suo omicidio. Non ho fatto niente.»

«Allora non ha nulla da temere.»

«Sa una cosa? Ho finito di parlare. Credo di aver bisogno di un avvocato.»

Anch'io pensavo ne avesse bisogno. Tenendo per un angolo il biglietto da visita che mi aveva dato, lo infilai in un sacchetto di plastica per le prove. Non era l'ideale, ma ci aveva lasciato sopra il suo DNA da contatto, e avremmo scoperto se era il padre del bambino morto di Melissa.

8

Il cartello recitava: Paradiso Perfezionato. Era una frase a effetto, ma la realtà era che vivere a Naples Square costava almeno due milioni. Il complesso di edifici era in stile contemporaneo-costiero e vicino alla Fifth Avenue. Lo chiamavano centro, ma per quanto carino, l'atmosfera non aveva nulla a che vedere con la Vecchia Naples.

Chiedendomi se Stephen Ong avesse comprato in anticipo o avesse ricevuto uno sconto per aver portato degli acquirenti, suonai al suo campanello. L'agente immobiliare, che indossava delle pantofole blu e una vestaglia di seta, aprì la porta. Fissò le mie scarpe per un lungo secondo prima di dire: «Entri pure, detective».

«Bel posto».

«È la nuova Naples. Contemporanea, ma elegante».

Si era dimenticato di dire "carissima". «Ottima posizione, ma è un posto tranquillo?»

«Assolutamente. Con le finestre antiurto non si sente niente».

A meno di non essere seduto in veranda. «Fanno il loro dovere».

Lo seguii in cucina. Bianco su bianco. Il paraschizzi aveva una leggera sfumatura di grigio e le piastrelle erano posate a spina di pesce.

Nulla rovinava i ripiani in quarzo, a parte una macchina da caffè espresso professionale in acciaio inox. Era un minimalista o un maniaco dell'ordine. Sei sgabelli erano disposti attorno all'isola e, a pochi passi, c'era un tavolo con il piano in vetro e posto per otto persone.

Non riuscivo a immaginare Ong che ospitasse così tanta gente senza prendere un Valium. Tirò fuori uno sgabello e io ne presi uno a un posto di distanza, dicendo: «Lei conosceva la dottoressa Bigham?».

Ong disse: «Sto iniziando a pensare di portare sfortuna o qualcosa del genere».

La domanda non riguardava la fortuna. «Quando ha conosciuto per la prima volta la dottoressa Bigham?».

«A una open house. Era per agenti immobiliari; non faccio più quelle aperte al pubblico».

Il modo in cui aveva pronunciato la parola "pubblico" era strano. Se non gli piaceva la gente, aveva scelto il mestiere sbagliato. «Dove e quando?».

«Circa cinque o sei mesi fa. Avevo una proprietà da urlo sulla Seventh, e lei è capitata lì. Le ho detto che era solo per agenti immobiliari, ma è stata così gentile che le ho fatto fare un rapido giro».

«E da lì?».

«Stava sondando il mercato prima di decidere se mettere in vendita la sua casa. È stata una mossa astuta da parte sua».

«Dove intendeva trasferirsi?».

«Voleva qualcosa di più sicuro. Più di una semplice lottizzazione recintata, qualcosa con accesso limitato e telecamere nelle aree comuni».

«Aveva qualche preoccupazione particolare per la sua sicurezza?».

«Qualcosa sembrava turbarla».

«Può essere più specifico?».

«Magari potessi, ma era una persona riservata».

«Le ha mai menzionato di essere preoccupata per qualcuno?».

«Niente di specifico, ma ogni volta che eravamo insieme sembrava guardarsi le spalle, se capisce cosa intendo».

«Come per controllare che non ci fossero pericoli?».

«Esatto. Anche quando andavamo a vedere una proprietà, esitava ad andare in giro da sola. A me piace lasciare che un cliente scopra un immobile per conto suo, ma lei voleva che visitassi la casa con lei».

La Bigham era una donna sola. A mio parere, era prudente. Ma Naples era un posto sicuro in cui vivere.

«Ha mai menzionato un certo Micky Carbo?».

Chiuse gli occhi per un secondo. «No. Questo nome non mi dice niente».

«Dov'era lei lunedì notte e martedì mattina?».

«Io?».

«Sì».

«Quello era martedì, giusto?».

Stava prendendo tempo. «Sì».

«Oh, ero a cena a casa di un amico. Poi sono tornato a casa».

«Chi è questo amico?».

«Non mi crede?».

«La fiducia non c'entra niente. Mi dica con chi era».

«Sal Takeya».

Presi nota dei suoi recapiti. «E mercoledì mattina?».

«Ero al lavoro».

«A che ora è arrivato?».

«Verso le nove. Mi sta trattando come un sospettato o roba simile. È incredibile».

«Mi dispiace, signor Ong, ma devo fare il mio lavoro».

«Immagino di sì».

«Ultima domanda: perché ha preso l'incarico per la sua casa?».

«Cosa intende? La sua casa era da demolire, in un'ottima posizione, e lei avrebbe dovuto comprare qualcos'altro». Sorrise.

Avrei controllato il suo alibi e visto se quel sorriso sarebbe durato.

———

FINITO DI SCRIVERE UN RAPPORTO, premetti il tasto di stampa e andai alla stampante. Derrick era al telefono con il dipartimento di polizia di Plain City, Ohio. Mickey Carbo si era trasferito lì dopo aver scontato nove mesi per lesioni e percosse. Aveva vissuto in Ohio per due anni prima di tornare in Florida.

Raccolsi i fogli di carta calda mentre Derrick riattaccava. «Hanno qualcosa su Carbo?».

«Sembra che tutta la famiglia sia composta da attaccabrighe. Carbo si è cacciato in due risse mentre era lì. Non è stato arrestato, ma suo fratello e suo padre sì».

«Tale padre, tale figlio».

«Erano coinvolte delle armi?».

«No».

«C'erano di mezzo delle donne?».

«Non sembra, anche se avrebbe potuto essere per una donna».

«Dobbiamo vedere se ha un alibi».

«Vuoi andare a trovarlo?».

«Non subito. Ma presto».

«Vuoi vedere prima come va a finire con Ryan e Ong?».

«In un certo senso, ma non possiamo aspettare; c'è un assassino a piede libero. Di' a Sullivan di tenerlo d'occhio».

«Okay».

«E cosa succede con i tabulati telefonici della Bigham?».

«Il giudice Williams ha firmato il mandato e l'ho inoltrato a Verizon».

«Stagli addosso. Non si sa mai cosa potrebbe saltar fuori».

«Sarò un'eruzione cutanea che non va più via».

Mi alzai. «E metti fretta al laboratorio. Remin ha detto che avrebbe chiesto loro di dare la priorità all'analisi del DNA di Ryan».

«Capito. Dove vai?».

«Qualcosa di Ong mi puzza. Sta nascondendo qualcosa».

———

MI FECI LARGO tra la gente che guardava le vetrine e aprii una porta. La donna allegra mi salutò di nuovo. Sorrise. «Benvenuta al Willis Group».

Mostrai il distintivo e il suo sorriso svanì. «C'è Stephen Ong?».

«No, sta facendo un servizio fotografico».

«Chi è il direttore dell'ufficio?».

«In realtà non ne abbiamo uno».

«Chi controlla chi lavora e quando?».

«Siamo flessibili. Gli agenti possono lavorare quando ne hanno bisogno».

«Non controllate quando lavorano?».

«No. Oh, tranne quando si è di turno in agenzia. Ci deve essere un agente qui durante l'orario di apertura».

«Chi era di turno martedì?».

«Io. La maggior parte delle volte tocca a me. Sono la novellina».

«A che ora è stata qui?».

«Arrivo sempre alle otto e mezza».

«Stephen Ong era qui?».

«No. È arrivato poco dopo mezzogiorno».

«Ne è sicura?».

«Sì. Mi ha comprato un'insalata da Bravo per pranzo, tipo dieci minuti dopo il suo arrivo».

9

CORRENDO VERSO LA MACCHINA, TIRAI FUORI IL TELEFONO che vibrava. Era Derrick. «Stavo giusto per chiamarla».

«Il DNA di Ryan corrisponde a quello del feto della Wright».

Mi fermai davanti al Narrative Coffee Shop. «L'ultima cosa di cui un uomo sposato ha bisogno è un figlio da un'altra donna».

«Bingo. Non aveva detto che lei prendeva la pillola?»

«Assolutamente. È possibile che la Wright abbia smesso di prenderla per incastrarlo in una relazione...»

«E lui si è infuriato e l'ha uccisa».

«È già successo».

«Ci vuole un bastardo senza cuore per fare una cosa del genere».

Dissi: «Non pensavo che Ryan fosse così. Credevo avesse potuto perdere la testa scoprendo che qualcun altro l'aveva messa incinta».

«La gelosia può essere letale».

«Già. La scientifica ha finito a casa della Bigham?»

«Hanno avuto un problema con il furgone. È rimasto in panne su Collier Boulevard».

«Mi sta prendendo in giro?»

«Sono ancora laggiù».

«Passo a dare un'occhiata. Chiami Ryan e lo faccia venire domani. Ha detto che vuole un avvocato; vediamo dove ci porta questa strada».

———

UN FURGONE bianco bloccava il vialetto. Mi ci avvicinai. Sul cruscotto c'era un cartello dell'ufficio dello sceriffo della Contea di Collier. Era a noleggio.

La porta del garage era aperta. Mi diressi lì. Un tecnico in tuta protettiva era chino sul bagagliaio. «Ehi, come sta andando?»

«Frank. Come sta?»

«Spero che mi rallegrerà la giornata».

«Abbiamo raccolto diverse fibre e tre diversi campioni di capelli dall'interno».

«Tutto qui?»

«L'auto era pulita. Il concessionario deve averla fatta lucidare quando è stata tagliandata».

«È stata tagliandata?»

«Sì, la ricevuta era nel vano portaoggetti».

«Dalla MINI di Fort Myers?»

«Sì».

«Quando?»

«Lunedì».

«Devo vederla».

«La ricevuta?»

«Sì».

Il tecnico grugnì. «D'accordo». Andò al furgone e aprì i portelloni posteriori. Frugando in una borsa, ne estrasse un sacchetto di plastica. Usando delle pinze, sollevò il documento. «Non lo tocchi».

«Non lo farò». Mi chinai. Era un controllo di servizio per le diecimila miglia. Cambio dell'olio, tergicristalli nuovi e rotazione degli pneumatici. Guardai la firma. Era uno scarabocchio, ma non era il nome della dottoressa Bigham.

Tirando fuori il telefono, dissi: «Lo tenga fermo. Voglio fargli una foto».

———

Non mi ero reso conto di fischiettare mentre entravo in casa. Mary Ann stava trasferendo i vestiti dalla lavatrice all'asciugatrice. «Qualcuno è di buon umore».

«Lascia che ti aiuti».

«Tranquillo. Ho quasi finito».

«Ti senti bene?»

Chiuse lo sportello e premette il pulsante. «Meglio di quanto sia stata in più di una settimana».

Mentre la seguivo lungo il corridoio, mi chiese: «Com'è andata la tua giornata?»

«Bene. Non che sia una sorpresa, ma il DNA ha confermato che Ryan era il padre del feto della Wright».

Accese la TV. «È terribile. Pensi che abbia ucciso lei e il suo stesso bambino?»

«Sembra proprio di sì».

C'era il telegiornale. Ancora chiacchiere sul tempo. «Pensi sia stato lui a uccidere anche la dottoressa?»

«Spero che lo scopriremo domani. Ryan e il suo avvocato verranno da noi. Voglio vedere come spiega...»

Indicò la TV. «Guarda, quello è il suo avvocato».

Era Leo Feldman. Panciuto e calvo, l'uomo era un efficace avvocato difensore. Remin aveva voluto mantenere il caso il più silenzioso possibile, ma Feldman stava cercando di ritorcerlo contro di noi.

«È un giorno triste per la Contea di Collier quando, ancora una volta, uno dei suoi cittadini viene preso di mira per un interrogatorio senza motivo».

Ancora una volta? «Che diavolo sta...»

«Shhh».

Feldman continuò: «L'ufficio dello sceriffo ha due sfortunate morti tra le mani e, invece di condurre un'indagine approfondita, sta molestando il mio cliente. Il signor Ryan è un membro della comunità che lavora sodo e che in passato non ha ricevuto altro che una multa per divieto di sosta».

«Questa è una stronzata».

La trasmissione passò al conduttore. «In risposta alla nostra intervista con il signor Feldman, l'ufficio dello sceriffo della Contea di Collier ha rilasciato la seguente dichiarazione: "È dovere di questo ufficio condurre un'indagine approfondita su qualsiasi crimine commesso nella nostra giurisdizione. Contrariamente a quanto credono alcuni membri della comunità, è esattamente ciò che stiamo facendo. Pertanto, continueremo a interrogare decine di persone mentre cerchiamo di catturare la persona o le persone responsabili di questi efferati omicidi"».

Mary Ann disse: «Wow. Lo sceriffo non si tira indietro».

«Deve aver tirato fuori un po' di spina dorsale nelle ultime due ore».

«È arrabbiato per quello che Feldman sta cercando di fare mettendosi in mostra».

«Odio quando la stampa si mette in mezzo».

«Non puoi avere la botte piena e la moglie ubriaca».

«Cosa vorrebbe dire?»

«Ti rivolgi alla stampa per spargere la voce quando hai bisogno di aiuto per identificare qualcuno, no?»

Odiavo quando mi rinfacciava cose del genere. «Sì, ma è diverso».

Lei sorrise. «Non lo è, ma lascerò correre».

Se dovevo vincere, volevo che fosse una vera vittoria, ma mi ricordai di ciò che mi aveva insegnato la dottoressa Bruno e dissi: «La gente pensa davvero che ci concentriamo sulle persone senza motivo? Qualcuno ha ucciso due donne e Ryan è collegato a entrambe».

«Devi fare quello che sai fare, Frank. Non lasciare che niente ti distragga».

«Fidati di me. Resterò concentrato». Lo dissi con più convinzione di quanta ne sentissi.

10

Controllai il video. Feldman e Ryan erano nella sala interrogatori. Sorrisi quando l'avvocato usò il fazzoletto per asciugarsi la fronte. Avevo alzato il termostato a ventisei gradi, una temperatura torrida.

Derrick tornò zoppicando dal bagno e disse: «Sei pronto?»

«Per come ha parlato del dipartimento, lascialo sudare per altri quindici minuti.»

Derrick fece una smorfia scuotendo la testa. «Questo tizio non ti piace, vero?»

«In realtà è un avvocato piuttosto bravo. Ma ha passato il segno aprendo bocca.»

«Chissà se pensa che Ryan sia colpevole.»

«È un avvocato difensore. Non importa se l'avessero colto in flagrante: la sua linea è negare, negare, negare.»

«Al cento per cento.»

«Come ti senti?»

«Non benissimo. Il dottore pensa che potrebbe essere una sorta di danno ai nervi causato dalla sparatoria.»

«Strano che si manifesti adesso.»

Lui espirò. «Ogni tanto mi succedono cose strane.»

«Tipo?»

«Fitte e intorpidimento.»

«Cavolo. Perché non hai detto niente?»

«Mi hanno detto che ci dovevo convivere. Se avessi fatto storie, non mi avrebbero permesso di tornare al lavoro.»

Mi ero sentito in colpa per il fatto che gli avessero sparato, e la pace che avevo fatto con me stesso era appena stata spazzata via.

«Voglio che tu te la prenda comoda.»

«Smettila, abbiamo un serial killer da incastrare.»

«Devi dirmelo quando non te la senti. Troveremo un modo per gestire la cosa. Puoi farlo?»

«Lo farò. Andiamo, mettiamoci al lavoro.»

Gli strinsi la spalla. «Ti copro le spalle, lo sai, vero?»

Lui mise la sua mano sopra la mia. «E io le tue.»

«Amen. Divertiamoci un po'.»

Spalancai la porta. «Signori... Caspita, fa caldo qui dentro. Lasciate che regoli il termostato.»

Quando rientrai, Feldman stava giocherellando con il telefono. Ryan era accigliato ed evitava di guardarmi. Posai la mia cartella sul tavolo e Derrick recitò le formalità.

Dissi: «Grazie per essere venuto oggi. Signor Ryan, come ha conosciuto Melissa Wright?»

«Gliel'ho già detto.»

«La prego di rispondere alla domanda.»

«Avevamo una relazione.»

«Una relazione sessuale?»

«Sì.»

«Come l'ha conosciuta?»

«Da Publix.»

«Ha preso qualcosa in più oltre alla spesa?»

Feldman disse: «Detective Luca.»

«Mi scusi, non era necessario. Signor Ryan, lei è sposato?»

«Lo sa benissimo.»

«Per quanto tempo lei e la signorina Wright siete stati insieme?»

«Circa un anno, forse di più.»

«Ed era una relazione in corso?»

«No. Era finita.»

«Quando?»

«Un paio di settimane fa, circa.»

«Poco prima del suo omicidio?»

«Non aveva nulla a che fare con quello che le è successo.»

«Nella nostra prima conversazione, ha affermato di non essere a conoscenza del fatto che la signorina Wright fosse incinta.»

«Esatto.»

«È sicuro di voler mantenere questa risposta?»

«Il mio cliente ha negato di essere a conoscenza della gravidanza della signorina Wright.»

«Lei e la signorina Wright usavate contraccettivi?»

«Le ho detto che prendeva la pillola.»

«Sa chi era il padre del bambino che portava in grembo?»

«Nessuna idea.»

Sorrisi. «Beh, è lei, signor Ryan.»

«Cosa? È impossibile.»

«Sa, c'è un detto che adoro: "Impossibile è un'opinione".»

Feldman disse: «È una teoria o avete prove?»

«Il suo DNA corrisponde a quello del feto.»

«Il mio DNA, come l'avete ottenuto? Vi avevo detto che non vi avrei dato un campione.»

«Mi ha dato un biglietto da visita. Il DNA da contatto è una cosa meravigliosa.»

Il viso di Ryan si arrossò.

Feldman disse: «Essere il padre di un bambino, anche in questo sfortunato caso, non prova nulla.»

«Vero, ma indica un movente. Il signor Ryan è un uomo sposato con un'amante. La signorina Wright voleva di più, e un bambino era la leva che ha usato per incastrarlo. Il signor Ryan si è opposto e l'ha uccisa per mantenere segreta la sua relazione e il bambino.»

«Detective Luca, questa è una bella storia, ma le servirà più che l'immaginazione per arrivare in un'aula di tribunale.»

«Le troveremo.»

«Se questo è tutto quello che avete, vorremmo terminare questo interrogatorio.»

«Non ancora, avvocato Feldman. Vorrei chiedere al suo cliente di un'altra vittima di omicidio, la dottoressa Sylvia Bigham.»

«Oh, andiamo. Tenterete di incastrarmi anche per quello?»

«Come conosceva la dottoressa Bigham?»

«Le ho venduto un'auto.»

«Alla MINI di Fort Myers?»

«Sì.»

«Quando è stata l'ultima volta che ha visto la dottoressa Bigham?»

«Molto tempo fa, almeno sei mesi.»

«Ne è sicuro?»

«Sì, perché?»

Aprii il fascicolo e presi un foglio. «Questo dice il contrario.»

«Che stronzata tirerà fuori adesso?»

Sorrisi. «Una ricevuta di servizio del suo datore di lavoro.»

«Cosa? Mi faccia vedere.»

Allungò la mano per prenderla e io la ritirai.

«Posso esaminare il documento?»

Lo porsi a Feldman. «È per il tagliando fatto all'auto della dottoressa Bigham. Noterà la firma; è del suo cliente.»

«Ehi, aspetti un attimo. Le stavo solo facendo un favore. Era impegnata. Le ho portato io la macchina per agevolarla.»

«Ha visto la dottoressa solo un giorno o due prima che venisse trovata morta.»

Derrick disse: «Il detective Luca non crede alle coincidenze.»

«Perché ha mentito?»

«Ehi, le ho detto la verità. Le ho solo fatto un favore. Noi venditori lo facciamo sempre; è servizio clienti.»

«Le piace andare in kayak, signor Ryan?»

«Kayak? Co-»

«Risponda alla domanda.»

«Sì, ci vado. E allora? Non posso divertirmi?»

«Va in kayak a Baker Park?»

«Ehi, un momento, io non ero lì.» Si rivolse a Feldman. «Stanno cercando di incastrarmi. Deve fare qualcosa.»

«Detective Luca, usare le attività ricreative di una persona è un'esagerazione.»

«Quello che è esagerato, avvocato, sono le spiegazioni

del suo cliente su come non solo conoscesse entrambe le donne, ma le abbia viste poco prima che venissero trovate morte.»

11

MENTRE IO DAVO GLI ULTIMI RITOCCHI A UN MANDATO DI perquisizione per la casa del venditore di auto, Derrick stava compilando una richiesta per i tabulati telefonici di Ryan. Squillò il telefono della mia scrivania: «Omicidi, detective Luca».

«Buongiorno, detective. Sono Annie Bryant del *Naples Daily News*».

«Buongiorno, signora. Cosa posso fare per lei?».

«Ci stiamo occupando degli omicidi del serial killer. Lei dirige le indagini e vorremmo una conferma sul fatto che stia per essere effettuato un arresto».

«Non posso rilasciare commenti su un'indagine in corso».

«Quindi è vero. Bobby Ryan è l'assassino».

«Non ho detto questo. Quest'ufficio non discute di casi aperti. Punto e basta».

«Ma lo avete portato qui per un interrogatorio».

«Parliamo con un sacco di gente, in ogni caso».

«Le nostre fonti ci dicono che avete prove schiaccianti».

Invece di dire: «se le avessimo, sarebbe già dietro le sbarre», dissi: «Buona giornata, signora».

Sbattei la cornetta. «Qualcuno sta passando informazioni alla stampa».

Derrick indicò il soffitto. «Deve venire dai piani alti. Remin è sotto forte pressione».

Cliccai sull'icona di stampa e dissi: «È lui che ha voluto quel dannato lavoro».

«Sa che ci siamo quasi».

Afferrai la richiesta di mandato e dissi: «Vado a portarla di sopra. Remin ha detto che il giudice Williams l'avrebbe firmata».

———

Svoltammo su Wiggins Pass e proseguimmo verso est. Derrick imboccò la curva per Mimosa Court e io dissi: «Ma stai scherzando?».

Tre furgoni, decorati con i loghi dei rispettivi canali, erano parcheggiati di fronte alla casa di Ryan.

«Sono arrivati prima di noi. Qualcuno li ha avvisati».

Mentre Derrick accostava al marciapiede, il mio sguardo cadde sulla casa dei Ryan. Era una piccola villetta a un piano, in muratura, dipinta di giallo con finiture blu. Statue di rane su ninfee costeggiavano il vialetto.

Scesi mentre quattro agenti uscivano dalle auto di pattuglia. Avviandomi verso la porta, fui assalito da un coro di domande dei giornalisti. «Indietreggiate, o vi facciamo arrestare per intralcio».

Una donna se ne stava lì, scuotendo la testa, a guardare fuori da un bovindo. A sei metri di distanza, potevo leggerle il disgusto sul volto.

«Derrick, dammi un minuto per parlare con la moglie. Di' a tutti di restare indietro finché non do l'ordine».

Con il dito sul punto di suonare il campanello, la porta si aprì. «Signora Ryan?».

Lei strinse le labbra e annuì. «Cosa sta succedendo?».

«Sono il detective Luca. Suo marito, Bobby Ryan, è in casa?».

Sbuffò: «Neanche per sogno. Pensa di potermi tradire e cavarsela con due paroline dolci? Non sono così stupida».

Avrei voluto congratularmi con lei. «Capisco, signora. C'è qualcosa che può dirmi sulla sua relazione con la signorina Wright o con la dottoressa Bigham?».

I suoi occhi si spalancarono. «Oh mio Dio, Lei pensa che Bobby... no, è una follia, non farebbe mai una cosa del genere».

«Ne è sicura?».

«Crede di essere furbo, ma non è un assassino».

Mi trattenni dal dire che non si conosce mai veramente una persona. «D'accordo».

«Ora, può far sì che quei viscidi reporter la smettano di perseguitarmi?».

«Parleremo con loro». Misi mano alla tasca interna della giacca per prendere il mandato. «Senta, so che lei non c'entra niente con tutto questo, ma dovremo effettuare una perquisizione».

«Di casa mia?».

«Mi dispiace davvero, ma dobbiamo farlo».

«Giuro che lo ammazzo».

Feci un cenno a Derrick. «Ha un posto sul retro dove può aspettare con un agente finché non abbiamo finito?».

Mugugnò un «Sì».

Mentre veniva accompagnata verso la sua veranda, dissi

agli altri: «Tutti devono avere rispetto. Questa povera donna non ha fatto nulla. Fate il vostro lavoro, ma non voglio che questo posto venga messo a soqquadro in alcun modo. Prendetevi il vostro tempo e assicuratevi di lasciare la casa nelle stesse condizioni in cui l'abbiamo trovata».

Assegnai le stanze da perquisire e controllai che i giornalisti mantenessero le distanze. Mentre mi voltavo per entrare, la porta del garage attirò la mia attenzione.

Ryan era un tipo da auto. Il garage sarebbe stato il posto ideale per nascondere qualcosa. Esitai prima di dirigermi verso la camera da letto padronale; nel corso degli anni si era rivelata un terreno fertile in molte perquisizioni.

La camera padronale era grande quanto una seconda camera da letto e aveva una sfumatura rosata. Una balza da letto con delle gale contornava un letto a due piazze che mi sembrò troppo piccolo per due. La signora Ryan avrebbe potuto finalmente sdraiarsi comoda.

Andai dritto all'armadio. Solo vestiti da donna. L'aveva sbattuto fuori. Scorrendo i capi appesi, una scatola di scarpe con il logo Ecco attirò la mia attenzione. La presi dallo scaffale. Dentro c'era un paio di mocassini marroni, che sembravano nuovi. Cercando di capire perché li avesse lasciati lì, mi diressi verso l'unico comodino.

Aprii il cassetto e mi fermai. Pile ordinate di biancheria di raso riempivano lo spazio. Con cautela, svuotai e riempii di nuovo il cassetto. Sul ripiano sottostante c'era l'ultimo romanzo di Gillian Flynn. Cercai di ricordare *Gone Girl* mentre lo sfogliavo.

Dopo aver controllato sotto il letto e il materasso, andai in bagno. Niente. Avevo intenzione di perquisire il garage subito dopo. Uscii nel corridoio.

Derrick era davanti alla cucina. «Frank! Vieni qui».

«Cosa hai trovato?».

Indicò i mobili. «Stavo controllando il cassetto delle cianfrusaglie».

Sbirciai dentro al cassetto.

«Era sul fondo. Deve essersi dimenticato che era lì».

L'illustrazione della Terra era inconfondibile, il logo del Dipartimento Parchi e Attività Ricreative della Contea di Collier. Sollevai l'opuscolo a tre ante dal cassetto. Non c'era scritto nulla sopra.

«Mettiamolo in un sacchetto. Potrebbe essere una prova a sostegno».

Derrick lo mise in un sacchetto per le prove. «Devo ancora controllare la dispensa».

«Nella camera padronale non c'era niente. Vado in garage».

Un kayak giallo a due posti era appeso sopra un banco da lavoro costruito in una piccola alcova. Aveva forse attirato la dottoressa a Baker Park con la promessa di un giro sull'acqua? La superficie del banco da lavoro era disseminata di attrezzi. Io non sono un esperto, ma gli utensili sembravano vecchi.

Sotto il banco c'era un contenitore di plastica trasparente con un coperchio blu. Lo sfilai e feci scattare il coperchio. In cima c'era una scatola. Era pesante. Tolsi il coperchio a fiori. Era piena di foto. Le sfogliai. Sembravano essere foto di famiglia di Ryan da bambino.

Tolsi un saldatore a pistola e una barchetta giocattolo fatta a mano, prima di vederlo. Era un coltello lungo. Con una lama seghettata.

12

_____

Entrai nell'ufficio dello sceriffo. Con la mano sul telecomando, Remin disse: «Siediti».

Lo sceriffo sembrava teso. Controllò l'orologio mentre io dicevo: «Grazie, signore».

«Com'è andata la perquisizione?»

«Bene. Abbiamo trovato un coltello con la stessa lama dell'arma del delitto. Corrisponde anche la lunghezza».

«Qualche prova che ci sia del sangue sopra?»

«Potrebbe esserci. L'abbiamo consegnato al laboratorio per le analisi».

«Spero che si riesca a chiudere questa faccenda».

«Anch'io, signore. Nel frattempo...»

Sintonizzò sul canale cinque: WINK News. «Aspetta un secondo. Devo sentire cosa dice Feldman».

Il sottopancia sotto l'avvocato calvo recitava "La polizia vicina ad arrestare il serial killer?".

Una mia foto a casa dei Ryan riempì lo schermo. Il mezzobusto disse: «Questa mattina, l'ufficio dello sceriffo della contea di Collier ha condotto una perquisizione nella casa di Bobby Ryan a North Naples».

Una foto di Ryan sostituì quella della sua vecchia residenza.

«Fonti interne riferiscono a WINK News che il trentanovenne Ryan è il principale sospettato negli omicidi di Melissa Wright e della dottoressa Bigham. Sposato, Ryan aveva una relazione con la signorina Wright e si ritiene avesse un legame sentimentale anche con la dottoressa Bigham».

Una foto di Feldman davanti a una selva di microfoni riempì lo schermo. «Poco fa, l'avvocato di Ryan ha parlato con i giornalisti davanti al suo ufficio di Naples».

L'avvocato disse: «La perquisizione condotta oggi a casa Ryan è stata la più flagrante violazione della privacy nei venticinque anni in cui esercito la professione. Lo sceriffo della contea di Collier non ha alcuna prova che il mio cliente sia colpevole di qualcosa che non sia un incontro romantico. Una relazione consensuale e, certamente, non contro la legge».

«Nel disperato tentativo di calmare un'opinione pubblica spaventata, lo sceriffo sta perseguitando il signor Ryan basandosi solo su prove indiziarie. Stiamo valutando le nostre opzioni, compresa una querela per molestie».

Il mezzobusto disse: «Abbiamo contattato lo sceriffo Remin. Il suo ufficio ha promesso una dichiarazione, che vi forniremo non appena la riceveremo».

Remin tolse l'audio alla TV. «Cosa ti dice l'istinto su questo?»

«La realtà è che è troppo presto per dirlo. Vediamo cosa dirà il laboratorio...»

«Ti ho chiesto cosa ti dice la pancia».

«Non so cosa pensare. Ryan andava a letto con la Wright, che aspettava un figlio da lui. Sua moglie era così furiosa che l'ha cacciato di casa. Il legame con la dottoressa Bigham è meno chiaro. Lui...»

«Era abbastanza forte da fargli guidare il veicolo di lei».

«Avrebbe potuto essere solo un buon servizio clienti».

«Non ci casco. In tutte le concessionarie da cui ho comprato, era l'officina a occuparsi delle auto di cortesia e dei ritiri».

Stava cercando qualcosa di positivo per replicare a Feldman. «Vero. Se fossi in Lei, signore, manterrei un basso profilo per quanto riguarda la dichiarazione. Ci serve più tempo, e stiamo tenendo d'occhio anche Ong».

————

L'ODORE di cedro bruciato si intensificò mentre superavo Z Gallerie. Il mio stomaco brontolò. Veniva forse dal Burntwood Tavern? Girai intorno a due donne che sbirciavano a bocca aperta nella vetrina di una Dunkin Jewelers.

Sul punto di afferrare la maniglia della porta dell'agente immobiliare, vidi Ong seduto a un tavolo all'aperto del Bar Tulia. Con le dita sullo stelo di un bicchiere da martini, l'agente immobiliare stava parlando con un cameriere. Un altro tavolo chiamò il cameriere e Ong allungò la mano verso il suo bicchiere.

Mentre si portava alla bocca uno stuzzicadenti carico di olive, picchiettai le nocche sul tavolo. Sgranò gli occhi. Scivolai su una sedia. «Mi hai mentito».

«Ma di che diavolo stai parlando?»

«Non fare lo stupido. Hai detto che stavi lavorando la mattina in cui è stato trovato il corpo della dottoressa Bigham».

«Io lavoro sempre».

«Hai affermato di essere qui, all'ufficio del Mercato, verso le nove di quella mattina».

«Che giorno era?»

«Mercoledì».

«Di solito quel giorno copro il turno in ufficio. Devo essere stato impegnato».

«Dov'eri?»

«Non ricordo».

«Sei arrivato verso mezzogiorno e hai preso il pranzo da Bravo».

«Cosa, mi stai spiando?»

«Hai intenzione di dirmi dov'eri, o dovrò portarti dentro?»

Prese un lungo sorso. «Adesso ricordo. Ero a casa. Non mi sentivo bene e sono arrivato tardi».

«Perché hai mentito?»

«È stata una semplice svista».

Stava mentendo. Di nuovo.

«Come si può dimenticare di essere stato male e di essere andato al lavoro ore dopo il dovuto?»

«Succede, ok?»

«C'è qualcuno che può confermare che eri a casa? Per tutta la mattina?»

Si morse il labbro. «È davvero ridicolo, ma Sal Takeya può garantire per me».

«Dammi i suoi contatti».

———

Takeya lavorava come maître da Sails. Il ristorante di lusso si trovava alla fine della Fifth Avenue. Si diceva che fosse buono, ma i suoceri di Derrick li avevano portati lì per festeggiare il loro cinquantesimo anniversario e il suo secondo piatto era costato ottanta dollari. Con quella cifra, avrei potuto offrire una cena a tutti e tre.

Camminai lungo la Third Street, verso la Fifth Avenue. Un paio di clienti si stavano godendo un pranzo tardivo sulla terrazza di Sails. Come facevano i camerieri a indossare giacca e guanti in pieno pomeriggio?

Ricordando la foto della patente di Takeya, lo vidi. Telefono all'orecchio, Takeya era in piedi vicino a un podio all'aperto. Sorrise e sollevò un dito. Dopo aver riattaccato, disse: «Benvenuto da Sails. Ha una prenotazione?»

Mi chinai verso di lui. «Ci siamo parlati prima. Sono il detective Luca».

«Un momento, prego».

Si infilò dentro e uscì con una donna. «Ci metto solo un minuto, Carol».

Seguii Takeya fino alla vetrina del negozio accanto. «Cosa posso fare per Lei, detective?»

«Sto cercando di verificare un alibi. Stephen Ong sostiene che eri con lui mercoledì mattina».

Rispose troppo in fretta. «Sì. È corretto».

«Cosa stavate facendo?»

«Mi scusi?»

«Risponda alla domanda».

«Non sono affari Suoi. Ho diritto alla mia privacy, no?»

«Sì, ma sto solo cercando di scagionare il Suo amico».

Una donna sulla sessantina, con delle borse della spesa, si fermò davanti a noi. «Sal! Quando sei tornato?»

«Ehm...»

«Siamo venuti a cena due sere fa e non c'eri».

«È stato lo stesso senza di me?»

Lei rise. «Non proprio. Allora dimmi, ti è piaciuto il Sud della Francia?»

13

Una volta in macchina, mi squillò il cellulare. «Ehi, Derrick. Il secondo alibi di Ong è appena crollato. Dobbiamo torchialo, nasconde qualcosa.»

«Forse non ce ne sarà bisogno. Ha appena chiamato il laboratorio. Sul coltello c'era il DNA di Ryan.»

«E tracce di sangue?»

«Hanno detto che era pulito, forse trattato con la candeggina.»

«E riguardo al tipo di lama?»

«Il laboratorio ha detto che potrebbe essere l_'_arma del delitto.»

«Dobbiamo torchiare Ryan. Chiama Feldman e digli di portare qui il suo cliente.»

«Ci penso io.»

«Remin lo sa?»

«No, ho chiamato prima te.»

«Grazie. Tu contatta Feldman e io avviso Remin.»

«Stai tornando qui?»

«No, devo portare Mary Ann a fare un_'_iniezione.»

«Ah, già, me n_'_ero dimenticato. In bocca al lupo.»

«Mandami un messaggio quando riesci a parlare con Feldman.»

———

ENTRAI NEL GARAGE. C_'_erano due lucertole vicino alla porta interna che dava sulla casa. Presi una scopa e le spazzai fuori. Mary Ann viveva in Florida da molto tempo, ma quando un_'_anole marrone si intrufolava in casa, reagiva come se fosse un topo.

Le diedi un bacio sulla guancia. «Come ti senti?»

«Bene.»

«Hai fatto le tue vasche?»

«Non ho potuto. C_'_è una rana enorme in piscina. Credo sia una di quelle velenose.»

Ero un poliziotto o un guardiacaccia? Mi diressi verso la veranda. «La tiro fuori io.»

Afferrato il retino, diedi la caccia alla rana. Non sapevo di che tipo fosse, ma non era un rospo delle canne. La gente aveva paura dei rospi delle canne, ma non erano pericolosi per gli esseri umani.

Dicevano che i cani erano a rischio se ne sfioravano o annusavano uno. Non era vero. L_'_unico modo in cui un cane poteva sentirsi male era se ne prendeva uno in bocca e lo scuoteva o lo stringeva.

Misi la rana nel retino e la posai sull_'_erba, spingendola verso la recinzione.

«L_'_hai presa?»

«Sì. Sta andando a casa di Melanie.»

«Era un rospo delle canne?»

«No. Quelli hanno grandi occhi sporgenti.»

«Che schifo.»

«Se n_'_è andato. Adesso fai solo attenzione alla lince.»

«Cosa?»

«Scherzo. Dai, andiamo.»

Nello studio medico era rimasto un solo posto libero. Mary Ann si sedette e io rimasi in piedi vicino alla porta. Feci due conti: c_'_erano altre nove persone nella stanza; se un terzo di loro si faceva iniezioni da duemila dollari l_'_una, qualcuno ci stava facendo una barca di soldi.

Mi arrivò un messaggio. Era Derrick. Feldman e Ryan sarebbero venuti la mattina seguente. Gli risposi, dicendogli che lo sceriffo aveva ordinato la sorveglianza di Ryan. Avrei voluto dirgli che Remin aveva suggerito di chiedere un mandato d_'_arresto se avessero fatto storie per venire, ma non era una bella mossa per Remin mostrarsi così ansioso di incastrare qualcuno per gli omicidi.

Chiamarono il nome di Mary Ann e fummo accompagnati in un ambulatorio grande quanto la nostra cabina armadio. Un_'_infermiera le misurò la temperatura e sparì. Dopo quindici minuti, dissi: «Per tutti i soldi che costano queste iniezioni, penseresti che ti servano e riveriscano.»

«Non devi venire per forza, lo sai.»

«Voglio venire.»

«È solo un_'_iniezione.»

«Non mi importa. È la tua salute, e voglio sentire cosa dice il medico.»

La porta si aprì di scatto, e non era il medico ma l_'_assistente sanitaria. Era la seconda volta di fila che vedevamo lei.

«Come si sente, signora Luca?»

«Al solito.»

«Tenga duro.»

«Dopo questa, se non ci sono miglioramenti, smetterò di farle.»

«Lasci che mi consulti con la dottoressa, sono sicura che vorrà fare una valutazione completa, compreso un prelievo del liquido spinale.»

L_'_assistente sanitaria strofinò la spalla di Mary Ann con dell_'_alcol e le fece l_'_iniezione. «Aspetti cinque minuti per assicurarsi che non ci siano reazioni avverse, va bene?»

«Certo.»

Una volta che la porta si chiuse, dissi: «Perché hai detto quella cosa di smettere con le iniezioni?»

«Andiamo, Frank. Non stanno funzionando davvero.»

«Come fai a saperlo?»

«Perché non mi sento quasi per niente meglio.»

«Hanno detto che ci vuole tempo.»

«Andiamo avanti così già da sei mesi.»

«Hanno detto che servono almeno sei mesi.»

«Non sta funzionando.»

«Potrebbe rallentare la progressione.»

Il labbro di Mary Ann tremò. Avevo la lingua lunga. Era lo scenario peggiore.

Fui salvato da un colpo alla porta. Entrò un_'_infermiera con il nostro conto e un POS portatile. Le porsi la mia carta, infastidito dal fatto che non ti lasciassero nemmeno uscire dalla stanza senza pagare.

Due passi avanti a Mary Ann, rallentai il passo mentre ci dirigevamo verso la macchina. Era difficile valutare se mia moglie si trascinasse per l_'_emozione o per la malattia.

Ci mise qualche secondo a salire in macchina. «Ti senti bene, Mar?»

«Sto bene.»

«Bene. Penso che dovremmo continuare per altri due o tre mesi.»

«È buttare via i soldi.»

«No, non lo è, e comunque non importa.»

«Certo che importa. Sto mandando la nostra famiglia sul lastrico con tutta questa storia.»

«No, non è vero. Stiamo bene, possiamo farcela.»

«Anche se potessimo, e non possiamo, stiamo sprecando soldi che non abbiamo.»

«Andrà tutto bene.»

«No, potrebbero essere usati per l_'_istruzione di Jessica e per noi, per la nostra pensione.»

«Abbiamo i soldi per il college.»

«Quelli sono per un_'_università statale. Sai che ha messo gli occhi su Princeton.»

«Ce la faremo, abbiamo dei soldi a cui possiamo attingere.»

«Cosa? Incassando i nostri fondi pensione?»

«Senti, se dovrò continuare a lavorare fino a novant_'_anni, lo farò. Tanto non riesco a starmene con le mani in mano.»

Sussurrò: «Avremmo dovuto viaggiare...»

«Ci arriveremo.»

Sbuffò: «Gli "anni d_'_oro", che stronzata.»

Le presi la mano. «Dai, tesoro, andrà tutto bene. Anzi, no, andrà meglio che bene.»

«Mi dispiace.»

«Non hai niente di cui dispiacerti.»

«Sta rovinando tutto.»

«No, non è vero. Ti sei ammalata, non è colpa tua. Affronteremo la cosa.»

Chinò la testa.

«Senti, se fossi io al tuo posto, mi staresti dicendo di smetterla di autocommiserarmi.»

Fece spallucce.

«Dai, ti sento.» Dissi in falsetto: «Frank, smettila di piangerti addosso. Cosa sei, un bambino?»

Mi diede un pugno sulla coscia e si aprì in un sorriso.

14

RIVEDENDO LE DOMANDE CHE AVEVO PREPARATO PER RYAN, svoltai su Airport Pulling Road. Oggi avrebbe potuto essere una giornata decisiva. Non appena entrai nel complesso, inchiodai. Tre furgoni dei notiziari erano parcheggiati davanti all'ingresso dell'ufficio dello sceriffo.

Feci inversione e mi diressi verso l'ingresso sul retro. Stava succedendo qualcos'altro, o qualcuno li aveva avvisati che Ryan stava arrivando? Di nuovo. In circostanze normali, tra dash cam, body cam e chiunque ti riprenda, eravamo costantemente sotto esame. Capivo quell'aspetto della faccenda, ma non la stampa. Rendeva più difficile fare il mio lavoro.

Il corridoio odorava di caffè. Aprii la porta dell'ufficio; Derrick stava picchiettando sulla tastiera.

«Giorno. Non dirmi che la stampa sta aspettando Ryan.»

Lui scosse la testa. «Maledetti avvoltoi.»

«Spero non sia stato Remin a dar loro la soffiata.»

«Probabilmente sì. Non credo che Feldman voglia Ryan sotto i riflettori più di quanto non lo sia già.»

Bevvi un sorso del caffè che Derrick mi aveva tenuto da parte. «Non mi sono arruolato per questo circo.»

«Neanch'io.»

«Dobbiamo tenere la testa bassa e vedere dove ci porta questa storia.»

«Bingo.»

Aprii la posta in arrivo. «Accidenti, sessanta e-mail.»

«Ce ne sono almeno dieci sul corso di sensibilità e diversità.»

«Sto diventando troppo vecchio per questa roba.»

«Com'è andata con il medico di Mary Ann?»

«La solita trafila.»

«Bene.»

Ero così assorto nel mio mondo da non chiedergli mai come si sentisse. «E tu? Come ti senti?»

«Così così. O'Reilly mi ha detto di provare l'agopuntura, ha detto che ha aiutato sua moglie.»

«Proverai?»

«Credo di sì. Vale la pena tentare.»

Un brivido mi percorse la schiena al pensiero di essere infilzato da decine di aghi. Una tirocinante mise la testa dentro l'ufficio. «Detective Luca?»

«Sì?»

«Il suo appuntamento è qui.»

«Li faccia accomodare nella sala interrogatori due.»

«Sì, signore.»

Fece quasi il saluto militare prima di andarsene. Derrick disse: «La stanza due? Cosa le hai fatto, hai alzato l'aria condizionata?»

«Chi? Io?»

Scosse la testa. «Sei incredibile.»

Controllai l'orologio. Ero dieci minuti in anticipo per una pisciata. «Vado al bagno dei ragazzi.»

Seduto sulla tazza, estorsi un fiotto dalle tubature che i dottori mi avevano costruito. Sfiorai con le dita la cicatrice dove mi avevano tagliato per rimuovere la vescica malata di cancro. C'ero andato vicino, ma ne ero uscito pulito. Finora.

Scacciai i pensieri negativi e mi tirai su la cerniera. Mentre mi lavavo, visualizzai me stesso che torchiavo Ryan. Sarebbe stato divertente.

Girando l'angolo, rallentai il passo. Lo sceriffo era in piedi fuori dalla stanza a parlare con Derrick. Voleva forse interferire come aveva fatto nell'ultimo caso? Se l'avesse fatto, avrei dovuto dargli un ultimatum? Derrick fece una smorfia mentre spostava il peso del corpo, e io scesi di qualche piolo dalla scala della spavalderia.

Remin si voltò. «Detective Luca. Siamo pronti?»

Noi? «Sì, signore. Il detective Dickson e io siamo pronti a interrogare Ryan.»

«Bene. Rassicurerà l'opinione pubblica sapere che questo dipartimento sta facendo tutto il possibile per assicurare l'assassino alla giustizia.»

Remin intendeva invitare la stampa ad assistere all'interrogatorio? «Abbiamo un'ottima reputazione, signore.»

Lo sceriffo sbuffò. «La gente ha la memoria corta. Dobbiamo chiudere questo caso, e in fretta.»

«Faremo del nostro meglio.»

«Mi aggiorni non appena avrete finito.»

Mentre Remin si allontanava, Derrick disse: «A proposito di mettere pressione.»

«Fregatene. Abbiamo un lavoro da fare. Non possiamo affrettare le cose.»

«Hai ragione.»

Mentre mettevo la mano sulla maniglia, Derrick sussurrò: «È stato Remin ad abbassare la temperatura dell'aria condizionata.»

Entrai nella stanza. «Buongiorno, signori.»

Feldman tese la mano e ce la stringemmo. Ryan aveva un'espressione corrucciata degna di un sedicenne in punizione per il weekend.

Feci un cenno a Ryan. «Signor Ryan.»

«Mi avete fatto licenziare con tutte queste stronzate.»

«Se verrà scagionato, sono sicuro che la riassumeranno.»

«Non ho fatto niente. Mi avete rovinato la vita. Mia moglie mi ha cacciato di casa.»

Stavo per dirgli che aveva avuto tutto il diritto di cacciare fuori il suo culo traditore. «Procediamo.»

Dopo aver recitato le formalità, dissi: «Grazie per essere venuto a parlare con noi. Signor Ryan, abbiamo eseguito una perquisizione nella sua casa di Mimosa Court.»

«Mia moglie è andata fuori di testa.»

Alzai una mano. «Nel corso dell'esecuzione del mandato» — aprii la cartella e presi una busta di plastica per le prove — «abbiamo trovato questo opuscolo in un cassetto della cucina.»

Feldman disse: «Posso vederlo?»

Ryan disse: «E allora? È una brochure del sistema dei parchi della contea.»

«Perché era sepolta in fondo a un cassetto?»

«E che diavolo ne so? Probabilmente l'abbiamo presa cinque anni fa.»

«No, non è di cinque anni fa. Questa versione è stata stampata sedici mesi fa.»

«State facendo del vostro meglio per incastrarmi. È...»

Feldman alzò la mano, zittendo Ryan. «Essere in possesso di una pubblicazione, una che credo sia stata distribuita in decine di migliaia di copie, non ha alcuna rilevanza.»

«Sia Melissa Wright che il dottor Bigham sono stati trovati morti in parchi presenti nella brochure.»

Feldman sorrise. «Mi rifiuto di confutare un'insinuazione così ridicola.»

«Il suo cliente possiede un kayak. Crediamo sia possibile che abbia attirato il dottor Bigham a Baker Park con il pretesto di un'attività ricreativa.»

«Ha delle domande concrete per il mio cliente?»

Pronto a cancellare quel sorrisetto dalla faccia di Feldman, sorrisi e feci scivolare una foto sul tavolo. «Abbiamo anche sequestrato questo coltello durante la nostra perquisizione.»

Ryan tese la mano nella sua direzione. «È un coltello da pesca che aveva il mio vecchio.»

«Non importa dove l'abbia preso; ci interessa sapere per cosa l'ha usato.»

Ryan sbuffò. «Cosa? Pensa che l'abbia usato per pugnalare Melissa?»

Era interessante che non avessimo mai reso note le cause della morte di nessuna delle due donne. «Come fa a sapere che sono state pugnalate?»

«Per quale altro motivo parlereste di un coltello? Non ci vuole un genio, sa.»

«A proposito di geni, il medico legale ha concluso che l'arma del delitto, usata per uccidere entrambe le donne, ha la stessa lama seghettata ed è della stessa identica lunghezza di questo.»

Disse Feldman: «Sono sicuro che ce ne siano migliaia, se non milioni, come questo in circolazione.»

«E uno, guarda caso, si trovava nascosto nel garage del Suo cliente?»

«Non era nascosto.»

«L'abbiamo trovato sul fondo di un contenitore, sotto un banco da lavoro. Questo, a mio modo di vedere, equivale a occultamento.»

«Non ho nascosto niente. Era il coltello da pesca di mio padre. Mi ha dato un sacco di attrezzi e roba varia quando ha traslocato. Non la volevo nemmeno, quella roba, ma l'ho presa e l'ho messa in garage.»

«Ha mai usato il coltello?»

«No.»

Disse Feldman: «La Sua logica mi sfugge, detective, ma, parlando in via ipotetica, perché il mio cliente dovrebbe conservare un'arma legata a un omicidio?»

«La gente fa ogni sorta di cose irrazionali. Forse voleva usarla di nuovo, su un'altra donna.»

«Oltre alle somiglianze riguardo alla lama e alla lunghezza, ha qualche prova a sostegno delle Sue insinuazioni?»

«Sfortunatamente, la lama è stata pulita con la candeggina.»

«Quindi, non ha nulla.»

«Il signor Ryan ha affermato poco fa di non aver usato il coltello.»

«Esatto. Non l'ho mai usato.»

«Come spiega che sul manico c'è il Suo DNA?»

«È impossibile. Oh, un momento, forse c'è finito quando ho controllato la scatola. Vede, quando l'ho presa, ci ho dato un'occhiata solo per vedere cosa c'era dentro. Tutto qui.»

15

IL MORMORIO DELLA FOLLA AUMENTÒ MENTRE SCORTAVAMO Ryan e il suo avvocato verso l'uscita. Avevo dato a Feldman la possibilità di andarsene dall'ingresso posteriore, ma lui aveva rifiutato. Sussurrò qualcosa al suo cliente un attimo prima di esporsi al caldo del sole e alla stampa.

Un coro di domande si levò dai giornalisti. Feldman alzò le mani. «Vorrei fare una breve dichiarazione.»

Quattro microfoni si tesero in avanti. «In seguito alla richiesta dello sceriffo, il signor Ryan e io siamo venuti qui volontariamente. Abbiamo risposto alle loro domande, in modo soddisfacente, aggiungerei, e il signor Ryan non vede l'ora di porre fine a queste inquietanti accuse. Non ha avuto nulla a che fare con la morte prematura della signorina Wright e della dottoressa Bigham.»

«Bobby Ryan verrà arrestato?»

«Certo che no. Non ci sono prove...»

«E il coltello?»

«Il mio cliente possiede un coltello da pesca che suo padre gli ha regalato anni fa.»

«Corrisponde all'arma del delitto.»

«Potrebbe essere simile, ma non è il coltello usato negli omicidi di quelle povere donne. Mi dispiace, abbiamo un'agenda fitta di impegni.»

Ryan tenne la testa bassa, e Feldman lo condusse alla sua auto.

Dissi: «Andiamo. Devo aggiornare Remin.»

Derrick chiese: «Cosa ne pensi della storia del coltello di Ryan?»

«È plausibile. Ricordo che mio zio mi regalava attrezzi di ogni tipo. Non avevo il coraggio di dirgli che non li avrei mai usati.»

«Mio padre faceva la stessa cosa. Non ho mai dovuto comprare un attrezzo.»

«Mary Ann mi ha proibito di fare qualsiasi cosa che andasse oltre un semplice lavoretto.»

Derrick rise. «Ti ha fatto un favore.»

«Ci vediamo dopo che avrò parlato con Remin.»

La porta dell'ufficio dello sceriffo era chiusa. Sorrisi alla sua segretaria. «È occupato?»

«È con Parton.»

Remin era in riunione con il capo delle Relazioni con i Media del dipartimento. «Tornerò più tardi.»

«No. Ha detto di avvisarlo quando sarebbe arrivato lei.»

Lei prese il telefono per avvisare Remin. Io afferrai una copia della rivista *American Police Beat*. Mentre davo un'occhiata all'indice, la porta si aprì di scatto. Remin disse che avrebbe richiamato Parton. Mi tirai indietro mentre stringevo la mano all'addetto alle PR e seguii Remin nel suo ufficio. Puzzava della colonia muschiata di Parton.

Scivolò dietro la sua scrivania. «Cos'è successo?»

«Ryan ha detto che il coltello era di suo padre.»

«Cosa ne pensa?»

«Non c'era sangue, ma potrebbe essere stato pulito con la candeggina.»

«Cos'altro?»

«Ha detto che l'opuscolo era vecchio. Comunque è a malapena una prova circostanziale.»

«Ma supporta la versione su dove sono stati messi in posa i corpi. Cosa ha detto riguardo alle sue relazioni con queste donne?»

«È rimasto fermo sulla sua versione: non aveva idea che la Wright fosse incinta e stava solo facendo un favore alla dottoressa Bigham. L'ho messo alle strette sulla faccenda del servizio auto; non mi convince. Inizialmente aveva detto di non vedere la Bigham da molto tempo, e invece si scopre che l'ha vista pochi giorni prima che venisse trovata morta.»

«Dobbiamo scoprire se avesse una relazione con la Bigham. O forse ne voleva una e lei lo ha respinto.»

«Potrebbe aver cercato di entrare nelle sue grazie facendole un favore e non ha ottenuto ciò che voleva.»

«E per quanto riguarda i problemi di rabbia?»

«Abbiamo controllato, ma niente di più di quello che capita a tutti.»

«Metta sotto pressione la moglie. Dovrebbe conoscerlo meglio di chiunque altro.»

«Dovrebbe, ma non si è accorta della sua tresca.»

«Potrebbe averlo saputo e aver cercato di rimettere insieme i pezzi della relazione.»

«Vero. Lo ha cacciato di casa, ma è stato dopo aver scoperto della gravidanza.»

«Dobbiamo vedere cosa sa. Perché non la convoca qui?»

«Preferirei non interrogarla qui. Ne ha passate tante e, be'...»

«Sa, le persone tendono a essere più, ehm, collaborative quando parliamo qui.»

Aveva ragione, ma mi dispiaceva per la signora Ryan. «Andrò a trovarla. Se nasconde qualcosa, la faremo venire qui.»

«Mi sembra giusto. Parton è assediato per questo caso del serial killer. Ha ricevuto quattordici richieste di intervista, e una di queste arriva da Atlanta. È preoccupato che la cosa diventi di risonanza nazionale.»

«Feldman non aiuta.»

«La stampa può essere utile in questo caso, con l'attenzione concentrata su Ryan; qualcuno potrebbe farsi avanti con delle informazioni.»

«Possiamo fare un altro appello pubblico.»

«Diamo alla stampa un paio di giorni. Seguiranno Ryan così da vicino che l'unico posto in cui avrà un po' di privacy sarà il bagno.»

«Persino quello è discutibile di questi tempi.»

Remin sorrise. «Sarà perseguitato finché non confesserà o finché non verrà incastrato qualcun altro.»

«O finché qualcos'altro di più luccicante non catturerà la loro attenzione.»

«Senza dubbio, la soglia di attenzione è bassa.» Sospirò pesantemente. «Ma quando due donne indifese vengono trovate assassinate, dobbiamo cambiare la narrazione. La stanno facendo passare come se stessimo qui con le mani in mano.»

«Prenderemo chiunque ci sia dietro a tutto questo.»

«Non sarà mai abbastanza presto. Si assicuri di tenermi informato su tutti gli sviluppi.»

———

MENTRE SCENDEVO DALL'AUTO, Jessie entrò nel garage. «Ehi, papà.»

«Ciao, Jessie. Come stai?»

«Tutto bene.»

«Come sta la mamma?»

«Sta bene. Abbiamo fatto una passeggiata quando sono tornata a casa.»

«Stava bene?»

«Sì, ma faceva caldo; abbiamo fatto solo il giro dell'isolato due volte.»

«Bene. Dove stai andando?»

«Vado a fare due tiri con Carolyn.»

«Divertiti. Ci vediamo dopo.»

Seduta su uno sgabello vicino al lavello della cucina, Mary Ann stava sciacquando delle zucchine. Si girò verso di me e sorrise. «Solo un po' stanca.»

«Jessie ha detto che siete andate a fare una passeggiata.»

Annuì. «Mi ha sfinita.»

«È stato il caldo. Avresti dovuto aspettare. Sarei venuto con te.»

«L'ha proposta Jessica, quindi bisogna approfittare dell'offerta.»

Fu bello sentire che Jessie la spingeva a tenersi in movimento. Annuii. «Bisogna sfruttare più tempo possibile prima che vada al college.»

Fece una smorfia. «Mi mancherà.»

Le cinsi la spalla con un braccio. «Mancherà a entrambi, ma andremo a trovarla, e lei tornerà durante le vacanze.»

«Lo so. Comunque, com'è andata la tua giornata? Cos'è successo con Ryan?»

La aggiornai sull'interrogatorio. Lei disse: «È su tutti i

telegiornali. La stampa ha seguito Ryan fino a una casa a East Naples.»

«Ha detto qualcosa?»

«No. L'hanno preso d'assalto davanti al locale. Mi ha quasi fatto pena per come l'hanno aggredito. Quando si è fatto largo per entrare, si sono messi a sbirciare dalle finestre. Lui ha tirato giù le tende.»

16

DERRICK NON ERA IN UFFICIO, MA UNA TAZZA DI CAFFÈ MI aspettava al centro della scrivania. Mi sfilai la giacca sportiva e ne bevvi un sorso. Derrick non doveva essere arrivato molto prima di me.

Mentre accendevo il computer fisso, lui entrò. «Buongiorno, Frank».

«Ehi, amico. Grazie per il caffè».

Mi fece un cenno col pollice in su. «Qual è il programma?»

«Parlare con la signora Ryan. Potrebbe avere informazioni sui problemi di rabbia di suo marito e su precedenti violenze non abbastanza gravi da richiedere il nostro intervento».

Si lasciò cadere sulla sedia. «È probabile che ora parli».

«Speriamo. Ti senti bene?»

«Oggi sto abbastanza bene».

«Ottimo».

Squillò il telefono della mia scrivania. Diedi un'occhiata all'ora. Erano le nove e cinque. «Omicidi, Detective Luca».

«Salve, ehm, credo di avere delle informazioni su quell'uomo, Ryan».

Mi raddrizzai. «Grazie per aver chiamato. Desidera che la conversazione rimanga confidenziale?»

«No, va bene. Mi chiamo Mary Keane».

«Molto bene, signora Keane. Mi dica».

«Vede, noi abitiamo a Jacksonville, ma mia figlia vive a Naples. Comunque, sono stata in visita due settimane fa e ho alloggiato all'Hyatt House. Un giorno, mentre stavo parcheggiando, ho visto una coppia litigare. Sono certa che si trattasse di quell'uomo, Ryan».

«Con chi stava litigando?»

«Con Melissa Wright».

«È sicura che fosse lei?»

«Assolutamente. L'ho vista in albergo un sacco di volte».

«Quanto è certa che fosse Bobby Ryan?»

«Non sapevo chi fosse finché non ho visto il telegiornale ieri sera prima di andare a letto. Ho pensato, oh no, era lui».

«Dove li ha visti?»

«Il parcheggio era piuttosto pieno, quindi ho svoltato a destra e sono passata loro accanto. Erano in piedi vicino all'edificio».

«Come fa a sapere che stavano litigando?»

«Dal modo in cui le persone si muovono e, sa, dopo essere scesa dalla macchina, sono dovuta passare loro davanti. Stavano urlando, ma si sono calmati quando mi hanno vista».

«Okay. Sarebbe utile se potesse stabilire con esattezza il giorno e l'ora di ciò a cui ha assistito».

«Sono abbastanza sicura che fosse un lunedì. Di solito vado da mia figlia di giovedì per evitare il traffico e torno di mercoledì».

«La data esatta?»

«Uhm, mi faccia controllare il calendario, un attimo».

Coprii il ricevitore con la mano. «Derrick, questa potrebbe essere la svolta che ci serve».

«Pronto, è ancora lì?»

«Sì, signora».

«Okay, sono quasi certa che fosse lunedì quattordici».

«Gennaio?»

«Sì».

«A che ora?»

«Intorno alle undici».

Presi nota delle sue informazioni di contatto e riattaccai. «La testimone ha visto Ryan e la Wright litigare all'Hyatt House poco prima che lei venisse trovata morta».

«Bingo».

«Fammi un favore, facci un salto tu mentre io vado dalla signora Ryan. Ci devono essere delle riprese a circuito chiuso di loro due».

Gli diedi i dettagli. Derrick afferrò la giacca. Mentre usciva, presi il telefono per avvisare Remin che Ryan poteva aver litigato con la Wright pochi giorni prima che venisse uccisa.

———

LA STAMPA se n'era andata da casa Ryan. Sapevo che sarebbe tornata se Ryan fosse rimasto il principale sospettato. Un odore di benzina mi investì mentre mi avvicinavo alla porta. Un vicino stava spazzando via l'erba tagliata con un soffiatore che emetteva una nuvola di fumo. Il rumore dei soffiatori per foglie e dei condizionatori d'aria era una pessima musica di sottofondo.

Con uno strofinaccio in mano, la signora Ryan aprì la porta. «Buongiorno, signora. Sono il Detective Luca».

«Sì, mi ricordo di lei».

«Vorrei farle un paio di domande su suo marito».

Aggrottò la fronte. «Immagino di doverlo fare, no?»

«Non esattamente, ma le sarei grato se lo facesse, e potrebbe aiutare a porre fine a questo, uhm…»

«Incubo».

Annuii e lei si fece da parte.

Ci sedemmo in cucina. L'insegna appesa al muro non avrebbe potuto essere più ironica: «Preferirei essere in spiaggia». Dissi: «È nuova?»

«In un certo senso. Bobby pensava che fosse stupida, quindi non l'abbiamo mai appesa».

Sollievo per non averla mancata durante la perquisizione, dissi: «A me piace».

Lei sorrise. «Potrei passare tutto il giorno in spiaggia, ma Bobby non voleva mai andarci».

Che fosse uno di quelli che odiavano la sabbia? «A me piace, ma non ci vado più spesso come una volta».

«Ci sono stata tre volte da quando è, uhm, successo tutto questo. Forse è perché sono in costume da bagno o qualcosa del genere, ma lì nessuno mi disturba. È il mio rifugio sicuro».

Era tutta una questione di contesto. La maggior parte delle persone faceva fatica a riconoscere qualcuno in un ambiente diverso. «Mi dispiace che debba affrontare tutto questo».

«Non bastava che avesse avuto un figlio con un'altra donna, ma la gente dice che ha ucciso lei e un'altra donna? È una follia».

«Cosa può dirmi dei problemi di rabbia di suo marito?»

«Problemi di rabbia? Bobby non aveva problemi di rabbia».

«Ne è sicura?»

«Sì. Si arrabbiava per qualcosa ogni tanto, come tutti».

«E quando litigava con qualcuno?»

«Intende fisicamente?»

«Sì».

«Non l'ha mai fatto».

«Aveva qualcuno che faceva il lavoro sporco per lui?»

Lei sbuffò. «Guardi, dopo quello che ha fatto, non tornerò mai e poi mai con lui, ma non riesco a immaginarlo uccidere quelle donne come dicono».

«Portava sempre con sé il suo coltello, giusto?»

«Non aveva un coltello. Almeno, non che io sapessi».

Feci un altro paio di domande prima di andarmene. Era convincente. Sapevo che l'amore spinge le persone a proteggere gli altri quando non dovrebbero, ma lei era credibile. La domanda più grande era se Ryan stesse dicendo la verità.

Mentre facevo un'inversione a U, chiamai Derrick. «Sei libero?»

«Sì, ho appena lasciato la moglie di Ryan. Hai preso il video?»

«Sì, e sono la Wright e Ryan. Stanno litigando, non c'è dubbio».

L'ago della bilancia si era appena spostato dall'altra parte. «Ci vediamo tra un quarto d'ora».

17

DERRICK SFOGGIAVA UN SORRISO DA VINCITORE DELLA lotteria. Lanciai la giacca su una sedia mentre lui teneva sollevata una chiavetta USB. «Vuoi i popcorn per il film?»

«Sono più un tipo da Milk Duds.»

Lui infilò la chiavetta nel suo computer fisso. «Non sopporto come si appiccicano ai denti.»

Mentre navigava nel contenuto della chiavetta, chiesi: «Hai già detto qualcosa a Remin?»

«No. Ti stavo aspettando.»

«Grazie.»

«Eccoci. C'è Ryan, deve averla chiamata lui.»

«Ingrandisci.»

Era Ryan. Stava camminando avanti e indietro lungo il lato destro dell'hotel.

«Ecco che arriva la Wright.»

Vestita con una giacca sportiva grigia e pantaloni neri, Melissa Wright si avvicinò al suo amante. Ryan fece un paio di passi avanti. Scuoteva la testa e le stava parlando addosso con fare aggressivo. Lei rallentò il passo.

Derrick disse: «Cavolo, vorrei tanto poter sentire cosa stanno dicendo».

«Vedrai che presto avranno telecamere con microfoni integrati.»

Ryan sbatté un pugno contro il muro. Dissi: «Forse le ha parlato del bambino».

«Può darsi.»

Gettarono un'occhiata verso il parcheggio e sembrarono calmarsi un po'. Probabilmente era il testimone che si stava avvicinando. Venti secondi dopo, Ryan puntò il dito in faccia alla Wright. Lei indietreggiò.

Un secondo dopo, la Wright si girò. «Ingrandisci.»

Con le labbra serrate e gli occhi socchiusi, era furiosa. «Okay, lascia andare.»

La Wright scomparve. Ryan, con le mani sui fianchi, fissava nella sua direzione. Si appoggiò al muro e scosse la testa prima di uscire dall'inquadratura. C'era qualcosa che non andava tra loro.

«Questo non aiuta Ryan. Fallo ripartire.»

Guardammo il video altre due volte. «Devo dire a Remin cosa abbiamo.»

«Pensi che sia abbastanza per ottenere un mandato d'arresto?»

«Non credo. È una ricostruzione avvincente, ma è tutto circostanziale.» Non volevo dirgli che Remin probabilmente non avrebbe tenuto conto del mio parere e avrebbe deciso lui. «Fammi un favore e scrivi un rapporto su questa cosa mentre vado a vedere cosa dicono di sopra.»

Mentre salivo faticosamente le scale, passai in rassegna mentalmente le risorse a disposizione. Una prova concreta, materiale, era tutto ciò che mi serviva per sentirmi più tranquillo. Se esisteva, dove si nascondeva?

«Siediti, Frank.»

Frank? La manipolazione era iniziata. «Grazie, signore.»

«Com'è andata con la moglie?»

«Lo ha difeso. Ha detto che lui non ha problemi di rabbia e non è mai stato violento in tutti gli anni da cui si conoscono.»

«Potrebbe proteggerlo.»

«Potrebbe, ma il detective Dickson ha recuperato il filmato della soffiata di cui Le ho parlato.» Remin si sporse in avanti mentre continuavo: «Lunedì, verso le undici del mattino, Ryan è andato all'Hyatt House, dove lavorava la Wright. L'ha aspettata fuori ed era chiaramente agitato».

«Al diavolo quello che dice la moglie sulla sua incapacità di perdere le staffe.»

«Sembrava turbato, ma non incline alla violenza.»

«Nessun contatto fisico?»

«Nessuno, signore.»

«Qual è la tua opinione?»

«Potrebbe averle parlato prima della gravidanza, o forse lui le ha chiesto di abortire e lei si è rifiutata. Magari stava cercando di farle cambiare idea. Chi lo sa?»

«Nessun testimone in zona?»

«Solo la signora che ci ha allertati, ma non ha sentito nulla della discussione.»

«Vorrei di più prima di arrestarlo, ma quello che vorrei non ha importanza.»

«Chiederà un mandato?»

«Non ho ancora preso una decisione. Ne parlerò con i procuratori.»

18

Mary Ann entrò in veranda con una ciotola di insalata. Gliela presi e dissi: «Guarda il cielo. Quei colori viola e arancioni sono magnifici».

Lei afferrò il telecomando e accese la TV. «Splendido».

Misi gli hamburger di tacchino nei piatti.

«Serata perfetta per mangiare fuori». Feci per spegnere la TV.

«Metti il muto ma lasciala accesa. C'è una riunione del consiglio scolastico per un nuovo programma di studi».

«Che succede?»

«Qualche assurdità in arrivo da Washington. Farebbero meglio a non approvarla».

«Vogliono controllare tutto». Versai un bicchiere di vino rosso. «Ne vuoi un bicchiere?»

«No. Ho paura di bere».

«Il dottore ha detto che un bicchiere ogni tanto potrebbe farti bene».

«Magari la prossima volta».

Le porsi il mio bicchiere. «Assaggia. Me l'ha consigliato Bilotti, e da Total Wine l'ho trovato a venti dollari».

Ne prese un sorso. «È buono. Cos'è?»

«Un toscano, dall'Italia».

«È buono».

«Le uve sono Sangiovese, che significa sangue di Giove».

«Bleah. Non è che m'invogli a berlo».

«È solo un nome. Ne vuoi un bicchiere?»

«No. Il caso Ryan è su tutti i telegiornali. Che è successo con sua moglie?»

Tagliai l'hamburger. «Lei non crede che sia capace di uccidere. Ha detto che non ha problemi di rabbia. Ma abbiamo ottenuto il video della sorveglianza dal posto in cui lavorava la Wright. Appena un paio di giorni prima che morisse, Ryan stava litigando con lei».

«Oh, mio Dio. Pensi che sia stato lui?»

«Sono propenso a crederlo, ma ci serve di più».

Con la bocca piena, Mary Ann indicò la TV.

In fondo allo schermo c'era un banner rosso con scritto "Breaking News". Alzai il volume.

Seduto dietro una scrivania, un anchorman disse: «Vi presentiamo un'altra esclusiva di WINK News. Questo servizio speciale riguarda il principale sospettato negli omicidi Wright e Bigham. Oggi ci siamo procurati un filmato di Bobby Ryan, che la polizia ha interrogato più volte in relazione agli omicidi. Il video è stato girato dalle telecamere di sorveglianza dell'Hyatt House, dove la signorina Wright era impiegata come vicedirettrice».

Feci cadere la forchetta mentre lo schermo alle spalle del giornalista si animava. «Quello è il signor Ryan in attesa sul lato dell'hotel. Ecco che arriva la signorina Wright. Sembra che i due fossero coinvolti in una discussione accesa. Questo filmato è di importanza cruciale, poiché lo scambio ha avuto luogo solo due giorni prima che la signorina Wright fosse trovata morta nella riserva di Cocohatchee Creek».

Spingendo indietro la sedia, dissi: «Come diavolo hanno avuto il nastro?»

«Qualcuno l'ha fatto trapelare».

«Scommetto che è stato Remin».

«Sei sicuro?»

Tirai fuori il cellulare e chiamai Derrick. «Il filmato di Ryan e Wright è su tutti i telegiornali».

«Cosa? Non l'ho visto».

Camminai verso il fondo della piscina. «Hai dato la chiavetta a Remin?»

«No».

«Cosa ne hai fatto?»

«L'ho copiata sul mio desktop, l'ho etichettata e l'ho portata giù nella sala delle prove».

«Qualcuno ha chiesto di vederla?»

«No. Qual è il problema?»

«Dobbiamo sapere se Remin sta giocando con noi».

«Hai ragione».

«Mi verrebbe voglia di andare a controllare il registro delle prove».

«Può aspettare fino a domattina. Non cambierà niente».

«Hai una password per il tuo PC?»

«Sì, ce l'hanno tutti».

«Va bene, ce ne occuperemo domani. Ci vediamo domattina».

Mary Ann disse: «Cosa ha detto Derrick?»

«L'ha consegnata alle prove».

«Pensi davvero che ci sia dietro Remin?»

«Non ne sono sicuro. Ha bisogno di una soluzione e non è da escludere che tagli corto».

«Al telegiornale hanno detto che l'ufficio dello sceriffo non ha risposto a una richiesta di commento sul nastro».

«Il danno è già fatto».

«Hanno anche sostenuto che una fonte confidenziale ha detto che un arresto era imminente».

———

DERRICK ERA ALLA SUA SCRIVANIA. «Giorno, Frank».

«Giorno».

Lui abbassò la voce. «Non credo che qualcuno abbia messo le mani sul mio desktop».

«Okay. Tu vai più d'accordo con Gorman di me. Perché non controlli il registro?»

Si alzò. «Vado subito».

Accesi il computer e controllai le e-mail. Dovevamo affrontare Ryan riguardo al video. Non appena l'orologio avesse segnato le nove, avrei chiamato Feldman.

Mentre riflettevo se parlare di nuovo con la signora Ryan, rientrò Derrick.

«Nessuno ha firmato per prendere niente».

«Ha lavorato di notte?»

«Non essere così paranoico, Frank».

«Hai ragione. È solo che mi irrita da morire».

«Vado a fare un salto all'Hyatt House. Vedo se l'hanno rilasciato loro».

Derrick si mise la giacca su una spalla e uscì. Mentre controllavo gli arresti del giorno precedente, mi squillò il cellulare. Era Remin. «Buongiorno, capo».

«Buongiorno. Dobbiamo portare dentro Ryan. Mettilo sotto torchio, ma per bene».

«Abbiamo intenzione di farlo. Stiamo solo aspettando che arrivi Feldman».

«Oggi non è abbastanza presto».

«Cercherò di fare del mio meglio senza allarmare Feldman».

«Mi tenga aggiornato».

«Certamente, capo».

Tornai alle mie e-mail. Era ora di rinnovare le mie qualifiche di tiro. Dov'era finito il tempo? La stampante sputò fuori il modulo che mi serviva mentre l'orologio segnava le nove. Appoggiai il foglio caldo sulla scrivania e chiamai l'avvocato di Ryan.

Appena riattaccai, risposi alla prima telefonata stramba della giornata. Dissi alla donna che non avevamo il personale per controllare se avesse i fantasmi in casa e riattaccai.

Chiamò Derrick. «Ehi, Frank, è stata la guardia di sicurezza dell'Hyatt House. Ha venduto una copia a WINK».

«Caspita, il suo capo lo sa?»

«No, e non ho detto niente. Il tipo anziano ha detto che gli servivano i soldi per le cure dentistiche. L'ho avvertito che la prossima volta l'avrei denunciato».

«Ma che cos'ha la gente?»

«Questa è una domanda più difficile del significato della vita».

«Quasi. Hai parlato con Feldman?»

«Sì. Non mi ha fatto storie. Ha detto che parlerà con Ryan e ci farà sapere un orario».

19

Accostai nel parcheggio della pizzeria Lowbrow. Era un nome strano, ma la pizza era buona. Scesi dall'auto e dissi: «Ti va di dividerci una pizza con la salsiccia?»

Derrick rispose: «Sembra un'ottima idea, muoio di fame».

«Se Feldman non si fa vivo prima che finiamo di mangiare, lo chiamo di nuovo».

«Credi che ci stia evitando?»

Entrammo nell'edificio bianco. «Non proprio. Probabilmente si stanno consultando su come controbattere al video».

«Caspita, che buon profumo».

«Dovrebbero farci un'acqua di colonia».

Ci dividemmo l'ultimo spicchio e ce ne andammo. Aprimmo le portiere dell'auto e, mentre il calore fuoriusciva dall'abitacolo, tirai fuori il cellulare. «Signor Feldman. Sono il detective Luca».

«Salve, detective».

«Vorrei sapere a che ora Lei e il suo cliente verrete oggi».

«Finora non sono riuscito a contattare il signor Ryan. Non appena gli parlerò, La informerò, ma devo dirLe che oggi ho un'udienza alle tre. Dovremo rimandare a domani».

«Capisco, avvocato. Preferiremmo fare tutto in mattinata».

«Potrebbe andare. Glielo confermerò il prima possibile».

Riattaccai. «Oggi non vengono. Ha detto che non è ancora riuscito a parlare con Ryan».

«Pensi che Ryan sia in fuga?»

Mi era passato per la testa. «No. Feldman ha detto di avere un'udienza alle tre. Probabilmente oggi non aveva tempo e la sta usando come scusa».

«Già, gli avvocati mentono per mestiere».

Era un modo interessante di vedere le cose. «Voglio vedere se riusciamo a scovare qualcosa che confermi la rabbia o l'aggressività di Ryan».

«Abbiamo già cercato».

«Dobbiamo andare più indietro nel tempo».

«Quanto indietro?»

«Al liceo. Le persone sono quelle che sono anche prima, ma il liceo cambia molta gente».

«Sicuro».

«E dobbiamo indagare sulla sua storia lavorativa. Lavora alla MINI da un paio d'anni, ma dov'era prima? Chi vende auto sembra cambiare spesso lavoro. O magari veniva da un settore diverso».

«E non è riuscito a trovare un altro lavoro per qualcosa che ha fatto, e l'hanno cacciato».

Derrick aveva la cintura nera di congetture, il che era una risorsa per un detective della Omicidi. «Questo è il ragionamento. O sentiva il bisogno di fuggire in qualche modo dal suo passato, di entrare in un mondo nuovo».

«Lo scoveremo».

Forse non alla velocità che voleva Remin, ma avremmo trovato le prove necessarie per ottenere una condanna. Se ci fossimo attenuti alle basi.

«Perché non controlli il liceo che ha frequentato? Parla con i suoi insegnanti, gli amici, comprese le ragazze che aveva Ryan. Tu prepari una lista e io andrò di nuovo a trovare la signora Ryan».

«Me ne occupo io. Sono abbastanza sicuro che sia andato alla Palmetto High».

———

LA SIGNORA RYAN sembrava pronta per una sessione di yoga. Mi chiesi se facesse sempre esercizio o se stesse cercando di reinventarsi per alleviare il dolore per il crollo del suo matrimonio. «Grazie per avermi ricevuto».

«Quanto tempo ci vorrà prima che tutto questo finisca?»

La vera risposta dipendeva dal fatto che suo marito fosse o meno l'assassino. Se lo era, l'attendevano decenni di tormenti. «È difficile dirlo, ma spero non per molto».

«È come essere in un film o qualcosa del genere. La metà delle volte, non mi sembra reale».

La parola giusta era incubo. «Capisco. Ehm, l'ultima volta che abbiamo parlato, Le ho chiesto dei problemi di rabbia di suo marito».

Aggrottò la fronte. «Il video. Giusto?»

Il telefono nella mia tasca vibrò. «Beh, non del tutto, ma è la prova che ha un caratteraccio».

«Tutti si arrabbiano, e di certo non lo difenderò, non

dopo quello che mi ha fatto, ma ho visto il filmato al telegiornale, e lo stanno facendo passare per uno che l'ha picchiata o qualcosa del genere».

«Era chiaramente turbato, e l'alterco è avvenuto pochi giorni prima che la signorina Wright venisse trovata morta».

Lei espirò. «Capisco».

«Mi chiedevo se aver visto il video Le avesse rinfrescato la memoria riguardo a qualche suo litigio con altre persone. Cosa Le viene in mente?»

«Davvero, niente. Non credo che dimostri nulla su di lui».

Alzai le sopracciglia e lei disse: «Okay. Ovviamente, non lo conoscevo come credevo. Ha mentito». I suoi occhi si inumidirono e temetti che scoppiasse a piangere. «Bobby ha tradito la nostra fiducia e tutto ciò che avevamo costruito insieme. Come ho potuto essere così stupida?»

«Non si dia la colpa, signora. Posso dirLe con certezza che nessuno conosce veramente nessuno».

«È terribile».

Lo era. «Spesso ignoriamo i segnali o li razionalizziamo quando si tratta delle persone a cui teniamo. È la natura umana».

Scosse la testa.

«C'è qualcosa, anche di dieci anni fa, a cui potrebbe non aver dato peso, che col senno di poi avrebbe potuto essere preoccupante?»

«Mi creda, ho ripercorso ogni dettaglio della nostra relazione, fin da quando ho conosciuto Bobby. Mi sono chiesta se mi fossi persa qualcosa, che ora sembra ovvio: il fatto che mi tradisse. Senza dubbio. Ma per quanto riguarda quello che dicono di lui, non posso proprio dire nulla; non è l'uomo che conoscevo».

«Nessuna lite, rabbia, sfuriata?»

«Niente più delle normali delusioni. È un venditore. I rifiuti sono qualcosa con cui ha a che fare ogni giorno; non lo turbano».

Risalii in macchina e chiamai Derrick. «Scusa, ero con la signora Ryan».

«Com'è andata?»

«È irremovibile. Non ricorda alcuna violenza, rabbia, niente che possa indicare lui».

«Maledizione. Senti, abbiamo un possibile omicidio».

«Dove?»

«All'incrocio tra Vanderbilt Beach Road e Livingston. Un ciclista è stato investito da un'auto. Sembra che il conducente fosse ubriaco».

«Gesù».

«Sto arrivando».

«Ci vediamo lì».

20

A SIRENE SPIEGATE, ARRIVAI SULLA SCENA IN DIECI MINUTI. LE auto di pattuglia bloccavano l'incrocio e gli agenti deviavano il traffico lontano dal luogo dell'incidente. Accostando, vidi una coppia di paramedici in piedi accanto a un'ambulanza.

Mi sistemai gli occhiali da sole e scesi. Il ronzio del traffico era di parecchi decibel più basso del solito. Mentre camminavo verso l'incrocio, i miei occhi si concentrarono su tre agenti in uniforme, fermi sopra una sagoma coperta da un lenzuolo nella seconda corsia di Livingston.

Derrick si avvicinò in fretta. «La donna che l'ha investito è sul sedile posteriore dell'auto di Townley.»

«Non ha superato il test di sobrietà?»

«Sì, ma non è alcol.»

«Chi è arrivato per primo sulla scena?»

Indicò un agente tarchiato. «Mallory. Andiamo a parlargli.»

Dovevamo muoverci in fretta. Mi avvicinai rapidamente. «Agente Mallory, Frank Luca.»

Gli strinsi la mano. «Mi risulta che Lei le abbia somministrato il test di sobrietà sul campo?»

«Sì, non ha superato la prova del camminare in linea retta.»

Chiedevamo a chi era sotto l'effetto di sostanze di camminare: tacco contro punta, nove passi, girarsi e tornare indietro. «E la prova dell'equilibrio su una gamba?»

«Non è riuscita a mantenerlo per più di un secondo. È strafatta di qualcosa.»

«Dobbiamo prelevarle un campione di sangue e di urina prima che qualsiasi cosa abbia preso venga smaltita dal suo organismo.»

«Ho chiamato un paramedico certificato. Dovrebbe essere qui da un momento all'altro.»

«Bene. Ha chiamato Corny, l'esperto nel riconoscimento di droghe?»

«Sì, è giù a Marco Island, per una presentazione.»

«Quanto ci metterà ad arrivare?»

«Dai sessanta ai settantacinque minuti.»

«Maledizione. Ha perquisito la sua auto?»

«No, signore. Ho immaginato che potesse trattarsi di un omicidio stradale e ho pensato che il Suo ufficio avrebbe preferito condurre la perquisizione.»

«Grazie, ha gestito tutto alla perfezione. Chi è la vittima?»

«John Holt, sessantasei anni. Sulla patente di guida risulta un indirizzo su Tiburon Drive.»

Tiburon era una comunità di lusso che gravitava attorno al secondo Ritz-Carlton costruito a Naples.

«E i testimoni?»

«Due persone hanno detto di aver visto Holt pedalare verso sud su Livingston. Entrambi hanno affermato che aveva il semaforo verde ed era nella corsia ciclabile. La conducente che l'ha investito procedeva verso est su Vanderbilt, nella corsia di svolta per South Livingston. Secondo entrambi i testimoni, non ha mai rallentato e l'ha centrato in pieno.»

«Ci sono segni di frenata?»

«Sì, ma dopo il punto d'impatto.»

«Che cazzo di disastro.»

«Lo so. Vuole parlare con la conducente? Si chiama Helena Jackson.»

«D'accordo.»

Mentre mi dirigevo verso l'auto di pattuglia, dissi a Derrick: «Se vai in bici su queste strade, ti giochi la vita.»

«Lo so. Le macchine vanno a cento all'ora e metà dei guidatori ha il telefono in mano.»

La bici di Holt era un groviglio di lamiere contorte. «Poveretto, non ha neanche capito cosa l'abbia colpito. Esci per fare un po' di moto e, bam, la tua vita è finita.»

«Sono assolutamente a favore dei caschi, ma se vieni investito così, non c'è niente che possa salvarti.»

L'agente aprì la portiera e la conducente, una ragazza sulla ventina, disse: «Non l'ho visto, è spuntato fuori dal nulla.»

«Lei ha fatto uso di sostanze. Perché non mi dice cosa ha preso?»

«No, no, non ho fatto niente. Ho bevuto solo un goccetto di vino a pranzo, sa. Io...»

«Lei non ha superato il test di sobrietà.»

«Ero nervosa, tutto qui. Voglio dire, era subito dopo l'incidente. Mi sento così male.» Le vennero le lacrime agli occhi.

Un'unità paramedica si avvicinò. «Le faremo un prelievo

di sangue. Se non ha assunto nulla, non ha niente di cui preoccuparsi.»

«Sangue? Non potete farlo.»

«Sì, possiamo. Se sospettiamo che qualcuno guidi in stato di ebbrezza, la legge della Florida ci consente di usare la forza ragionevole per prelevare il sangue come parte di un'indagine per guida in stato di alterazione.»

«No, no, non voglio. Devo andare al lavoro.»

«Non ha scelta, signora.»

«Ma...»

«Mi creda, signora, se coopera, sarà molto più facile per Lei.»

Le lacrime le rigavano il volto. Mi rivolsi a Mallory. «Vorrei dare un'occhiata alla sua auto.»

«Ci penso io.»

Sapevo che l'avrebbe fatto. Era un altro esempio degli agenti altamente qualificati che avevamo nella Contea di Collier. Mi faceva sempre andare in bestia quando la stampa cercava di infangarci tutti quando un raro poliziotto sgarrava. Ma mi ricordavo sempre mia madre dire che nessuno parlava delle migliaia di aerei che atterravano ogni giorno senza incidenti.

Con i guanti indossati, girai intorno alla Nissan color argento della conducente. Il lato anteriore del guidatore presentava i danni dell'impatto. Il fanale posteriore era rotto. Un pezzo di vetro rosso pendeva dal faro spaccato. Scattai delle foto ai danni.

Nel passaruota del lato passeggero c'era un sacchetto di Burger King. Appoggiai il dorso della mano sull'involucro del cibo; era ancora caldo. Controllai il vano portaoggetti: cinque penne, un pacchetto di fazzoletti, crema per le mani e il manuale d'uso.

Entrambe le alette parasole avevano delle matite incastrate. Che questa ragazzina fosse una specie di scrittrice? Mi inginocchiai e guardai sotto i sedili: un quarto di dollaro e un elastico per capelli erano tutto ciò che c'era. Le tasche laterali e la console non contenevano nulla di incriminante. Aveva preso qualsiasi cosa fosse prima di mettersi al volante?

Aprii di scatto il bagagliaio. I miei occhi si concentrarono su un borsone da palestra. Aprii la cerniera ed estrassi un grembiule nero. Fruvai nella tasca, tirandone fuori un pugno di penne. Era una cameriera.

Gianelli, con le macchine fotografiche che gli pendevano da entrambe le spalle, si stava dirigendo nella mia direzione. Dissi: «Derrick, chiama un carro attrezzi. Sequestreremo il veicolo e vedremo dove ci porta.»

Gianelli scosse la testa. «Abbiamo bisogno di altre prove che andare in bici su una strada principale è pericoloso?»

«Equivale alla roulette russa. Questo poveraccio è il terzo morto di quest'anno.»

«Io ho smesso dieci anni fa. Con tutti che scrivono messaggi, non mi piace più neanche camminare sui marciapiedi.»

Aveva ragione. Lo misi al corrente sulla dinamica e, mentre lui iniziava a documentare la scena, noi ce ne andammo per dare la cattiva notizia a una sposa ignara.

21

ENTRAI NEL NOSTRO GARAGE. LE NOSTRE BICI ERANO APPESE al muro. Prima di entrare in casa, pensai di sgonfiare le gomme a quella di Jessie.

Mary Ann stava leggendo sulla mia poltrona reclinabile. Dissi: «Ehi, come ti senti?»

«Bene.»

Le diedi un bacio sulla guancia. «Jessie la usa molto la bici?»

«Non che io sappia. Perché?»

Le raccontai del ciclista.

«Terribile.»

«È troppo pericoloso andare in bici ovunque non sia un parco. Persino in un residence bisogna stare attenti. Sono tutti distratti e vanno troppo veloci.»

«Perché la polizia stradale non mette più autovelox?»

«Faranno qualcosa dopo questo fatto, ma nessuno impara la lezione.»

«Dovrebbero trovare un modo per disattivare i telefoni quando un'auto è in movimento.»

«Sarebbe d'aiuto, ma non avrebbe aiutato questo tizio.»

«Che tristezza. E così futile.»

«Lo so.»

«Che è successo con Ryan?»

«Ho chiamato il suo avvocato un'ora fa. Il suo studio ha detto di non essere riuscito a mettersi in contatto con lui.»

«È in fuga?»

«Spero proprio di no, accidenti. Feldman pare non fosse in ufficio, ma potrebbe star solo prendendo tempo.»

«Forse sta cercando di convincere Ryan a patteggiare.»

«Sarebbe bello, ma Ryan non lo farebbe mai. Non è da lui.»

«Non sei tu quello che dice sempre: "Non si conosce mai veramente una persona"?»

Alzai gli occhi al cielo con un'espressione di cui una dodicenne sarebbe andata fiera e dissi: «Vado a cambiarmi.»

———

ALLE OTTO ERO alla mia scrivania. Sorseggiai una seconda tazza di caffè e controllai le e-mail. Continuavo a guardare l'orologio, con la voglia di spostare le lancette avanti nel tempo con le mie mani. I tecnici di laboratorio avevano detto che avrebbero avuto i risultati del test tossicologico della conducente al più presto, e io dovevo parlare con Cornelius riguardo alla sua valutazione sul campo.

Sarebbe stato interessante avere il parere di un esperto sul fatto che lei fosse o meno sotto l'effetto di stupefacenti, ma la chiamata che attendevo con ansia era quella a Feldman. Cosa stava pianificando l'avvocato? Se avessi dovuto aspettare un altro giorno per mettere Ryan di fronte al nastro, avrei esaurito la poca pazienza che mi restava.

«Giorno, Frank.»

«Ehi, Derrick, vedo che hai smosso il tuo culo pigro oggi.»

Sorridente, mi mise una tazza di caffè sulla scrivania. «Una volta su cento non è un record di cui vantarsi.»

Diedi un colpetto sul coperchio del caffè che mi aveva portato. «Ne avrò bisogno oggi. Non ho dormito molto.»

«Neanch'io. Ho sognato di essere in bici e di venire investito da uno di quei camion che stanno usando per il ripascimento delle spiagge.»

«Sono sicuro che avranno le loro ragioni, ma non capisco perché usino i camion. Ho letto che ci sarebbero stati settemila carichi di sabbia solo nella prima fase.»

«Un sacco di traffico e inquinamento.»

«Lo so. Perché non la pompano semplicemente dal largo come facevano una volta?»

«Ha a che fare con il disturbo della fauna marina.»

«Ma creare il caos sulle nostre strade e sprecare chissà quanta energia va bene?»

Lui scrollò le spalle. «Dovresti candidarti a sindaco.»

«Sindaco? Se mi candido a qualcosa, sarà per fare il re o l'imperatore.»

«Re Luca. Suona bene.»

Risi.

«Scherzi a parte, quale sarebbe la prima cosa che faresti se avessi il potere assoluto?»

Era una domanda interessante. Avevo un sacco di opinioni su come dovrebbero funzionare le cose, ma ebbi un vuoto. «Basta cazzeggiare. Vuoi controllare quando ci sarà l'udienza preliminare della conducente?»

Tazza di caffè in mano, Derrick si diresse verso la porta. «Certo. Novità sulle analisi del sangue?»

«Non ancora.»

La mia mente andò subito al ciclista, John Holt. Quando si era alzato quel giorno, non aveva idea che la sua vita sarebbe finita nel giro di poche ore. Sua figlia sarebbe venuta a trovarlo la settimana successiva. Ora, invece di affondare i piedi nella sabbia, avrebbe seppellito suo padre.

I testimoni oculari avevano detto che Holt aveva la precedenza. Ciò che dovevamo accertare era se si fosse trattato di un tragico incidente o se Holt fosse diventato un'altra vittima delle droghe che stavano erodendo la nostra società.

Sobbalzai al suono del telefono fisso che squillava. «Omicidi, detective Luca.»

«Frank, sono Sully, del laboratorio.»

«Che cosa ha per me?»

«Abbiamo trovato tracce di THC nel suo sangue.»

Aveva fumato o ingerito marijuana. «Sopra il limite legale?»

«Appena sotto.»

«Mi sta prendendo per il culo?»

«Mi dispiace, Frank.»

«Tracce di alcol?»

«Nessuna.»

Quello che aveva detto sul bicchiere di vino era una bugia. «C'è altro?»

«È tutto. Le metteremo i dettagli in un rapporto.»

Riagganciai e feci un'altra telefonata.

«Dottor Bilotti.»

«Ehi, dottore, sono Frank. Come sta?»

«Tutto a posto?»

«Sì, sì. Volevo solo discutere di una cosa. John Holt, il ciclista ucciso ieri.»

«Non ho ancora fatto l'autopsia.»

«Non fa niente. Vede, la conducente aveva THC nel sangue, ma non sopra il limite legale. Ha fallito il test di sobrietà sul campo e sto cercando di capire cosa stia succedendo.»

«Il THC può rimanere nel sangue fino a trentasei ore.»

«Come possiamo dimostrare che ha fumato uno spinello o mangiato qualcosa a base di erba?»

«Questa è una bella sfida. La permanenza del THC dipende da diversi fattori, come la frequenza d'uso, la potenza della marijuana, il metabolismo di una persona e persino l'idratazione.»

Bilotti confermò quello che sapevo sulla marijuana e la guida: senza prove concrete che fosse sotto l'effetto di stupefacenti, costruire un caso era quasi impossibile. Avevamo leggi di tolleranza zero per i conducenti sotto i ventun anni, ma chiunque fosse più grande poteva farla franca guidando sotto l'effetto di erba in modi in cui un ubriaco non avrebbe potuto.

Se quella ragazza era fatta e aveva ucciso Holt perché distratta dalla droga, dovevo trovare un modo per ottenere giustizia.

Il mio cellulare squillò. Era lo sceriffo. Rifiutai la chiamata e alzai la cornetta del telefono fisso.

«Signor Feldman, sono il detective Luca».

«Salve, detective. Stavo giusto per chiamarla».

Certo, come no. «Quando verrà qui con il signor Ryan?»

«Non riesco ancora a contattare il mio cliente».

Scattai in piedi. «È in fuga?»

«Non lo so».

«Andiamo, avvocato, sia sincero con me».

«Lo sono. Non ho idea di dove sia il signor Ryan».

22

CON LA MENTE A MILLE, RICHIAMAI LO SCERIFFO. «MI SCUSI, sceriffo, ero al telefono con l'avvocato di Ryan».

«Quando verranno?»

«Secondo Feldman, non riesce a mettersi in contatto con Ryan da due giorni».

«Pensa che sia fuggito?»

«È una possibilità. Vado a fare un salto a casa sua per vedere di persona».

«Se è sparito, ha già un paio di giorni di vantaggio».

«Me ne rendo conto, ma con tutta questa copertura mediatica sarà difficile per lui sfuggire alla cattura».

«Mi chiami appena sa qualcosa e dirameremo un avviso di ricerca a livello statale».

Riattaccai e chiamai la moglie di Ryan. «Ha avuto notizie di suo marito?»

«No».

«Da quanto non lo sente?»

«Quattro giorni fa. Perché? È successo qualcosa?»

«Non ne sono sicuro, ma il suo avvocato ha detto che non riesce a contattarlo».

«Oh, mio Dio, se è scappato vuol dire che è stato lui».

«Se ha sue notizie, mi chiami subito».

Mentre riattaccavo, Derrick entrò in ufficio dicendo: «L'udienza preliminare si terrà questo pomeriggio».

«Lascia perdere. Feldman ha detto che Ryan è introvabile».

«Cosa?»

«Muoviamoci».

Non appena svoltammo nella via di Ryan, tirai un sospiro di sollievo. Parcheggiata nel vialetto c'era una MINI Cooper verde. «È qui».

«Feldman ci sta prendendo in giro».

«Oppure ha detto a Ryan di considerare un patteggiamento e Ryan lo sta evitando».

«Forse. Ci vuole un po' perché la realtà si faccia strada».

«Parcheggia due case più in là».

Scesi dall'auto e dissi: «Tu sgattaiola sul retro, non voglio che fugga se ci vede».

Derrick si defilò e si infilò tra la casa di Ryan e quella accanto. Ispezionai le finestre; le persiane erano abbassate. Mi misi di lato rispetto alla porta e suonai il campanello. Lasciando passare dieci secondi, suonai di nuovo e battei un pugno sulla porta.

Accostai l'orecchio alla porta. Nessun rumore. Guardando la sua auto, mi chiesi se l'avesse lasciata lì per depistarci. Molti fuggitivi abbandonavano le loro auto negli aeroporti o negli snodi dei trasporti. Ryan lavorava nel settore automobilistico. Era stato sospeso dal lavoro, ma probabilmente aveva accesso a un altro veicolo.

Scesi dal pianerottolo e sbirciai nella fessura tra il telaio della finestra e la tapparella. Tutto quello che vidi fu il retro del divano. Spostandomi alla finestra successiva, guardai attraverso la sottile fessura. Tirando indietro la testa, sbattei le palpebre.

Sporgendomi di nuovo, strinsi gli occhi. «Derrick!». Corsi verso il retro della casa. «C'è qualcosa che non va. Sembra una pozza di sangue».

«Dove?»

«Vieni con me». Corremmo sul davanti.

«Ecco, guarda qui dentro».

Derrick avvicinò l'occhio al vetro. «Dove?»

«Un po' a sinistra».

«Porca miseria! Sembra sangue».

«Dobbiamo sfondare la porta».

«Uno, due, tre». Ci schiantammo con le spalle contro la porta. Derrick urlò. Dissi: «Faccio io».

Alzai il piede e colpii la porta vicino alla serratura. Crack. Diedi una spallata alla porta e persi l'equilibrio quando si aprì di schianto. Afferrai la mano libera di Derrick. Mi rimise in piedi. Mentre gli occhi si abituavano al buio, estrassi la pistola.

«Signor Ryan! Polizia!».

Feci cenno verso la stanza dove avevo visto il sangue. Ci separammo e, tenendoci rasenti ai muri, ci avvicinammo furtivamente. Con due mani sulla pistola, mi avvicinai alla soglia. Puntai l'arma all'interno della stanza. Abbassai le braccia e mi precipitai verso il corpo.

Derrick disse: «Porca miseria».

Ryan era riverso sul pavimento. Un foro di proiettile grande quanto una monetina sulla tempia aveva alimentato la pozza di sangue accanto alla sua testa. Una pistola, una Glock, giaceva a sessanta centimetri dalla sua mano destra. Non ce n'era bisogno, ma gli controllai il polso.

Scossi la testa e tirai fuori una penna dalla tasca. Toccando il sangue, dissi: «Asciutto al cento per cento. È morto da almeno un giorno».

«Non posso credere che si sia ucciso».

«Dovendo affrontare da venticinque anni all'ergastolo, chissà, potremmo fare lo stesso».

«Amen».

«Non vedo nessun biglietto».

«Neanch'io».

«Dobbiamo chiamare Bilotti e la scientifica».

Tirò fuori il cellulare. «Chiamo io».

Cercando di immaginare Ryan che si toglieva la vita, feci il giro della stanza. A meno che non avesse barcollato, era in piedi al centro della stanza, proprio accanto a un tavolino da caffè. Una sfumatura di tristezza mi pervase. Bisognava essere ben oltre la disperazione per uccidersi. Ryan era consumato dal senso di colpa o terrorizzato dalle conseguenze delle sue azioni.

Non era così insolito. Mi ero imbattuto in diversi casi in cui qualcuno si era suicidato per evitare di finire in prigione. E dietro le sbarre era peggio; il tasso di suicidi era quattro volte superiore al normale.

Feci un rapido giro del resto della casa e feci una telefonata. «Sceriffo Remin, sono il detective Luca».

«Che succede?»

«Ryan è morto. Sembra un suicidio».

«Mmm. Che fine sorprendente per questo casino».

«Proprio così, sceriffo».

«Le serve qualcosa sulla scena del crimine?»

«No, siamo a posto. Il dottor Bilotti è in arrivo e la

scientifica sta mandando una squadra per cercare prove relative agli omicidi».

«Bene. L'opinione pubblica sarà sollevata che sia finita».

Ci avrei scommesso la pensione che stava pianificando una conferenza stampa. «Lo siamo tutti».

Rimasi lì, cercando di dare un senso alla situazione. Bisognava avvisare la moglie di Ryan. Era strano che non le avesse lasciato un messaggio. In ogni suicidio legato a un crimine a cui avevo assistito, era stato lasciato un biglietto pieno di scuse.

23

DERRICK ENTRÒ MENTRE STAVO LEGGENDO LA DICHIARAZIONE che lo sceriffo aveva rilasciato alla stampa. Dissi: «Hai visto che cosa ha detto Remin di Ryan?»

«Non ancora.»

«È stato un po' strano. Non si è lasciato sfuggire l'occasione di dare una pacca sulla spalla al dipartimento per l'indagine.»

«Non so. Con tutta la cattiva stampa che ci fanno, lo capisco. Dicono che bisogna cogliere ogni occasione per tirare acqua al proprio mulino.»

Scossi la testa. «Non sono un fan dell'autopromozione. Ha più impatto quando è qualcun altro a cantare le tue lodi.»

«Metà dei social media è autopromozione.»

«Non ne ho idea.»

«Ti perdi le foto dei gattini carini.»

Il mio cellulare squillò. Era Bilotti. «Ciao, dottore, che succede?»

«Ho appena finito l'autopsia di Ryan e ho pensato di chiamarti prima che mi cercassi tu.»

«Ora so perché ti voglio bene.»

«E io che per tutto questo tempo ho pensato che fosse per il vino.»

«Beh, a pensarci bene…» Risi. «Che cosa hai per me?»

«In base al contenuto dello stomaco e all'esame della cornea, direi che l'ora del decesso è tra le otto e le undici di martedì sera.»

Feldman era stato sincero. «Qualche sostanza nel corpo?»

«Nessuna. Ma faremo un esame tossicologico completo del sangue.»

«Suicidio?»

«Così pare.»

«Pare?»

«L'ematoma nella zona della tempia potrebbe derivare da più tentativi di, uhm, trovare il coraggio. La traiettoria del proiettile suggerisce un possibile indebolimento della determinazione, dato che non c'erano droghe o alcol nel corpo.»

«E non ha lasciato un biglietto.»

«Vero, ma in più della metà dei suicidi non si trovano biglietti.»

«Non lo sapevo.»

«I suicidi sono casi difficili da valutare con certezza, ma è la casella che segnerò sul certificato di morte.»

Lo ringraziai e riattaccai. «Bilotti dice che Ryan ha premuto il grilletto martedì, tra le otto e le undici.»

«Non riesco a trovare nessun documento che attesti il possesso della Glock o di qualsiasi altra arma da fuoco.»

«Sua moglie ha detto che non ha mai avuto una pistola.

Ha detto di ricordare che lui diceva di non averne mai sparata una in vita sua.»

«Potrebbe averla presa a una fiera delle armi. Ce n'è stata una grossa a Fort Myers una settimana fa.»

Era un'altra scappatoia senza senso creata dal governo. Se compravi un'arma da un venditore privato, non dovevi notificarlo a nessuno. «Sembra che ce ne sia una lassù ogni due settimane.»

«Gli americani sono sempre stati affascinati dalle armi.»

«Capisco gli oggetti d'antiquariato e i veri hobbisti, ma dovremmo avere più controllo su chi le compra. Perché un rivenditore autorizzato è tenuto a fare un controllo dei precedenti, mentre un venditore privato, alla stessa fiera, non deve farlo?»

«Ti diranno che le gang non si procurano le armi alle fiere.»

«Vero, ma se stai pensando a un omicidio e non hai contatti in strada, vai a una fiera delle armi, trovi un venditore privato e prendi qualcosa di non rintracciabile.»

«Non lo scopriremo mai.»

«Devono avere delle telecamere di sorveglianza in queste fiere.»

«Ne sono sicuro. Ma scommetto che non le consegneranno senza un mandato.»

«Potrebbe valere la pena tentare.»

«Un sacco di lavoro per trovare un lasso di tempo.»

«Lo so, ma qualcosa non mi quadra.»

«A che cosa stai pensando?»

Qualcuno bussò alla porta. «Signori, siete impegnati?»

Era Larry Cornwallis, l'unico esperto in riconoscimento di droghe della contea.

Io e Derrick ci alzammo. Dissi: «Come va, Corny?»

«Tutto bene, e voi ragazzi state andando forte, immagino. Il suicidio chiude quel caso.»

Ci stringemmo la mano. Derrick disse: «Che ci fai qui?»

«Barnett voleva rivedere la mia testimonianza sul caso Roberts.»

Derrick scosse la testa. «Se sfondi le vetrine di un ristorante e la cosa viene ripresa, non dovrebbe servire un esperto per testimoniare.»

«Non con avvocati da cinquecento dollari l'ora in circolazione.»

«Amen.»

«Sentite, sono passato perché sto per mettere nero su bianco gli appunti della mia valutazione di Helena Jackson in un rapporto formale.»

Il modo in cui lo disse non mi piacque. «C'è un problema?»

«Potrebbe essere stata sotto l'effetto di stupefacenti quando ha investito il ciclista, ma non posso testimoniarlo sulla base delle mie osservazioni.»

«Perché no?»

«Il suo nistagmo orizzontale era normale, anche se c'era una mancanza di convergenza negli occhi quando tentava di mettere a fuoco. Questo sarebbe coerente con l'uso di cannabis.»

«Allora qual è il problema?»

«La dilatazione delle sue pupille era appena percettibile e potrebbe essere normale per lei. E le pulsazioni e la pressione sanguigna della Jackson erano leggermente elevate, ma entro un intervallo accettabile, date le circostanze.»

«Non so che dire.»

«Mi dispiace, ragazzi.»

Derrick disse: «Non quanto dispiace alla moglie. Questa

donna è finita addosso a Holt e non ha frenato se non dopo aver travolto quel poveretto.»

Dissi: «Immagino tu sappia che anche le analisi del sangue non sono state conclusive.»

«Non mi sorprende. Il tasso di metabolizzazione della cannabis è influenzato da molti fattori.»

«Cosa ti dice l'istinto, Corny?»

«Sono arrivato sulla scena poco più di un'ora dopo l'impatto. La Jackson è giovane e probabilmente metabolizza a un ritmo veloce. Poteva essere ancora sotto l'effetto di stupefacenti quando è avvenuto l'incidente.»

Derrick disse: «Abbiamo bisogno di tolleranza zero per i guidatori di qualsiasi età.»

«Dovremmo avere lo stesso standard per l'uso di alcol e droghe prima di guidare. In questo momento, è un caos.»

Corny disse: «Le valutazioni comportamentali sono troppo soggettive e gli avvocati difensori sono bravi a smontarle.»

«Ho letto che stanno lavorando a test e standard come i livelli di alcolemia. Renderà le cose più facili.»

«È meglio che si sbrighino prima che si perdano altre vite.»

Corny sorrise. «Mi lasceranno senza lavoro. Ci si vede in giro, ragazzi.»

Dopo che se ne fu andato, dissi: «Capisco l'emotività, specialmente se hai ucciso qualcuno. Dobbiamo esaminare la cosa da ogni possibile angolazione. Se è stato un incidente involontario, la Jackson non ha problemi, almeno a livello penale. Ma se era fatta, dobbiamo fare il nostro lavoro.»

JESSIE PORTÒ IN TAVOLA L'OLIO D'OLIVA E L'INSALATA. CON GLI occhi incollati alla TV, per poco non mancò il tavolo nel posarli.

Dissi: «Spegni la TV».

«Voglio vedere questo».

«Non si guarda la TV mentre si cena».

Disse Mary Ann: «È difficile credere a quello che è successo».

Disse Jessie: «Il signor Simon ci ha fatto vedere la conferenza stampa con l'avvocato di Bobby Ryan».

«Davvero? E perché?»

«Ha detto che era un buon argomento per il nostro corso di dibattito. L'avvocato ha affermato che il suicidio equivaleva a un omicidio da parte della polizia».

«È ridicolo».

Mary Ann mi lanciò un'occhiataccia. «E il signor Simon cosa ha detto al riguardo?»

«Non ha preso una posizione. Ha diviso la classe e dovevamo sostenere le argomentazioni a difesa della polizia o contro».

Balzai in piedi. «Sono stufo che tutti diano la colpa a noi. Non abbiamo fatto altro che il nostro lavoro. Se qualcuno ha spinto Ryan a fare quello che ha fatto, è stata la stampa».

Disse Mary Ann: «Calmati, Frank. L'insegnante l'ha solo usato come argomento di dibattito».

«Sì, certo. È un altro che avvelena le menti dei nostri figli».

«Io ti ho difeso, papà».

«Grazie, tesoro. Il lavoro del poliziotto è difficile, e una cosa del genere è totalmente fuori dal nostro controllo».

«Papà ha ragione. Potrebbe essere stato il senso di colpa a spingerlo a fare ciò che ha fatto».

Disse Jessie: «Io ho detto che forse aveva deciso di non poter affrontare una lunga pena detentiva».

«Esatto». Afferrai il telecomando e spensi la TV. «Mangiamo».

Volevo vedere di persona cosa avesse detto Feldman, ma sapevo che infilarmi in quella tana del coniglio mi avrebbe fatto salire la pressione. Sebbene Ryan fosse morto, per me non era abbastanza. Dovevo sapere cosa lo avesse spinto a uccidere.

Prendersela con la Wright perché era incinta era perverso, ma valeva come motivazione. Perché avesse ucciso la dottoressa Bigham era qualcosa che dovevo scoprire. Se era legato a una tresca, cosa lo aveva spinto ad accoltellarla? Non aveva senso, se Ryan non aveva gravi problemi di gestione della rabbia.

Mary Ann stava guardando un film di Hallmark, e io elaboravo scenari che sarebbero stati perfetti per True Crime Network. Niente quadrava. Avevamo due donne morte, e l'uomo sospettato di averle uccise aveva deciso di fare il check-out.

L'immagine di Ryan sul pavimento mi inondò la mente. Era una delle svolte più sorprendenti in qualsiasi caso avessi mai gestito. Aveva accoltellato a morte le donne, ma aveva usato una pistola su di sé. Aveva senso. Le pugnalate erano generalmente personali, e una pistola era un modo rapido ma non facile per porre fine alla propria vita.

Ciò che Bilotti aveva detto sulla ferita e sulla traiettoria continuava a riaffiorare. Era normale esitare quando ci si uccide. Io non avrei mai avuto quel problema perché non c'era modo che potessi farlo.

Il programma fu interrotto dalla pubblicità e Mary Ann disse: «Oh, mio Dio. Riesci a credere a questo colpo di scena?».

«Eh, sì, è stato bello».

«Quale?»

«Eh…»

«Non stai nemmeno guardando».

«Sto seguendo».

«Sei ossessionato dal caso Ryan».

Feci spallucce. «Sto solo cercando di mettere insieme i pezzi».

«Non puoi stare sul pezzo ventiquattr'ore su ventiquattro. Lo stress non ti fa bene».

Aveva ragione. Soprattutto, non faceva bene a lei. «Okay. Spengo tutto». Mi portai pollice e indice alle tempie e feci un movimento rotatorio.

Finsi interesse per la storia d'amore che stava guardando, ingoiando persino un commento quando la coppia separata da tempo si incontrò casualmente a una stazione di servizio.

Pochi minuti dopo la fine del film, ne iniziò un altro, sempre romantico. Prima della fine dell'introduzione, Mary Ann si addormentò. Afferrai il telecomando e abbassai il volume. Chiudendo gli occhi, mi distesi all'indietro fin dove la poltrona reclinabile lo permetteva.

I miei pensieri tornarono subito a Ryan. Era un bell'uomo e un venditore. Ricordai di essere andato a trovarlo alla MINI di Fort Myers. Il suo sorriso era ampio e i suoi modi disinvolti. Probabilmente vendeva parecchie auto.

Ripassai la nostra conversazione e mi misi a sedere di scatto. Ryan era mancino? Mi aveva porto il suo biglietto da visita con la mano sinistra. La ferita da arma da fuoco alla testa di Ryan era sulla tempia destra.

Erano le nove e quaranta. Andai in punta di piedi nello studio e composi il numero sul telefono. «Signora Ryan? Sono il detective Luca».

«Detective Luca?»

«Sì. Mi scusi se la chiamo così tardi, ma devo chiederle una cosa».

«Uh, okay».

«Suo marito era mancino?»

«Sì, perché me lo chiede?»

«Era ambidestro?»

«No. Che cosa sta succedendo?»

«Sto indagando sulla possibilità che suo marito non si sia davvero suicidato».

«Lei non pensa che Bobby si sia ucciso?»

«È difficile dirlo a questo punto».

«Cosa intende dire?»

«Ho dei dubbi».

«Pensa che qualcuno abbia ucciso Bobby?»

«Non lo so».

«Ma crede che ci sia una possibilità?»

«È molto presto, signora».

«Non mi chiamerebbe a quest'ora se non credesse che sia così».

Non sapeva che non sarei riuscito a dormire senza una risposta. «È sorta una domanda e non volevo aspettare fino a domattina».

«Perché qualcuno avrebbe voluto uccidere Bobby?»

Il mio primo pensiero fu il marito di una delle donne con cui andava a letto. «So che è difficile, ma non salti a conclusioni affrettate. Dobbiamo prima chiarire la situazione».

Riagganciai e feci un'altra telefonata. «Mi scusi se la chiamo così tardi, sceriffo».

«Non ti preoccupare, Frank. Stavo giusto leggendo».

«Non volevo che dicesse altro sul suicidio di Ryan finché non avremo avuto la possibilità di chiarire se si sia trattato davvero di un suicidio».

«Ci sono dei dubbi?»

«Ryan era mancino e il proiettile che lo ha ucciso è entrato nella sua tempia destra».

«Non è un granché, e Bilotti ha detto che era un suicidio».

«Sì, ma non ha saputo spiegare il livido o la traiettoria se non con il nervosismo».

«Se si scopre che non è stato un gesto autoinflitto, ha qualche sospetto?»

«Non al momento, ma ci metteremo subito al lavoro».

«Tienimi informato su eventuali sviluppi».

«Certamente, Signore».

«E mantieni il riserbo finché non ne saremo sicuri».

25

MENO MALE CHE MI ERO RICORDATO DI METTERE UNA maglietta. Rimasi al sole per scaldarmi. Due minuti dopo, mi abbottonai la camicia fino al collo e aprii la porta dell'ufficio del medico legale. Fui investito da un'aria che persino un orso polare avrebbe trovato confortevole.

Trattenni il respiro passando davanti alle sale per autopsie. L'odore di sostanze chimiche mi rivoltava lo stomaco. La porta dell'ufficio di Bilotti era aperta. Immagino ci si possa abituare a tutto.

Bussai alla porta. Bilotti mise giù un documento. «Giorno, Frank. Ne vuoi una tazza?»

«No, grazie. Se fossi ancora più carico, potrebbero collegarmi alla rete elettrica.»

Lui sorrise. Mi sedetti e chiesi: «È nuova?»

Bilotti prese la foto incorniciata di un vigneto. «Viene dal nostro ultimo viaggio in Toscana. È una veduta aerea della tenuta Banfi.»

«Wow. Ricordo che mi avevi detto che appartiene a una famiglia americana.»

«Sì, di Long Island. A loro si deve la fama del Brunello di Montalcino.»

«Un giorno ci andrò.»

«Ci andrai. Senti, scusami se ieri sera non ho potuto parlare. Siamo andati all'Off the Hook. Ci sei mai stato?»

«No.»

«Devi andarci. Ingaggiano i migliori comici del paese. Mi fa ancora male la faccia.»

«Chi hai visto?»

«Non ricordo i primi due, ma l'artista di punta era Bobby Collins. Spassosissimo e pulito.»

«I migliori non hanno bisogno di scendere a bassezze.»

«Verissimo. Che succede?»

«Ryan era mancino e il colpo è alla tempia destra.»

«Possibile omicidio?»

«È quello che vorrei verificare. Hai detto che c'erano delle contusioni nella zona e che la traiettoria era verso la fronte.»

Lui espirò. «Esatto. L'angolazione si potrebbe spiegare con la tendenza a scostare la testa dalla pallottola.»

«Ok, ma questo vale per te o per chiunque spari. Pensi che i lividi siano stati causati da qualcun altro? Un assassino?»

«È possibile. Dovrei riesaminare le foto, ma ricordo di aver pensato che all'epoca non fossero conclusive.»

«Non è che uno si sbatte una pistola in testa da solo.»

«Devi considerare che una persona con istinti suicidi si trova in uno stato mentale frenetico, disperato. Per frustrazione, potrebbe essersi colpita alla testa per trovare la volontà di farlo.»

Era una buona osservazione. «Non so, dottore, forse è nel mio DNA guardare a ogni morte con sospetto.»

Bilotti ridacchiò. «Ricordo che dicevi: "Meglio essere sempre sospettosi che lasciare un assassino a piede libero".»

Non suonava così bene come pensavo. «È una cosa che mi tiene sveglio la notte.»

«Devi imparare a staccare la spina quando vai a letto.»

«Quando mi stendo, la mia mente mi dice: "Ho aspettato tutto il giorno per parlare con te".»

Lui rise. «Ci devi lavorare.»

«Lo farò, ma adesso la priorità è indagare su Ryan.»

————

ENTRAI NELLO SHOWROOM. Un padre con il figlioletto stavano chini su una MINI Cooper in versione giocattolo. Era un altro esempio di un'azienda che cercava di fidelizzare i clienti per tutta la vita. La macchinina aveva delle strisce da corsa sul cofano.

Il direttore generale chiamava gli addetti alle vendite nel suo ufficio uno per uno. La prima donna lavorava lì solo da un paio di mesi e non aveva nulla da dire. Aveva una cinquantina d'anni e non sembrava il tipo di Ryan.

Poi entrò John Morris. Testa rasata, quarantenne, corporatura robusta. Si sedette e io dissi: «La ringrazio per il suo tempo. Stiamo valutando la possibilità che non sia stato un suicidio.»

«Wow. Qualcuno l'ha ucciso?»

«Non lo sappiamo; stiamo esplorando questa possibilità. Cerco qualsiasi cosa di insolito che riguardi Bobby Ryan.»

«Era un bravo ragazzo. Andavamo d'accordo, e sapeva vendere, sa.»

«Le viene in mente qualcuno che volesse fargli del male?»

Corrugò la fronte. «Qualsiasi cosa?»

Mi sporsi in avanti. «Sì. Anche la più piccola.»

«Le sembrerà una pazzia, ma circa sei mesi fa ha venduto l'ultima Sidewalk.»

«Cos'è?»

«Una cabrio in edizione speciale.»

«Capito. Cos'è successo?»

«Come dicevo, ce n'era rimasta solo una. Vanno a ruba e ce ne sono poche. Beh, aveva due persone interessate e l'ha venduta a un tizio di Bonita. Subito dopo aver concluso l'affare, è arrivata la ragazza che la voleva. Le ha detto che era andata. Lei si è incazzata e ha fatto una scenata.»

Anche se a New York avevo visto gente uccisa per un paio di scarpe da ginnastica, ero scettico. «È passata alle mani con lui?»

«No, no. Se n'è andata e il giorno dopo si è presentato questo tizio, pieno di tatuaggi, e ha chiesto di Bobby. Gli ha detto di uscire e gli si è piantato davanti. L'ha sbattuto contro la vetrina, e io sono corso fuori a separarli.»

«L'ha minacciato?»

«Oh, sì. Ha detto che l'avrebbe ucciso se non avesse trovato l'auto per sua figlia.»

«Era suo padre?»

«Sì, e non ne ho la certezza, ma pare fosse uno spacciatore di Lehigh Acres.»

«È più tornato alla concessionaria?»

«Una volta sola. È entrato nel parcheggio e ha iniziato a suonare il clacson come un pazzo. Bobby non è uscito e, dopo cinque minuti, il tizio se n'è andato.»

«Ryan ne ha più parlato?»

«Ha minimizzato, ma secondo me aveva paura.»

Era una pista da seguire. Chiesi al direttore generale di

controllare gli archivi per la patente usata dalla figlia per il giro di prova. Parlai con altri quattro, ma non avevo altro da approfondire.

Uscii alla luce del sole e controllai l'adesivo su una cabriolet bianco sporco prima di risalire sulla mia noiosa auto.

Passando davanti al centro commerciale Coconut Point, squillò il mio cellulare. Premetti il pulsante sulla console per accettare la chiamata. «Pronto, detective Luca.»

«Ehm, salve, lei era appena qui, alla concessionaria, giusto?»

«Sì. Chi parla?»

«Frankie, lavoro ai ricambi. Mi hanno detto che faceva domande su Bobby e su chi l'ha ucciso.»

«Ha delle informazioni?»

«Sì, credo di sapere chi è stato.»

26

DERRICK ALZÒ LO SGUARDO DAL MONITOR QUANDO ENTRAI deciso nell'ufficio. Dissi: «Abbiamo due piste sul possibile assassino di Ryan».

«Caspita».

«Una delle due è molto interessante. Ryan se la faceva con un'altra donna di nome Gloria. Il marito l'ha scoperto e ha affrontato Ryan almeno tre volte».

«Quanto tempo fa?»

«Sei mesi fa. La tempistica non quadra, ma il marito è Raymond Bolero».

«Bolero? Non dirmi che è della famiglia mafiosa cubana».

«Bingo».

«Wow. Quelli sono spietati, ma sono una banda di Miami».

«Infatti. Raymond Bolero non sembra essere coinvolto nelle loro attività criminali, ma suo fratello e suo zio sono pezzi grossi».

«Lui che fa?»

«È il proprietario del birrificio di fronte all'ospedale».

«Il Bone Hook?»

«Sì. Non ci vado da quando si sono ingranditi».

«Neanch'io, ma rimedieremo».

«Prima dobbiamo fare delle verifiche».

«Potrebbe essere che Bolero abbia chiesto un favore, che abbia deciso di aver bisogno della famiglia».

«O che abbiano agito per conto loro. A questi mafiosi non piace quando qualcuno disonora la famiglia».

«È più probabile; spiegherebbe il ritardo».

«Chiamo il mio amico di Miami, Longo».

«Ottima idea. Ci ha dato un grande aiuto nel caso Miller».

Composi il suo numero e rispose al primo squillo. «Detective Longo».

«Vinny, come stai, amico mio?»

«Frankie, come butta?»

«Oh, si tira avanti».

Ridemmo entrambi. Poi mi chiese: «Come sta la piccola? E Mary Ann?»

«Tutto bene. Jessie sta per andare al college».

«Porca miseria, amico. Il tempo vola. E come va Mary Ann con quella storia della SM?»

«Sta bene».

«Fantastico».

«E tu e Cathy?»

«Conto i giorni che mancano ai miei vent'anni di servizio. Poi sarà la bella vita: una barca, un frigo pieno di birre e relax».

«Niente male. Potrei unirmi a te, ma io dovrò sorseggiare vino».

«Tutto quello che vuoi, Frankie. Tutto».

«Senti, ho bisogno di un altro favore».

«Tutto quello che ti serve, fratello».

Lo misi al corrente della situazione e riattaccai.

Derrick disse: «Sembra che conosca la banda dei Bolero».

«Sì, ma non è direttamente coinvolto. Si informerà in giro, per vedere cosa salta fuori».

————

UNA FILA di serbatoi lucidi in acciaio inossidabile era visibile attraverso le vetrate del Birrificio Bone Hook. Non ero sicuro di quanto la vinificazione fosse simile alla produzione di birra. Erano serbatoi di fermentazione?

Una dozzina di persone si stavano godendo un pranzo tardivo. Sentivo odore di salsa barbecue, non di birra. Dietro la hostess, la parete era ricoperta di cappelli e magliette con il logo del locale. Chiesi di Bolero, sapendo che se la passava bene. Finanziariamente.

La ragazza scomparve. Mi diressi verso un divano di velluto blu, superando una parete di lavagne che pubblicizzavano le birre alla spina.

Notai un tizio che sgranocchiava un pretzel grande come una pizza, quando Raymond Bolero si avvicinò con aria spavalda. La fibbia della sua cintura era così grande che probabilmente ci prendeva Sky. Mi tese la mano. «Come posso aiutarLa?»

«Ho un paio di domande da farLe».

«Di cosa si tratta?»

Abbassai la voce: «Bobby Ryan».

Aggrottò la fronte. «Che c'entra lui?»

«Mi risulta che Lei e sua moglie abbiate avuto una relazione».

I suoi occhi si strinsero mentre scuoteva la testa. «È finita molto tempo fa».

«Sei mesi non sono molto tempo».

«Dove vuole arrivare, detective? Pensa che io abbia qualcosa a che fare con quello che è successo a quel sacco di merda?»

«Sono io a fare le domande, signor Bolero».

Il suo viso si arrossò. «Allora faccia pure».

«Quando ha scoperto che sua moglie frequentava Ryan, si è arrabbiato».

«Cosa avrei dovuto fare? Certo che ero incazzato».

«Era abbastanza furioso da affrontare Ryan».

«Sì, esatto. Gli ho detto di stare alla larga da lei».

Per ballare il tango bisogna essere in due. «Mi è stato detto che siete venuti alle mani».

«Non è stato niente. Solo qualche spintone ed è finita lì».

«Qualcuno ha dovuto staccarLa da Ryan».

«Non è stato niente. Stavo solo cercando di spaventarlo».

«Quante volte ha affrontato Ryan?»

«Solo quella volta».

Stava mentendo. «Ne è sicuro?»

Esitò. «Okay, sono state due volte, ma è tutto qui».

«Dov'era martedì scorso di sera?»

«Ero qui. Dove altro sarei potuto essere?»

«Fino a che ora?»

«Siamo aperti fino all'una».

Non aveva risposto alla domanda. «A che ora se n'è andato?»

«Chiudo quasi tutte le sere e non esco di qui prima dell'una e mezza del mattino».

Avrei controllato il suo alibi personale. «La Sua famiglia ha molte risorse per gestire situazioni come quella di Ryan».

«Di cosa sta parlando?»

«Andiamo, sappiamo entrambi che la Sua famiglia gestisce un'organizzazione criminale».

«Io non ho niente a che fare con quella roba».

Era interessante come si distanziasse dalle loro attività illegali ma non dalla famiglia. «Le hanno dato loro i soldi per questo posto?»

«No. Ho risparmiato fino all'ultimo centesimo. Fino a un anno fa, la banca possedeva più di quanto possedessi io».

«Ma La aiutano, giusto?»

«No. Sono a Miami a fare quello che fanno».

«Cosa sa delle loro operazioni?»

«Niente, ho già abbastanza da fare a gestire questo posto».

«Ogni quanto va a Miami?»

«Ogni due o tre mesi. Perché?»

«Ha chiesto alla Sua famiglia di punire Ryan per la relazione?»

«Oh, andiamo. Si sta arrampicando sugli specchi».

«Risponda alla domanda».

«Senta, se ero incazzato nero? Altroché se lo ero. Ma per quanto odiassi quel bastardo, non sarebbe mai successo se mia moglie avesse detto di no».

Su questo aveva ragione. «Eppure, Lei se l'è presa con Ryan».

«L'ho cacciata di casa. Cos'altro avrei dovuto fare?»

Mi dispiaceva per lui. «Ha sistemato le cose con lei?»

«No. Voglio dire, come potrei?»

Ci vorrebbe un uomo migliore di me per perdonarla. «Mi dispiace.»

«Tutta questa storia ha distrutto la mia famiglia. Mio figlio non le rivolge la parola, e ce l'ha con me, proprio con me. È un dannato casino.»

La voce nella mia testa sosteneva che fosse più di questo. Urlava: movente.

27

Derrick stava controllando l'altra pista che avevo trovato alla concessionaria. Il padre della ragazza che voleva l'auto speciale era ben noto all'ufficio dello sceriffo della contea di Lee. Dupree Johnson aveva una fedina penale lunga un chilometro.

Era un tipo losco, ma nessuno dei suoi reati era violento. Questo significava qualcosa, ma avrebbe potuto facilmente scambiare droga in cambio di un omicidio. Era interessante che, sebbene né Johnson né Bolero avessero ucciso personalmente Ryan, entrambi conoscevano persone che l'avrebbero fatto.

Controllai l'ora. Longo aveva detto che mi avrebbe chiamato alle due. Questo mi dava venti minuti per dare sollievo alla mia vescica ricostruita. Camminando verso il bagno, mi chiesi se l'anno che mi ero goduto libero da problemi di salute fosse dovuto al fatto di aver seguito gli ordini del dottore. Anche quando era scomodo. L'ultima cosa di cui la famiglia Luca aveva bisogno era un altro problema.

Seduto sul trono, pensai a come Mary Ann avesse faticato l'ultima volta che eravamo andati in spiaggia. La sabbia era una superficie difficile su cui camminare e la metteva in difficoltà. Rimase in silenzio una volta trovato un posto dove mettere le sedie. Feci di tutto per metterla a suo agio. Finse di non volersi bagnare, ma sapevo che era a disagio all'idea di entrare in acqua.

Alla fine la convinsi, tenendola per la vita come un adolescente, e funzionò. Stare in acqua le faceva bene, e per lei farsi le sue vasche nella nostra piscina ogni giorno era un rito. Avevamo in programma di andare in spiaggia per guardare il tramonto stasera. Io avevo perso la capacità di apprezzarlo, ma sapevo che per lei era un tesoro.

Tornando nel mio ufficio, mi ricordai di assicurarmi di uscire dal lavoro in orario. Il mio cellulare squillò. «Ehi, Vinny, puntualissimo.»

«E quando mai non sono spaccato al secondo?»

Risi. «Affidabile come la pioggia della Florida in un pomeriggio d'estate.»

«Sai che verremo a trovarvi, promesso.»

Erano anni che lo prometteva. «Quando volete. Ci divertiremo un mondo.»

«Ci puoi scommettere. Basta che ti assicuri che il frigo sia pieno di birra.»

«Consideralo fatto. Cos'hai scoperto?»

«La banda Bolero è stata implicata in alcune eliminazioni. Uno dei loro scagnozzi sta per essere incriminato per un duplice omicidio.»

«Legato alla droga?»

«No. Che tu ci creda o no, è stata una rissa scoppiata in un locale dei Bolero a Little Havana.»

«C'entrava un membro della famiglia?»

«No. Pare che due tizi al bar non volessero spostarsi per far posto a questi altri, si sono scambiati due parole e, prima che uno se ne rendesse conto, è scoppiata una rissa. Un vero casino. Un tizio è stato colpito in testa con una bottiglia ed è finito in ospedale, ma ciò che ha fatto imbestialire i Bolero sono stati i danni che hanno fatto al locale. Hanno sfasciato tutto e sono stati svuotati due registratori di cassa.»

«Rubare a questa gang non è esattamente una cosa consigliabile.»

«E come no. Una settimana dopo, due dei ragazzi della rissa sono stati trovati in un cassonetto con un proiettile nella nuca. Siamo sicuri che sia stato Connie Rollin a premere il grilletto.»

«Nessun segno che possano aver eliminato Ryan?»

«Niente di concreto, ma faremo pressione su un paio di informatori.»

«Bene, bene.»

«E quando arresteremo Rollin, gli sventolerò sotto il naso un accordo in cambio di informazioni sulla tua vittima.»

«Lo apprezzo. Fra quanto pensi di prenderlo?»

«Il procuratore distrettuale sta aspettando i tabulati telefonici. Spera che dimostrino che era sulla scena del crimine.»

«Quanto ci vorrà ancora?»

«Il mandato è stato consegnato ieri. Dovremmo averli oggi, e dovranno triangolare la posizione tramite le celle telefoniche.»

«Va bene. Apprezzo il tuo aiuto, come al solito.»

«Quando vuoi. Ti chiamo non appena ho qualcosa.»

Mentre ripercorrevo la telefonata, entrò Derrick. Dissi: «Com'è andata?»

«Il padre ha un alibi di ferro.»

«Cioè?»

«Era nella cella di smaltimento della contea di Lee. Johnson è stato arrestato per guida in stato di ebbrezza.»

Scossi la testa pensando al ciclista morto. «È incredibile quanto siano pericolose le nostre strade.»

«Ci servirebbe qualcosa per misurare rapidamente la quantità di droga nel sistema di una persona.»

«Ho letto qualcosa ieri sera; stanno valutando un test con tampone.»

«Sarebbe fantastico. Forse quella ragazza che ha investito il ciclista non la farebbe franca.»

Mi venne un'idea. «Volevo vedere che tipo di sorveglianza con telecamere ha il complesso dove vive.»

«Cosa ti interessa?»

«Forse possiamo beccarla a guidare in modo spericolato. Vive a Positano. Perché non fai un paio di telefonate per vedere cosa hanno?»

«Ci faccio un salto.»

«Già che sei fuori, ti dispiacerebbe controllare l'alibi di Bolero?»

«Nessun problema, passerò dal Bone Hook, vediamo se riusciamo a verificarlo.»

Si avviò verso la porta. «Grazie. Vado da Remin. Vuole sapere a che punto siamo. Sta pensando di rilasciare una dichiarazione su Ryan.»

Il sorriso di Remin mi spiazzò. «Entri.»

Mi accomodai su una sedia. «Grazie, signore.»

«Come sta Mary Ann?»

Misi subito le mani avanti. «Sta bene. Grazie per aver chiesto.»

«Lieto di sentirlo. La salute è tutto.»

Istintivamente, mi portai una mano allo stomaco. Dopo un cancro alla vescica, non avevo bisogno che me lo ricordassero. «Senza dubbio.»

«Siamo pronti a dichiararlo ufficialmente un suicidio?»

«Vorrei un altro po' di tempo.»

«Perché?»

«Stiamo seguendo una pista. Ryan aveva una relazione con la moglie del proprietario del birrificio Bone Hook.»

«Che prove ha che il marito possa aver ucciso Ryan?»

«Nessuna, ma...»

«Ha un alibi per l'ora del delitto?»

«Sì.»

«Allora è un suicidio.»

«Signore, se posso. Il marito è un membro della famiglia Bolero.»

«La gang di Miami?»

«Sì. Non sembra essere coinvolto nelle loro attività criminali, ma sa come è questa gente.»

«È un collegamento, ma sottile come carta di riso. Le do quarantotto ore. Se non emerge nulla di concreto, lo dichiariamo un suicidio e andiamo avanti.»

28

Derrick entrò tenendo in mano una chiavetta USB. «L'abbiamo filmata mentre faceva retromarcia contro un albero».

«Sembrava sbronza?»

«Sì. Dopo aver colpito l'albero, era sulla corsia sbagliata. Un'auto ha sterzato bruscamente per non prenderla».

Scossi la testa. «Spero che potremo usarlo».

«Lascia che ti mostri».

Inserì la chiavetta e andò al momento giusto del filmato. «Eccola che arriva».

Jackson stava smanettando sul telefono mentre andava verso la macchina. Derrick disse: «Sembra instabile».

«Potrebbe essere perché ha gli occhi incollati al telefono».

Jackson salì in auto e fece retromarcia, fermandosi quando colpì una palma. Una fronda cadde sulla macchina. Ingranò la marcia e ripartì, rimanendo troppo a sinistra. «Non è neanche scesa».

«Guarda. Ecco che arriva un'auto».

«Whoa. C'è mancato poco».

«Il tizio è stato fortunato».

«Lui sì, ma Holt no. Se avessero fatto un piccolo incidente, Holt sarebbe ancora vivo».

La gente ama dire: «Se fossi partito dieci secondi prima, non sarebbe successo niente». Io ho imparato a vederla in un altro modo. Quante situazioni avevo evitato prendendomi un secondo in più per lavarmi le mani?

«Poveretto».

«Voglio sottoporlo ai procuratori. Hanno detto di no all'omicidio stradale. Forse possiamo convincerli a patteggiare per qualcosa».

«Credi?»

«Non posso lasciare che Holt diventi solo un'altra statistica».

«È un peccato».

«E Bolero? Il suo alibi regge?»

«Non ho ottenuto niente. C'erano solo quelli del turno di giorno. Ci torno dopo il lavoro».

«Va bene. Ci serve qualcosa. Remin ci ha dato solo due giorni».

———

STESI IL TELO da mare sulla sedia. «Forza, siediti».

Si aggrappò a me e si lasciò andare a sedere. Dissi: «Questa sedia è meglio, no?».

«Sì. Mi piace che sia più alta».

Le nostre vecchie sedie erano troppo vicine alla sabbia, e sedersi e alzarsi era un'impresa. «Era ora di prenderne di nuove. Da quant'è che avevamo quelle?»

«Circa sei anni. Che meraviglia, ci sarà un bel tramonto».

«Notte perfetta. Il Golfo sembra un lago».

«C'è un sacco di gente qui».

«Ricordi com'era tranquillo dieci anni fa? Venivamo con Jessie e sembrava di essere ai Caraibi».

«Sono due anni che non veniamo in spiaggia con lei».

«Le piace Wiggins Pass, le è sempre piaciuto. Ricordi quando attraversavamo la zona boscosa dal parcheggio? Facevamo finta di aver scoperto una spiaggia».

Mary Ann mi cercò la mano. «È passato così in fretta. Non so cosa farò quando andrà al college».

«Sarà un cambiamento, ma tornerà a casa per le vacanze, e andremo a trovarla, se vorrà».

«La casa sarà vuota senza di lei».

Era il momento di cambiare argomento. Indicai l'acqua. «Guarda là fuori. Non c'è una barca in vista».

«Così tranquillo».

«Ti rendi conto che questa vista è la stessa di mille anni fa?»

«È vero. Cento anni fa, delle persone sedute proprio dove siamo noi vedevano la stessa identica cosa».

«Cento anni fa, qui non c'era nessuno. Non c'era niente tra Fort Myers ed Everglades City».

«Non riesco a immaginarlo».

«Là fuori, nessun cambiamento». Feci un cenno con il pollice dietro la spalla. «Là dietro, un sacco di cambiamenti».

Annuì, inspirando profondamente. «L'immensità dell'oceano ti fa sentire piccolo. È rilassante, pacifico. Acquieta i miei pensieri».

In quello eravamo diversi. Io davo il meglio di me in spiaggia. Appena arrivato qui, passeggiavo lungo la riva e risolvevo problemi. Sapevo che, non appena avremmo smesso di parlare, il caso Ryan si sarebbe insinuato nella mia testa.

Era un mio difetto. Avevo bisogno di conoscere i dettagli di ciò che accadeva quando qualcuno moriva inaspettatamente. Tutti si fissavano su chi fosse il responsabile di una morte. Lo capivo. Non era solo la cosa più importante, era l'essenza del mio lavoro.

Ma io dovevo conoscere i dettagli del come e del perché. Quando erano incerti, la mia capacità di rilassarmi e dormire era compromessa.

Remin stava aggiungendo pressione inutile con la sua scadenza. Avevamo l'ipotesi che Ryan avesse ucciso Wright per la gravidanza, ma niente sul dottor Bigham, se non la speculazione che la relazione di Ryan con lei fosse finita male.

Era difficile conviverci, ma non operavamo nel vuoto. Le indagini dovrebbero essere un mezzo per raggiungere un fine. Ma la stampa, l'opinione pubblica e persino il nostro dipartimento esercitavano pressioni per una conclusione. La maggior parte delle volte riuscivamo a tenere duro e a ottenere le risposte necessarie per risolvere un caso.

Ma c'erano volte in cui non ci riuscivamo. Volte in cui una famiglia non otteneva le risposte che meritava. Volte in cui un assassino la faceva franca. Ci saremmo accontentati di un'ipotesi per Ryan e le due persone che aveva ucciso?

Il mio stomaco brontolò. «L'ho sentito. Perché non mangi, se hai fame?»

Presi la busta del Jason's Deli. «Vuoi la tua insalata?»

«Ok».

Le porsi la cena e diedi un morso alla mia piadina al tacchino. «Non mi ero reso conto di quanta fame avessi».

Mary Ann indicò il cielo. «Guarda com'è bello. Quella striscia rossa è incredibile».

«Come un dipinto. Il sole toccherà l'orizzonte tra cinque minuti».

«È bellissimo».

Il mio cellulare squillò e Mary Ann mi fulminò con lo sguardo. «Avevamo un patto, niente telefoni».

«Ho dimenticato di spegnerlo».

Mary Ann sbuffò e io sbirciai lo schermo. Era Derrick. Rifiutai la chiamata. Il sole era tramontato per un quarto e la luce era calata. Scartai la seconda metà del mio panino mentre arrivava il suono di un messaggio.

Era Derrick. Bolero aveva mentito sul suo alibi.

29

Mentre uscivo dal passo carraio, sperai che aver portato Mary Ann a vedere il tramonto mi fosse bastato per ottenere il permesso di assentarmi. Sapeva che lo sceriffo aveva fissato una scadenza e non sarei mai riuscito a dormire senza un confronto con Bolero.

Mi accostai mentre un'ambulanza percorreva a tutta velocità Immokalee Road, svoltando verso l'NCH. Il parcheggio del Bone Hook era affollato. Superai il Komoon, un ristorante thailandese che piaceva a Mary Ann, ed entrai nel locale di Bolero.

La musica era troppo alta per i miei gusti, ma tre donne si stavano scatenando sulla pista da ballo. Mentre aspettavo Bolero, un cameriere mi passò accanto con due piatti di costolette. Stavo cercando di capire se le avessero affumicate con legno di noce americano o di pecan, quando apparve Bolero.

«Cosa posso fare per te?»

«Forse è meglio parlarne da un'altra parte.»

«Usciamo.»

Lo seguii fuori. Svoltò a sinistra e si appoggiò al muro dell'edificio. «Che succede?»

«Succede che mi hai mentito.»

Lui sbatté le palpebre. «Di che cosa stai parlando?»

«Sai benissimo a cosa mi riferisco.»

«Ehi, amico, calmati. Non ne ho la più pallida idea.»

«Hai detto che eri qui, a lavorare, la notte in cui è morto Bobby Ryan.»

«Sì, e allora?»

«Abbiamo controllato e non c'eri.»

«Ero qui.»

«Non tutta la notte. Te ne sei andato alle otto. Dove sei andato? A fare una visitina a Ryan?»

Scosse la testa. «No, non c'entro niente con quella storia.»

«Dov'eri?»

«Questa cosa non deve trapelare. D'accordo?»

«Cosa non deve trapelare?»

«Ero con una persona.»

«Con chi? Dannazione!»

«Lavora per me.»

«Hai intenzione di dirmi il suo nome o devo sbatterti dentro?»

«Debbie Conover.»

«È qui stasera?»

«Sì, ma è, uhm, più giovane, e, uhm...»

«Quanto più giovane?»

«Ventiquattro.»

«Cristo! Non riesci a trovare nessuna della tua età?»

«È molto matura.»

«Risparmiami le stronzate. Voglio parlarle.»

«Ti prego, se questa storia si sa, sarà un male per il morale e...»

«Su questo non posso aiutarti. Avresti dovuto pensarci prima.»

«Non possiamo mantenere il segreto?»

«Portala qui fuori o me la vado a prendere da solo.»

Bolero si trascinò verso l'ingresso e sparì all'interno. Avrei voluto prenderlo a schiaffi per farlo rinsavire. Lui aveva cinquantun anni. Lei era una ragazzina. Stava usando la sua posizione per irretire una persona che aveva la metà dei suoi anni.

Una ragazza, appena più grande di Jessie, uscì insieme a Bolero. Lui mi indicò e lei si avvicinò.

«Signorina Conover?»

«Sì, ma mi chiami pure Deb.»

«D'accordo, Deb.»

«Ray mi ha detto che voleva parlarmi, ma di cosa si tratta?»

«È una lunga storia, ma il signor Bolero ha detto che lei e lui eravate insieme mercoledì scorso.»

«Eravamo a casa sua.»

«Per tutta la notte?»

«Diciamo che mi sono trasferita da lui circa un mese fa. Cioè, ho ancora il mio appartamento e tutto, ma...»

«Ed è sicura che lei e lui foste a casa sua quella notte?»

«Non ricordo i giorni con esattezza.» Sorrise. «Praticamente, insomma, siamo stati insieme ventiquattr'ore su ventiquattro, sa.»

«Ho una figlia poco più giovane di lei. Questa, uhm, cosa che ha con il signor Bolero, be', faccia attenzione. Lui si trova in una fase diversa della sua vita. Capisce cosa intendo?»

«Ci vogliamo bene. Davvero.»

«Non sto dicendo di no, ma la differenza d'età si farà sentire.»

«Non è un problema. Ray ha uno spirito giovane; ha più energia di me.»

«Questo oggi, ma quando lei avrà quarant'anni, lui ne avrà sessantasette. A quarantacinque, lui ne avrà settantadue. Faccia come vuole, signorina, ma si assicuri di avere gli occhi ben aperti.»

———

MARY ANN ERA nel bel mezzo di un altro film della Hallmark. Presi una bottiglia d'acqua e mi accomodai sulla mia poltrona reclinabile. Lo show andò in pubblicità.

«Com'è andata?»

Scossi la testa. «Bolero ha mentito sul suo alibi perché non voleva che si sapesse che va a letto con una sua dipendente.»

«Non è una cosa rara.»

«La ragazzina ha solo ventiquattro anni e lui ne ha più di cinquanta.»

«A molte donne piacciono gli uomini più grandi. Guarda me.»

«Non è divertente, Mary Ann. Questa ragazza non è molto più grande di Jessie.»

«Devi smetterla di proiettare. Quante volte te lo devo dire, non puoi riversare ogni caso su di te, su di noi.»

«Lo so, ma tu cosa faresti se Jessie avesse una relazione con un uomo molto più grande?»

«Finché è felice, per me va bene.»

«Come puoi dire una cosa del genere? Vuoi che sposi un

vecchio? Che quando lei avrà quarant'anni, lui prenderà la pensione?»

«Stai diventando ridicolo.»

Lo ero? Perché non potevo aspettarmi che Jessie avesse un percorso simile al mio? D'accordo, escludendo il divorzio. E non avrei voluto che vivesse in nessun altro posto se non a Naples.

La famiglia di Mary Ann era spagnola e la mia italiana, più simili di quanto si possa pensare. Tutto quello che volevo era che Jessie trovasse un partner con lo stesso background o, per lo meno, gli stessi valori. Era così sbagliato? Non era quello che volevano tutti?

Come Mary Ann, ciò che volevo era che Jessie fosse felice. Sapevo che non importava con chi stesse, ma sapevo anche che scegliere qualcuno molto più vecchio o con un background completamente diverso presentava più ostacoli da superare.

Per me, era un semplice fatto che avevo imparato con l'esperienza. Una relazione duratura era già abbastanza difficile; aggiungere potenziali problemi mi sembrava una miopia. Un messaggio di Derrick vibrò sul telefono.

Risposi. «Scusa. Ho dimenticato di chiamare. Bolero era con una ragazza.»

Dovevamo ancora verificarlo, ma sapevo che era la verità. Avevamo una pista, ma era un'ipotesi remota e avrebbe richiesto più tempo di quello che Remin aveva detto ci avrebbero concesso. Mentre il film di Mary Ann si trascinava, considerai se dire o meno allo sceriffo di fare ciò che riteneva necessario.

30

Mɪ ᴀᴄᴄᴏᴍᴏᴅᴀɪ sᴜʟʟᴀ sᴇᴅɪᴀ. «Aɴᴄᴏʀᴀ ɴᴏɴ ᴄᴀᴘɪsᴄᴏ ᴄʜᴇ diavolo ci faccia Bolero con una ragazza che ha la metà dei suoi anni».

Disse Derrick: «Lui posso capirlo. È lei a non avere alcun senso».

«I soldi. È il capo, quindi una questione di potere, e chissà se questa ragazza ha perso il padre da piccola o se era un pessimo genitore».

«Oppure potrebbe aver avuto un buon padre e si sente attratta dagli uomini più grandi per un senso di sicurezza».

La sua era un'osservazione a cui non avevo mai pensato. «Non vorresti che tua figlia si cacciasse in una situazione del genere».

«Io e Lynn diciamo che finché è felice lei, è tutto ciò che conta».

«Finché non succede». Risi. «Poi lei è felice e tu no».

«Ne passerà di tempo prima che debba preoccuparmene».

Mi alzai dalla sedia. «Vado a dire a Remin che ci serve

più tempo. Ho parlato con Longo, e ci vorrà una settimana o più prima che ottengano qualcosa».

Bussai alla porta aperta dell'ufficio dello sceriffo. Teneva il mento appoggiato sulla mano. «Avanti».

«È un buon momento?»

Esitò. «Uno vale l'altro».

«Tutto bene, signore?»

«Solo il consiglio comunale. Vogliono un taglio del cinque percento per tutti i dipartimenti».

«Non possiamo ottenere un'esenzione?»

«Probabilmente l'avremo, ma io puntavo a un aumento. I nostri agenti meritano di più; mettono a rischio la loro vita ogni giorno».

Non doveva convincermi. «Apprezziamo i suoi sforzi, signore».

Remin scosse la testa. «Nessuno capisce quanto sia difficile lavorare nelle forze dell'ordine. Dobbiamo fare il nostro lavoro sotto i riflettori della stampa e dell'opinione pubblica. Tutti hanno un'opinione su quello che dovremmo fare».

Volevo chiedergli cosa stesse succedendo veramente. La mia ipotesi era che un paio di nuovi arrivati stessero cercando di portare avanti il loro programma per definanziare la polizia. Era un altro concetto illogico, come la depenalizzazione del furto sotto i mille dollari in California. In che modo esattamente quelle politiche avrebbero ridotto la criminalità?

«Non c'è un modo per far fare un giro di pattuglia ai cittadini?»

Remin rise. «Ecco, questa è un'idea che posso appoggiare».

«Volevo farLe sapere che la pista che avevamo sul caso Ryan non ha portato a nulla».

«Avete qualcos'altro?»

«Stiamo ancora aspettando altre informazioni sulla famiglia di Bolero. Il mio contatto a Miami dice che ci vorrà almeno una settimana prima che esca fuori qualcosa di tangibile».

«Quanto ci fa affidamento?»

«Considerando la famiglia di cui stiamo parlando, è plausibile, ma a questo punto rimane un'ipotesi remota».

«C'è qualcosa che dovrei sapere prima di dichiarare quello di Ryan un suicidio?»

«Niente di più del fatto che c'è qualcosa che non torna».

«Mi serve più del suo istinto».

Era stato un detective della omicidi. L'istinto era un altro modo per dire fiuto. A volte ti portava in un vicolo cieco, ma lui sapeva che le intuizioni, filtrate da anni di esperienza, generavano piste che oliavano le indagini di successo.

«Vorrei avere di più, ma ci vorrà tempo per confermare cosa sia successo».

«Il medico legale ha detto che è stato un suicidio. Continuate a lavorarci. Se si rivelasse altrimenti, abbiamo Bilotti come copertura».

Non avrebbe gettato il mio amico in pasto ai lupi. «Il medico legale ha sollevato delle perplessità».

«Non ha modificato il certificato di morte».

«No, non l'ha fatto. Voglio solo evitare una situazione che metta il dipartimento in cattiva luce».

«Non possiamo aspettare in eterno. A volte bisogna prendere una decisione basandosi su quello che si ha».

Mentre scendevo le scale per tornare al mio ufficio,

sapevo che il sentimento di Remin era giusto. Spesso, dovevi prendere decisioni senza avere tutti i fatti. Senza un omicidio su cui lavorare, i miei pensieri si spostarono sulla chiusura del caso di morte per incidente stradale, prima di tuffarmi nei casi irrisolti.

―――――

ANDRE BOSOCK ERA uno dei procuratori che si occupava del penale per la Contea di Collier. Aveva giocato a basket per la Florida State, poi era andato alla facoltà di legge dell'Ave Maria prima che la scuola si trasferisse a Naples.

«Come stai, detective?»

«Bene. Perché "detective"?»

Alzai lo sguardo e gli strinsi la mano. «Le vecchie abitudini sono dure a morire».

Mi diedi una pacca sulla pancia. «A chi lo dici».

«Di che parli? Sei in gran forma».

«Ci provo, ma io e la pasta abbiamo una lunga storia».

Lui sorrise. «Bisogna pur vivere un po'».

«Sembri ancora in grado di giocare a basket».

Si accomodò su una sedia. «È il mio metabolismo. Mangio come una matricola del college».

«Sei fortunato. A proposito di fortuna, con Holt, il ciclista, non poteva andare peggio».

«È troppo pericoloso andare in bici nella maggior parte della città».

«Senza dubbio, ma dovrebbe stare a bordo piscina, non al cimitero. È stato ucciso e non credo sia stato un incidente».

«Potrebbe essere vero, tuttavia, il rapporto dell'esperto

in riconoscimento di droghe non supporta la guida in stato di ebbrezza».

«Non ha superato il test di sobrietà».

«Lo so, ma i casi con uso di droghe e guida sono impossibili da vincere in tribunale senza la testimonianza di un DRE».

«Questa è una follia».

«Sono d'accordo. È frustrante. La legalizzazione della marijuana per uso medico e, in alcuni stati, ricreativo, e la guida sotto il suo effetto, devono essere affrontate dai legislatori».

«Dobbiamo accusarla di qualcosa o continuerà a farlo».

«Immagino che una guida negligente non ti soddisferebbe».

«Puoi scommetterci di no. Era fatta quando è salita in macchina, ha colpito un albero e ha quasi fatto un frontale nel suo parcheggio, prima di uccidere Holt».

Bosock si chinò in avanti. «Cosa hai sulle sue azioni prima dell'incidente?»

«Abbiamo ottenuto un video di lei nel suo parcheggio. Chiunque potrebbe dire che non era lucida. Va a sbattere contro un albero e non scende nemmeno dalla macchina?»

«Sai...»

«So che non è abbastanza, ma non possiamo usarlo in qualche modo? Dirle che è in guai più grossi di quanto pensi».

«Il suo avvocato conoscerebbe la legge».

«Andiamo, Andre, questa è la cosa più sbagliata che ci sia».

«Potremmo incriminarla per guida spericolata. Ha dimostrato una deliberata e sconsiderata noncuranza per la sicurezza della proprietà».

«Puoi accusarla di un delitto?»

«La guida spericolata si qualifica come tale».

«Rischia il carcere?»

«Ne dubito, ma non è da escludere, anche se si tratterebbe di un periodo dai trenta ai novanta giorni».

Non sapevo cosa fosse peggio per la signora Holt: se non fosse stata mossa alcuna accusa, sarebbe stato un incidente. Se le fosse stata comminata una pena lieve, la cosa l'avrebbe lasciata a cercare di razionalizzare lo scambio con la perdita di suo marito.

31

«Derrick, dov'è la chiavetta USB di Positano?»

Aprì un cassetto della scrivania. «Proprio qui. Che succede?»

«Dobbiamo darla a Bosock. Vuole vedere se può usarla per procedere con un'accusa di guida spericolata.»

«È il massimo che possiamo ottenere per gli Holt?»

«Temo di sì. Non è giusto, ma oggi la legge è questa.»

«Se la caverà solo con una multa o trenta giorni in gattabuia.»

«Lo so. Secondo te cos'è peggio per la moglie di Holt? Classificarlo come un incidente o affibbiare alla conducente un'accusa per guida spericolata?»

«Bella domanda.»

«Portala di sopra per me. Che la esaminino e vediamo cosa dicono.»

Derrick estrasse la chiavetta e uscì dall'ufficio.

Rimasi seduto, disgustato dal fatto che una vita fosse stata spezzata con tanta noncuranza. Aprii il sito web di Mothers Against Drunk Driving e cercai i loro contatti.

Avevano una sede in zona, e sperai che riuscissero a fare pressione sui legislatori per promulgare leggi che affrontassero il problema della guida in stato di ebbrezza.

Non appena premetti invio, squillò il telefono. «Omicidi, detective Luca.»

«Frank, ho appena ricevuto una chiamata. Un tizio ha trovato un cadavere a Logan Woods. È un maschio.»

«Non conosco un quartiere chiamato Logan Woods. Dove si trova?»

«È un parco, la Logan Woods Preserve. All'angolo tra Pine Ridge e Logan Boulevard.»

Sentendo la parola "Preserve", mi si rivoltò lo stomaco. «Ricevuto. Sto arrivando.»

«Bene, una pattuglia è in arrivo. Tempo di arrivo stimato, tre minuti.»

Mentre mi infilavo la giacca, Derrick rientrò. «Andiamo. Abbiamo un cadavere.»

«Dove?»

Lo misi al corrente mentre ci dirigevamo al parcheggio.

Svoltando su Airport Pulling Road, Derrick disse: «Mai sentito nominare quel parco». Tirò fuori il telefono e si mise a digitare.

«Neanch'io.»

«Dice che l'intero parco è di meno di sette acri. Prendi Logan, è subito a nord di Pine.»

«Credo che quel parco confini con i Vineyards. È così?»

«Sì. A cosa stai pensando?»

«Sto solo cercando di mappare gli accessi.»

«Hanno detto che età aveva il corpo?»

«Non l'hanno detto. Quasi meglio avere meno informazioni. Vediamo la scena senza preconcetti.»

«Già.»

Accesi i lampeggianti e rallentai. «Vedi un'entrata?»

«No. Ma c'è una volante là davanti. Vedi il retro?»

«Sì.» Accostai sull'erba, poco prima del sentiero su cui si trovava l'auto di servizio.

Mentre scendevamo, arrivò un'altra auto di pattuglia. Mi spostai rapidamente davanti alla macchina mentre passava rombando un camion. «Derrick, digli di bloccare tutto il traffico finché non siamo sicuri che l'area sia protetta.»

Mi diressi verso un sentiero di pacciame che conduceva in un'area boschiva. L'aria odorava di muschio umido. Una trentina di metri più avanti, un agente in uniforme camminava in tondo, con il telefono all'orecchio. Si trovava davanti a un nastro giallo che attraversava il sentiero nel punto in cui si biforcava. Mi vide e riattaccò.

«È Lei il primo arrivato sulla scena?»

«Sì, signore.»

«Ha visto qualcosa?»

«No.»

«Dov'è l'uomo che ha chiamato?»

«È andato via. Doveva andare in bagno, ma ho i suoi contatti e ho fatto una foto della sua patente.»

«Bene.»

«Si chiama Len Visick. Ha settantadue anni.»

Sarei stato esentato dai problemi che tutti gli uomini anziani affrontavano, dato che il mio impianto idraulico era stato rifatto? «Questo spiega tutto. Torna?»

«Sì. Vive ai Vineyards.»

«Dov'è il corpo?»

L'agente sollevò il nastro. «Prenda la destra. È trenta metri più avanti.»

A braccia conserte, un'agente in uniforme montava la guardia. I miei occhi si fissarono su una panchina di legno.

Mi bloccai di colpo, sbattendo le palpebre. Il corpo era in posizione eretta.

La scena era fin troppo familiare. Più mi avvicinavo, più mi sentivo giù di morale.

«Detective?»

Alzando una mano, dissi: «Un attimo».

Mi concentrai sulle mani del cadavere. C'era qualcosa. Sembrava che il corpo avesse quattro ferite da taglio al petto. Le vittime precedenti ne avevano tre. Mi infilai i guanti. Il cadavere era rigido e freddo. Non ero un esperto, ma questo tizio aveva incontrato il suo creatore molto dopo la morte di Ryan.

Non era stato Ryan l'assassino.

Mi voltai verso l'agente. «Mi scusi. Avevo bisogno di assorbire la scena.»

«Nessun problema, signore.»

«Ha visto qualcosa di insolito?»

«No, signore. Ho tenuto d'occhio il bosco.»

Annuii mentre Derrick si avvicinava. «Accidenti, stesso modus operandi di Wright e del dottore.»

«Già. Non sembra che sia stato Ryan l'assassino.»

«Potrebbe essere un emulatore.»

Aveva ragione, ma sapevo che non lo era. «Non credo.»

«Sembrano quattro ferite. Gli altri ne avevano tre.»

«Vero, ma questo è un uomo. Chiunque sia stato potrebbe aver avuto bisogno di un'altra coltellata per sopraffarlo.»

«Non è un uomo così grosso.»

«Direi un metro e settantacinque per settanta chili. Quando la tua vita è in pericolo, l'adrenalina entra in circolo.»

«Chissà chi è, mi sembra familiare.»

«So cosa vuoi dire. L'ho già visto, ma non riesco a inquadrarlo.»

«Vuoi vedere se riusciamo a prendergli il portafoglio o un documento?»

«No. Non voglio toccare nulla finché il corpo e la scena non saranno stati analizzati.»

Derrick si chinò, indicando la coscia destra del cadavere. «Sembra sangue.»

Mi inginocchiai, concentrandomi su una piccola macchia rossa sulla cucitura esterna. «Lo è di sicuro. È in un punto strano per provenire dalle ferite al petto.»

«Forse estraendo il coltello...»

«Non so. Possiamo solo sperare che non sia della vittima.»

Esaminai l'area circostante. «Sarà difficile per la scientifica con tutta questa pacciamatura. Sembra che l'abbia attaccato proprio qui.» Indicai una zona in cui le foglie e gli aghi di pino sembravano essere stati smossi.

«Sì, ed è stato adagiato sulla panchina. C'è molto sangue.»

«Forse un'altra aorta recisa. L'assassino sa quello che fa.»

«Ma perché le pugnalate ripetute?»

«Lui, o lei, potrebbe aver avuto bisogno di sopraffarlo, come ho detto, oppure potrebbe essere stato qualcosa di personale.»

«Pensi che possa essere una donna?»

«Probabilmente no, ma non si sa mai.»

«Ecco la scientifica e Bilotti.»

«Quando avrà finito, vedremo cosa c'è nelle sue mani. Nel frattempo, andiamo a parlare con l'uomo che ha fatto la chiamata.»

32

MENTRE STAVO USCENDO, IL DOTTOR BILOTTI COMPARVE SUL sentiero. «Frank, cosa abbiamo?»

Lo misi al corrente. «Non abbiamo toccato la scena del crimine né controllato i documenti della vittima. Derrick è di guardia.»

«Bene. Vediamo se troviamo qualcosa che possa aiutare le indagini.»

«Contiamo su di te, Doc.»

Il primo agente mi si avvicinò, accompagnato da un uomo smilzo; presunsi fosse quello che l'aveva trovato.

«Lui è Len Visick. È stato lui a chiamare.»

Gli strinsi la mano. Era ossuta, ma la sua stretta era decisa. «Non riesco a crederci. Voglio dire, mi tremano ancora le mani.»

Visick aveva un viso segnato dalle rughe ma occhi vispi e attenti. Indicai una panchina a una ventina di piedi di distanza. «Perché non ci sediamo a parlare?»

«Mi dispiace di essermene dovuto andare. So che non mi ha messo in buona luce, ma quando devo andare, devo andare.»

Non era necessario che sapesse dei miei problemi a liberarmi. «Capisco, non si preoccupi.»

Ci sedemmo e dissi: «Mi racconti cos'è successo, cosa ha visto.»

«Beh, vengo qui due, tre volte a settimana. Di solito arrivo verso le cinque del mattino.»

Un uccello iniziò a cinguettare. «A che ora oggi?»

«Qualche minuto prima delle cinque.»

«Ma ha chiamato poco dopo le nove.»

«Esatto.»

«È rimasto qui per tutto il tempo?»

«Oh, no. Sono andato via verso le sei.»

«Ed è tornato a che ora?»

«Oh, verso le nove.»

«Perché viene così presto?»

«Mi piace vedere gli armadilli. C'è una bella colonia di quelli a nove fasce che vive qui e, dato che sono notturni, bisogna arrivare presto.»

Le passioni della gente non smettevano mai di stupirmi, ma un amante degli armadilli era una novità. «Dov'è stato dalle sei alle nove?»

«Beh, sono andato a piedi alla clubhouse per usare il bagno e fare colazione. Da quando è mancata Sandy, mangio quasi sempre fuori.»

«E perché è tornato al parco? Lo fa di solito?»

«No, no. Ho mangiato e sono rimasto un po' in giro, a chiacchierare e, oh, ho letto il giornale. Poi sono tornato a casa ma non trovavo la chiave per entrare. Ho pensato di averla persa quando ho tirato fuori il cibo che avevo portato per gli armadilli.»

Un'altra novità. «Cosa gli ha portato?»

«Uva. Gli piace molto.»

Gli armadilli avevano il loro maggiordomo personale. «È tornato per cercare le chiavi.»

«Sì, e le ho trovate.»

«E come ha scoperto il corpo?»

«Stavo semplicemente camminando e, sa, sapevo che c'era qualcosa che non andava. Avevo questa sensazione. Pensavo fosse per via delle chiavi perse, ma poi l'ho visto.»

«Lo ha toccato?»

«No. Ho visto tutto quel sangue e sono andato nel panico.»

«Quando era al parco prima, il corpo non c'era?»

«Non credo.»

Pareva che avessimo una cronologia. «L'avrebbe notato, giusto?»

«Sì, di sicuro.»

«Quindi prima non era lì, corretto?»

«Di solito non vado a destra, dove si trovava lui. La maggior parte delle tane è a sinistra; lì ci sono molti più insetti di cui possono nutrirsi.»

Scoppiò un coro di cinguettii. Forse gli uccelli stavano discutendo di quanto fosse confuso quest'uomo? «Perché ha percorso quel sentiero la seconda volta?»

Fece spallucce. «Cercavo le mie chiavi e, alla mia età, non potevo essere certo di non esserci andato.»

C'era qualcosa che non quadrava. «Come ha trovato la sua chiave?»

«Dopo averlo visto, sono andato nel panico. Cercavo il telefono per chiamare il nove-uno-uno e la chiave era lì. Sa quel taschino dentro la tasca? Era lì da tutto il tempo.»

I testimoni erano spesso inaffidabili. Il modo in cui stava

andando questo scambio era più che preoccupante. «Ha visto qualcuno mentre era nel parco?»

«No.»

«Nessun altro era nel parco entrambe le volte che è stato qui?»

«No. È raro vedere qualcuno.»

Alle cinque del mattino, la cosa non mi sorprendeva.

Finii con lui e tirai fuori il cellulare. «Signore, volevo farLe sapere che non sembra sia stato Ryan l'assassino.»

«Hmmm.»

«Abbiamo un altro cadavere con lo stesso modus operandi. Il dottor Bilotti è sulla scena e speriamo di poterlo confermare o smentire con certezza.»

«A quanto pare il suo istinto era corretto.»

«Vedremo.»

«Di quali risorse ha bisogno?»

«Al momento siamo a posto, ma ci servirà aiuto per trovare dei collegamenti, se gli omicidi sono correlati. Se sono casuali...»

«Tutto ciò di cui avete bisogno. Riassegnerò tutti gli agenti necessari e premerò per ottenere qualsiasi mandato per proseguire le indagini.»

La minaccia era stata recepita. «Apprezziamo il supporto, signore. Per il momento siamo a posto.»

«Non cerchi di risolvere questo caso da solo. So che può farcela, ma non abbiamo tempo.»

Avrei voluto dirgli di non interferire, ma dissi: «È sempre un lavoro di squadra, signore.»

«Se si tratta dello stesso killer, voglio uno spiegamento di forze massiccio. Questa storia deve finire!»

Su quello ero d'accordo, ma chiunque ci fosse dietro era

bravo. Basandomi sulle altre scene del crimine, le probabilità che avesse lasciato un indizio per Bilotti o la scientifica erano scarse. L'ultimo serial killer con cui avevo avuto a che fare era stato il criminale più intelligente che avessi mai incontrato:

Ethan Dwyer aveva un QI che lo metteva al livello di Einstein. Era stato metodico e mi aveva depistato diverse volte. Dopo che lo incastrammo, architettò un'evasione dal carcere che ancora mi stupiva. La persona responsabile di aver lasciato cadaveri in posa nei parchi era della sua stessa categoria?

Mentre tornavo a fatica verso il corpo, il mio istinto faceva suonare un campanello d'allarme che non potevo ignorare: questo killer era bravo almeno quanto lui.

33

Lᴇɴᴛɪ ᴅ'ɪɴɢʀᴀɴᴅɪᴍᴇɴᴛᴏ ᴀʟʟᴀ ᴍᴀɴᴏ, ᴅᴜᴇ ᴛᴇᴄɴɪᴄɪ ᴅᴇʟʟᴀ scientifica stavano setacciando l'area attorno al corpo. Chinato sul cadavere, Bilotti si raddrizzò di scatto. «Ecco il tuo portafogli, Frank».

Mi porse la sottile custodia in finta pelle che aveva recuperato dalla tasca anteriore del cadavere. La tecnologia non aveva ridotto solo la soglia di attenzione. «Grazie».

Ne sfilai il contenuto. Una carta di credito American Express, la sua patente di guida e tre biglietti da visita. Derrick si avvicinò mentre esaminavo la patente. «Victor Trent. Quarantotto anni. Sono abbastanza sicuro che quell'indirizzo sia ai Moorings».

Mettendo la patente dietro la carta di credito, tirai fuori un biglietto da visita. «Ora so dove l'ho già visto. Fa quelle pubblicità sulle riviste, dove offre consulenza per investimenti».

«Ah, sì. Le ho viste anch'io».

Ricordando le sue pubblicità, scossi la testa. «Ha due bambini piccoli e una moglie».

«Sono in tutte le foto».

Era una buona strategia, presentarsi come un uomo con una famiglia giovane per guadagnarsi la fiducia e i soldi della gente. Ogni vittima ha una famiglia, ma il pensiero di dover dare la notizia a qualcuno con dei bambini piccoli mi stava facendo venire un nodo allo stomaco.

«Signori, ecco il bossolo».

Glielo presi e lo aprii. Su un pezzetto di carta c'era scritto: «Ne manca ancora uno prima di...»

«Prima? Prima di cosa?»

Derrick disse: «Ucciderà di nuovo».

«Non se potrò impedirlo».

Derrick gridò: «Ehi, lei!».

Un uomo stava correndo verso il bosco. Estrassi la pistola e scattai all'inseguimento. «Si fermi o sparo!».

L'uomo si bloccò di colpo, alzando le braccia.

«In ginocchio, e mani in alto!».

Un agente arrivò prima di me e iniziò ad ammanettarlo. «Ehi, sono un giornalista. Controlli le mie credenziali».

Lo perquisii, tirando fuori il suo tesserino della stampa. «Come si chiama?».

«Matt Grier. Lavoro per il *Daily News*».

Corrispondeva al suo documento. «Cosa ci fa qui? Questa è una scena del crimine».

«Ero in giro in bicicletta. Ho visto tutto questo movimento e volevo dare un'occhiata. È pazzesco, il serial killer ha colpito ancora».

«Andarsene in giro di soppiatto è un ottimo modo per farsi ammazzare».

«Volevo solo lo scoop. Questa è una notizia bomba. Ha lasciato un messaggio, come il killer dello Zodiaco. Questo è...».

«Senta, questa è una scena del crimine attiva. Se non vuole essere arrestato per intralcio alla giustizia, è meglio che se ne vada».

«Okay, okay».

«Gli tolga le manette».

«Sarebbe disposto a rilasciare un'intervista?».

«No. E la avverto di non divulgare alcuna informazione su un eventuale messaggio che lui, o lei, potrebbe aver lasciato».

«Ma noi abbiamo il diritto...».

«Queste informazioni sono riservate. Dobbiamo tenere per noi un paio di dettagli per essere sicuri di catturare la persona giusta».

«Capisco le sue preferenze, ma l'opinione pubblica ha il diritto di sapere delle minacce nella comunità».

«Dobbiamo collaborare. Ci serve il suo aiuto per catturare il responsabile, e potrebbe esserci un modo per usarla come tramite».

«Otterremo un'esclusiva?».

«No, non possiamo farlo, ma qualcuno dovrà pur saperlo per primo, no?».

«Avremmo bisogno di garanzie...».

«Farò chiamare il suo capo dallo sceriffo per definire i dettagli, ma per oggi non può dire altro se non che sembra che il killer abbia colpito ancora».

Indicò il corpo. «Sembra?».

«Sta a lei, se vuole anticipare una notizia che poi si rivela sbagliata».

«Chi lo confermerà?».

«Noi. Come ho detto, sarà il primo a saperlo. E se trapela qualcosa sui dettagli, le prometto che troverò un modo per incastrarla per intralcio alla giustizia».

———

«Hai mangiato?».

«Una ciambella stantia vale?».

Mary Ann scosse la testa. «Posso farti pasta e piselli».

Pasta e piselli, uno dei miei piatti preferiti per tirarmi su il morale. «Ma no, non fa niente».

«Ci metto dieci minuti. Vai a cambiarti».

«Ti senti bene?».

«Mi sento meglio di quanto non mi sia sentita da mesi».

«Davvero?».

«Sì. Un paio di giorni fa mi sono sentita più stabile e da allora è andata sempre meglio».

«Grazie a Dio. Pensi che siano le iniezioni?».

«Non lo so. La prossima volta che andiamo vedremo cosa dicono. Nel frattempo, dita incrociate».

Dirigendomi verso la camera da letto, dissi: «Amen».

———

Mary Ann mi mise davanti una scodella fumante.

«Ha un buon odore».

«Hai avuto una giornataccia. I telegiornali non fanno che parlare del serial killer. La WINK sta facendo uno speciale».

«Un fottuto giornalista ci è spuntato addosso sulla scena del crimine. Se non l'avessimo visto, la povera moglie avrebbe scoperto che suo marito era morto prima che potessimo avvisarla noi».

«Com'è andata?».

Allontanai la scodella. «L'intera giornata è stata un fottuto spettacolo dell'orrore».

Mi massaggiò le spalle. «Mi dispiace».

«E quella ragazzina che ha ucciso il ciclista non si farà un giorno di galera. Hanno fatto un accordo e si è beccata cento ore di servizi sociali. Gran bella roba».

«Oh, mi dispiace. Hai avuto una giornata davvero difficile».

«Non fa niente».

Riportò la pasta davanti a me. «Mangia».

Ne presi una cucchiaiata. «Lo sceriffo ha sospeso tutti i permessi. Ci saranno pattuglie e agenti dislocati in tutta la città. Sembrerà uno stato di polizia».

«Ma è una buona cosa».

«Non so se servirà. Ho parlato con Haines dell'FBI e anche lui è d'accordo; le vittime non sembrano essere casuali».

«Il profiling potrebbe aiutare».

«Ne avremo bisogno più che mai; chiunque sia, è estremamente attento».

«Perché la gente fa queste cose?».

«Se ti rispondo a questa, tu sai dirmi cos'era Casper prima di diventare un fantasma?».

———

Riattaccai con Bilotti e mi affrettai lungo il corridoio. L'autopsia aveva confermato che dietro tutti e tre gli omicidi c'era la stessa persona. Ma nient'altro. Nessuna fibra, capello o fluido corporeo, tranne la macchia di sangue sulla cucitura dei pantaloni della vittima.

La stanza era gremita di agenti in uniforme prima dell'inizio del turno. Il Capitano Gesso impose il silenzio e io salii sul podio.

«Lo Sceriffo Remin mi ha chiesto di aggiornarvi. Riteniamo che la stessa persona, o le stesse persone, siano responsabili di tutti e tre gli omicidi. Tutti devono stare all'erta ed essere particolarmente vigili per quanto riguarda i nostri numerosi parchi e riserve naturali. È probabile che l'assassino sia un uomo, caucasico, sulla quarantina o cinquantina.

Questo non vuol dire che non possa trattarsi di una donna. Avremo bisogno di aiuto per rintracciare i legami tra le vittime, poiché la teoria è che non si tratti di omicidi casuali. I volontari sono ben accetti. Se potete dare una mano, parlate con il Detective Dickson».

34

Mi diressi lungo Mooring Line Drive, verso l'acqua, e girai a destra su Bow Line Drive. The Moorings era un quartiere costoso con una sua spiaggia privata, ma la casa dei Trent, dall'altra parte della strada rispetto alla Emmanuel Lutheran Church, si trovava nella parte più modesta della zona.

Facendomi forza mentre mi avvicinavo alla porta, sperai che i figli dei Trent fossero nei paraggi per alleggerire l'atmosfera. Stavo per suonare il campanello, quando il rombo profondo di una Ferrari mi fece voltare verso la strada. Osservai l'auto sportiva rossa accelerare lungo una curva prima di premere il pulsante.

La porta si aprì di scatto e Robin Trent mi rivolse un debole sorriso. «Entri pure, detective Luca».

Era più forte di quanto mi aspettassi. Fui ulteriormente rincuorato dal suono di bambini che giocavano. «Grazie, signora Trent».

La seguii nella stanza principale. Con un piede, spostò

una macchinina e ci sedemmo su un divano componibile grigio.

«La ringrazio per avermi ricevuto così presto. So che è un momento difficile. Sta bene?»

Aggrottò la fronte. «Mia madre è venuta ad aiutarmi con i bambini». Si strinse le mani. «Non ho ancora realizzato».

«Mi dispiace, signora».

Sbatté le palpebre e capii che dovevo iniziare a fare domande, altrimenti sarebbero sgorgate le lacrime. «Le viene in mente qualcuno che avrebbe potuto voler fare del male a suo marito?»

«No, è inconcepibile. Victor era un'anima gentile. Aiutava sempre le persone».

«Da quanto tempo conosceva suo marito?»

«Da circa otto anni. Ci siamo conosciuti al lavoro. Ero l'assistente del direttore».

«Ha mai avuto screzi con qualcuno lì?»

«No. Tutti volevano bene a Victor».

«E i suoi clienti? Era un consulente finanziario. Le persone possono arrabbiarsi quando perdono soldi».

«I suoi clienti lo adoravano. Era come in quella pubblicità in cui il consulente viene invitato agli eventi di famiglia di un cliente».

Lo stava dipingendo come un santo. Sarebbe stata una sfida insinuare con delicatezza che forse non conosceva suo marito bene come pensava.

«E un rivale in azienda o nel settore?»

«Non capisco cosa intende. Vic non era una persona competitiva».

«Suo marito aveva una carriera di successo, giusto?»

«Sì. La gente si fidava di lui e otteneva buoni risultati per i suoi clienti».

«Come li trovava i clienti?»

«Non lo so con certezza, ma incontrava sempre persone nuove e gli altri lo raccomandavano, cosa che a lui piaceva molto».

«Aveva clienti con un sacco di soldi?»

Lei sorrise. «Siamo a Naples; qual è la sua definizione di "un sacco di soldi"?»

Aveva ragione. Le persone che ce l'avevano fatta economicamente dicevano sempre: pensavo di cavarmela bene finché non sono arrivato a Naples. «Non conosco bene quel mondo, ma diciamo un cliente con dieci milioni da gestire. Ne aveva molti?»

«Non parlava mai di quanto avesse questo o quello, sa, per riservatezza, ma aveva almeno dieci clienti del genere. E ce n'era uno, lo chiamava "una balena", che aveva più di cento milioni. Vive su Gulf Shore Drive, proprio sulla spiaggia».

«Quando ha acquisito questo nuovo cliente? Di recente?»

«Sì, nell'ultimo mese o giù di lì».

«Le ha parlato di aver ricevuto critiche o pressioni da chiunque fosse il precedente consulente?»

Trasalì. «Pensa che... no, non potrebbe essere. Perché qualcuno dovrebbe fare una cosa del genere?»

Con una commissione dell'uno percento all'anno, c'erano un milione di ragioni. Con quel tipo di denaro, la commissione poteva essere solo dello 0,5 percento. Comunque, si trattava di mezzo milione di dollari all'anno per un consulente. Una motivazione più che sufficiente.

«Signora Trent, so che potrebbe sembrare insolito, e non è obbligata a rispondere, ma quanto guadagnava suo marito?»

«Non conosco i dettagli. Vic era bravo con i numeri; era il suo lavoro e si occupava lui delle nostre finanze».

«Chi erano i suoi amici più stretti?»

«Jim Keystone. Lui e Vic erano amici fin dalle elementari».

«Erano ancora molto legati?»

«Oh sì, hanno cenato insieme meno di una settimana prima di...»

Il suo mento tremò. Volevo chiederle di eventuali relazioni extraconiugali di suo marito, ma non volevo turbarla, e probabilmente il suo amico ne sarebbe stato al corrente.

Dopo aver ripetuto il numero della linea diretta, feci un ultimo appello alla collaborazione dei cittadini. La spia della telecamera si spense e chiesi: «Che ne pensi? È andata bene?»

«Perfetto».

«Ottimo. Assicurati che venga trasmesso su tutti i canali. Oggi, se possibile».

«Sarà fatto».

«Grazie. Devo scappare».

Feci le scale a due a due e mi riversai al primo piano. Esitai, cercando di calmare le mie tendenze claustrofobiche prima di entrare.

Il nostro ufficio era pensato per due, forse tre persone. I quattro agenti che si erano offerti volontari erano in piedi, in cerchio, attorno alla scrivania di Derrick.

«Ehi, apprezziamo il vostro aiuto. Ho appena parlato con Gesso. Ha detto che vi ritaglierà uno spazio nella sala principale da cui potrete lavorare. Vorrei che vi concentraste sui collegamenti tra le vittime».

«Andate indietro fino a dieci anni, forse anche più a lungo se necessario. Sappiamo che Wright e il dottor Bigham si sono serviti dello stesso agente immobiliare, Stephen Ong. Io e Derrick indagheremo su Ong, ma è questo il tipo di collegamento che dobbiamo scoprire».

«Non solo relazioni sentimentali, ma se appartenevano allo stesso club, se giocavano a pickleball insieme, se frequentavano la stessa chiesa. Sono queste le informazioni che ci condurranno all'assassino. Domande?»

Scossero la testa in silenzio.

«Bene. Derrick ha un fascicolo su Bigham e Wright. Stiamo ancora mettendo insieme quello di Trent, ma vi daremo quello che abbiamo. Può darsi che qualcosa acquisti un senso una volta che aggiungeremo Trent al quadro generale».

Dopo che ebbero annuito, dissi: «Derrick vi aiuterà a sistemarvi dopo che avrò scambiato due parole con lui. Grazie ancora».

I volontari uscirono in fila. Dissi: «Remin mi vuole alla conferenza stampa. Gli ho detto che dovresti esserci anche tu».

«Non fa niente. Abbiamo già abbastanza da fare».

Era un uomo migliore di me. «Eccome se ne abbiamo. Senti, dopo le stronzate per la stampa, andrò a trovare il migliore amico di Trent».

35

MENTRE PROCEDEVO A PASSO D'UOMO VERSO EST SU Immokalee Road, dovetti fare appello a tutta la mia moderazione per non accendere le luci e la sirena. Perché non avevo preso Logan Boulevard per immettermi nella strada più trafficata della città?

Il traffico si diradò dopo aver superato lo svincolo dell'autostrada. Capivo perché Walmart, Target e una marea di altri volessero stare vicino alle rampe della I-75, ma perché i pianificatori urbanistici lo avevano permesso? Il traffico rallentò di nuovo in prossimità di Collier Boulevard. Osservando il nuovo centro commerciale e residenziale che stava per aprire all'incrocio, non osavo immaginare quanto sarebbe peggiorata la situazione.

Svoltai a destra ed entrai a Bent Creek Preserve. Mi feci strada fino a Glen Forest Drive, dove viveva Jim Keystone. I prezzi di qualsiasi cosa abitabile erano aumentati drasticamente e facevo fatica a stimare il valore della casa bianca e beige davanti alla quale parcheggiai.

Era una bella casa, ma c'era troppo garage per i miei

gusti. Percorsi il vialetto multicolore fino a un ingresso incassato.

Keystone aveva una barba incolta. «Detective Luca?»

«Sì.» Gli mostrai il distintivo.

«Si accomodi.»

Aveva un'andatura zoppicante. Un problema all'anca? «Bella casa.» C'era una lunga vista sul lago attraverso una parete di porte scorrevoli in vetro.

«Ci siamo trasferiti qui circa quattro anni fa. Ci sono un sacco di famiglie, ma il traffico su Immokalee, be', a volte è impossibile.»

«Dovrebbero costruire un cavalcavia all'altezza di Livingston.»

«Ce ne vorrà un altro paio. Qualcuno dovrebbe considerare di scavare tunnel sotto le strade, come ha detto Musk.»

Non ero sicuro che l'avrei visto nel corso della mia vita. «Quell'uomo ha un sacco di idee brillanti. Sapeva che ha fondato SpaceX prima di Tesla?»

«Davvero? Caspita. Pensavo fosse il contrario.»

«La maggior parte della gente non lo sa.»

Si fermò vicino al tavolo della cucina. «Qui va bene?»

Avrei preferito la veranda, ma scivolai su una sedia, annuendo. «Di cosa si occupa?»

«Logistica.» Sorrise. «È un modo elegante per dire trasporti.»

«Immagino sia impegnativo.»

«È più facile percorrere Immokalee che far arrivare le merci dall'Asia fin qui.»

«Lei e Victor Trent eravate buoni amici.»

Abbassò la testa. «Sì, mi mancherà. È difficile capire che diavolo sia successo.»

«Ha idea di chi possa essere stato?»

«No. Era una persona squisita. Questa storia ha sconvolto tutti. Voglio dire, c'è un pazzo che uccide gente a caso. Nessuno è al sicuro.»

La stampa insisteva sulla pista della "casualità". Che fosse vera o che non avesse alcun fondamento, spaventare la gente faceva vendere i giornali. «Stiamo cercando di farci un quadro completo del signor Trent.»

La sua faccia espresse una domanda.

«Mi rendo conto che era un buon amico, marito e padre, ma tutti hanno i propri scheletri nell'armadio. Capisce cosa intendo?»

«Certo. Anch'io ho la mia parte.»

«Quel che mi dirà resterà confidenziale. D'accordo?»

«Grazie.»

«Aveva delle relazioni extraconiugali?»

«Guardi, Victor non era uno stinco di santo. Se la spassava ogni tanto prima di sposarsi, ma per quanto ne so, poi si era dato una calmata.»

«Nessuna relazione recente?»

«Non che io sappia.»

«Era a conoscenza di suoi problemi economici?»

«Si lamentava di quanto costasse comprare quella casa ai Moorings e mantenere quello stile di vita.»

«Perché sentiva il bisogno di mantenere le apparenze?»

«Diceva che la gente voleva lavorare con persone di successo.»

Capivo la riluttanza ad affidare i propri soldi a qualcuno che non era del proprio ceto, ma questo non aveva nulla a che fare con la competenza. «Aveva alcuni clienti importanti. Come li aveva ottenuti?»

«Scontando le sue commissioni. Era così che si stava costruendo il suo portafoglio clienti.»

«Quindi non stava guadagnando?»

«Non proprio, ma pensava che i soldi attirassero altri soldi e che alla fine avrebbe potuto alzare le sue tariffe.»

«Sua moglie lo sapeva?»

«Ne dubito. L'ha detto solo a me, circa un mese fa. Sapevo che c'era qualcosa che lo tormentava e, dopo una seconda bottiglia di vino, si è confidato.»

Vino? Che tipo? «Si sentiva sotto pressione?»

«Credo di sì.»

«Ha detto qualcosa su cosa intendesse fare?»

«Vic ha detto che aveva un paio di idee a cui stava pensando.»

Piani per arricchirsi in fretta? «Le ha condivise con lei?»

«No.»

«Ha avuto l'impressione che stesse per, uhm, forzare un po' i limiti?»

«Intende dire, fare qualcosa di illegale?»

«O di eticamente discutibile.»

Esitò. C'era qualcosa che sapeva? «Non saprei davvero.»

I MECCANISMI interni della finanza erano un buco nero per me. Qualsiasi soldo avessi era investito nella casa o in fondi comuni. Mentre tornavo a casa, passai in rassegna mentalmente la mia rubrica di contatti. Ero affamato. Avrei mangiato qualcosa, controllato come stava Mary Ann e poi sarei tornato in ufficio.

Il suono della TV coprì il mio ingresso. Urlai il suo nome e Mary Ann sussultò. «Mi hai spaventato.»

«Scusa.»

«Non pensavo che saresti tornato a casa con tutto quello che sta succedendo.»

«Come ti senti?»

«Bene.»

«Sei sicura?»

«Sì, Frank. Te lo direi se non mi sentissi bene.»

Che l'universo stesse cercando di riequilibrare le cose? Potevo avere un piccolo aiuto con il serial killer?

«Controllo solo. Hai visto l'appello che ho fatto in TV?»

«No.» Prese il telecomando e accese la televisione.

«Cosa stai preparando?»

Mi puntò un dito contro. «Tu grigli gli hamburger di tacchino. Sono in frigo.»

«Presi al Fresh Market?»

«Sì.»

Si sentiva abbastanza bene da essere uscita di nuovo. «Bene, accendo la griglia.»

Andai in veranda, accesi il barbecue e la TV esterna. C'era di nuovo il meteo. Le minuzie sui punti di rugiada e sulle tempeste a migliaia di chilometri di distanza mi erano indifferenti. La gente era così annoiata da essere interessata a queste cose?

Aprendo la porta scorrevole, mi bloccai quando il giornalista del telegiornale menzionò la sfuriata dello sceriffo durante la conferenza stampa. Lo schermo inquadrò il video dello sceriffo alla conferenza.

Con le mani appoggiate ai lati del podio, Remin disse: «La responsabilità principale del mio ufficio è la sicurezza dei cittadini della contea. Finché questo assassino non sarà catturato, impiegheremo tutte le risorse a nostra disposizione.

«Molti dei nostri sforzi non sono visibili al pubblico, ma

ho ordinato al dipartimento di aumentare drasticamente la propria presenza nella comunità. Non saremo solo in forze per le strade, ma anche nei parchi e nelle riserve della contea.

«Sebbene questo caso sia della massima importanza, i cittadini dovrebbero sentirsi liberi di continuare con le proprie vite senza paura. Questo assassino rappresenta una minaccia, ma non una che debba sconvolgere le vostre abitudini. Evitate di visitare i parchi e le riserve da soli. Riteniamo che in compagnia di due o tre amici siate al sicuro.

«Naturalmente, tenete occhi e orecchie aperti e segnalate tutto ciò che ritenete insolito. Risponderò a una o due domande».

Una donna alta si alzò. «Carol Wakefield della ABC. Dato che questo è il terzo omicidio, e chissà se ce ne sono altri, perché ha aspettato così tanto ad agire, ad esempio aumentando la presenza della polizia?».

La telecamera tornò su Remin. Il suo sguardo si era indurito. «Rispondiamo a tutte le minacce; questo dipartimento agisce d'anticipo…»

«Mi scusi, sceriffo, ma ci sono voluti tre omicidi perché lei agisse».

«Non è vero, signora. Abbiamo implementato misure solide, molte delle quali non rese pubbliche, per dare la caccia alla persona o alle persone responsabili di questi crimini».

«Mi perdoni, sceriffo, ma qualsiasi cosa lei possa aver fatto, tre omicidi in meno di un mese suggeriscono che non stia facendo abbastanza».

«Possiamo sempre migliorare le nostre procedure, ma mi lasci ricordare che la Contea di Collier ha il più basso tasso di criminalità di qualsiasi contea metropolitana dello Stato della Florida».

«Questo può essere vero...»

«È un dato di fatto, signora».

«Se lo dice lei. Ma con un serial killer a piede libero, perché non ha chiesto l'aiuto della polizia di Stato e dell'FBI?».

Remin indicò un altro giornalista. Mentre il giovane si alzava, la giornalista disse: «Sta cercando di sottrarsi a un esame approfondito del modo in cui è stato gestito il caso?».

«Portatela fuori dalla stanza».

«Di cosa ha paura, sceriffo?».

«Di niente. È il colpevole che deve temere questo dipartimento. Gli daremo la caccia e dovrà affrontare la giustizia».

Remin scese dal podio e uscì dalla stanza infuriato.

36

POTEVO SENTIRE IL PROFUMO DEL MIO PARTNER DAL
corridoio. Mi ricordava il Ralph Lauren Polo che indossava
mio padre. «Buongiorno.»

«Giorno, Frank.»

Presi il caffè che Derrick mi aveva lasciato sulla scrivania. «Hai visto la conferenza stampa?»

«Sì. È sbottato.»

«Non è stato un crollo. Lo definirei uno scambio
acceso.»

«Bene. Forse c'è un posto per te alle Pubbliche
Relazioni.»

«Spero che Remin non se ne esca con qualche decisione
avventata.»

Il telefono fisso sulla scrivania di Derrick squillò. Parlò
per un minuto, scrisse qualcosa e disse: «Arrivo subito.»

Riattaccò. «Abbiamo una pista. Era un autista di Uber.
Stava guidando lungo Logan e ha visto un'auto accostata
vicino alla Riserva Logan.»

«A che ora?»

«Le due di notte.»

«Potrebbe essere l'assassino.»

«E non è finita qui.»

Ecco che ricominciava con i suoi giochetti. «E in che senso?»

«Ha detto di avere una di quelle telecamere che registrano mentre si guida.»

«Ha un video?»

«Così ha detto.»

«Datti una mossa. Io salgo da Sully, all'Unità Crimini Finanziari.»

Spinsi una porta con la sigla UCF. Un grande ufficio open space, con sei scrivanie, si apriva di fronte a due uffici privati. Con otto agenti a tempo pieno, era la testimonianza degli sforzi incessanti per separare il denaro di Naples dai suoi residenti.

Richard Sullivan era un altro nuovo arrivato, fuggito di recente dai rigidi inverni di Boston. Mentre concludeva una telefonata, non potei fare a meno di pensare che stare seduto dietro una scrivania non facesse alcun bene alla sua pancia.

Riattaccò. «Scusa, Frank.»

«Nessun problema, Sully. Tutto bene?»

«Come potrebbe non esserlo? C'è il sole e non indosso i guanti.»

Risi. «Senti, sto facendo delle ricerche sull'ultima vittima. Era un consulente finanziario per la Bank of America.»

«Come posso aiutarti?»

«Sembrava se la passasse bene, ma pare che facesse il passo più lungo della gamba. Non ho prove che abbia fatto qualcosa di male, ma sto cercando di capire cosa potrebbe aver combinato uno come lui.»

«Le grandi società come Bank of America, Morgan Stanley e Goldman hanno una marea di controlli. Sarebbe molto difficile per lui falsificare o rubare a un cliente. Le piccole società indipendenti sono molto più vulnerabili.»

«Cosa avrebbe potuto fare? Avrebbe potuto disporre un trasferimento o un bonifico dal conto di un cliente?»

«Sarebbe quasi impossibile. Dovrebbe falsificare gli estratti conto e gestire la distribuzione di quello vero. Questo richiederebbe il coinvolgimento di altre persone nell'inganno, e non ci vorrebbe comunque molto a scoprirlo.»

«Ok, che altro?»

«La cosa più probabile sarebbe vendere a qualcuno un prodotto inappropriato. Questo tizio era un CFP?»

«Un cosa?»

«Un consulente finanziario certificato. Sono rari, ma sono tenuti a rispettare standard di condotta molto più elevati.»

«Non credo.»

«Ok. Vendere prodotti che non sono adatti a un cliente ma che pagano commissioni enormi è una cosa che fanno i disonesti del settore. Fanno anche churning sul conto di un cliente. Fanno molte operazioni, generando commissioni.»

«E questo passa inosservato?»

«Sì. Finché qualcuno non si lamenta. L'altra cosa che potrebbero fare, e non è più comune come una volta, è vendere a qualcuno un'azione da quattro soldi che viene gonfiata e, quando crolla, il cliente perde tutto.»

«Come nel film *Boiler Room*.»

«Esatto. Prendono un'azione scambiata, diciamo, a

cinquanta centesimi, e ne comprano un sacco. Poi la spingono ad altri mentre il titolo sale. Quando si sbarazzano delle loro azioni, crolla.»

«Nient'altro?»

«Beh, anche le azioni private di aziende possono essere usate allo stesso modo, e poi c'è la frode vera e propria, in cui vendi qualcosa che potrebbe non esistere o che è valutato in modo fraudolento.»

Mi squillò il cellulare; era Remin. Rifiutai la chiamata. «Fammi un esempio.»

«Possiedi un'azienda o delle azioni e la fai sembrare più florida di quanto non sia. O con una proprietà, fai affermazioni false al riguardo e un acquirente la strapaga.»

«Grazie, mi hai dato un paio di cose su cui riflettere.»

«Quando vuoi, Frank.»

«Devo andare. Remin mi sta cercando.»

Bussai alla porta, lo sceriffo mi fece cenno di entrare. «Chiuda la porta.»

Mentre mi accomodavo su una sedia, mi resi conto che Remin non mi guardava negli occhi. Stava per scaricarmi addosso una ramanzina? «Va tutto bene, signore?»

Tamburellò con una penna sulla scrivania. «Sono sicuro che l'ha vista.»

«Non sono sicuro a cosa si riferisca.»

«La conferenza stampa.»

Annuii.

«Ho messo in imbarazzo me stesso e questo dipartimento.»

«È stata fuori luogo, signore.»

«Questo non giustifica il mio comportamento. Ha fatto un'accusa e, invece di rispondere con calma, le ho tenuto testa.»

Aveva ragione. Certe cose succedono sempre. Non puoi controllarle, ma puoi gestire il modo in cui reagisci. Come agente di polizia, era ancora più importante mantenere la calma, altrimenti le situazioni avrebbero potuto degenerare. «Siamo umani, signore.»

«È stato poco professionale, e il consiglio comunale mi sta addosso. La stampa sta assillando i membri per questo, e questa storia deve rientrare prima che diventi la notizia principale.»

«Come posso aiutarla, signore?»

«Ho bisogno che lei sia il volto del dipartimento per questo caso.»

«Io? Non sono bravo con la stampa e...»

«Lei è il nostro detective di punta della Omicidi. È responsabile delle indagini, e sta a lei catturare il colpevole.»

«Sì, e lo prenderemo, ma sarebbe una distrazione. Devo concentrarmi sulla risoluzione del caso.»

«Ha lavorato alla Omicidi nel Jersey, non è vero?»

Sapevo dove voleva arrivare. «Sì.»

Sorrise. «Mi ha detto in molte occasioni di aver gestito diversi casi contemporaneamente, giusto?»

Annuii.

«Ora ha un solo caso, e avere a che fare con la stampa non le porterà via molto tempo. Tenga una conferenza stampa, sia breve, e questo è tutto.»

Le mie spalle si afflosciarono.

«Andrà tutto bene. La organizzerò per questo pomeriggio.»

«Okay, Signore.»

«Grazie. Le devo un favore.»

Misi da parte il debito, sperando di non doverlo mai riscuotere.

37

IL SORRISO DI DERRICK ANDAVA DA UN ORECCHIO ALL'ALTRO. «È arrivato il beniamino dei media. Dov'è il tuo entourage?»

«Sì, certo. Non lo farò mai più.»

«Perché? Sei stato fantastico.» Derrick sollevò l'edizione del mattino del *Naples Daily News*. Il titolo in prima pagina recitava: «Il Det. Luca promette di inchiodare l'assassino della Riserva». «Ti adorano.»

Sorseggiai il caffè. «Smettila.»

Derrick lesse dal giornale. «Frank Luca, un detective della Omicidi con l'aspetto da star del cinema, ha tenuto una conferenza stampa, giurando di dare la caccia al serial killer della Riserva.»

«Oh, cielo, stai scherzando?»

«E non è finita qui.» Continuò a leggere: «Il tono di Luca è stato una boccata d'aria fresca rispetto al briefing dello sceriffo Remin. Quello scambio di battute è rapidamente degenerato quando è stato interrogato da un giornalista della ABC. Luca ha difeso lo sceriffo, insistendo sul fatto che il dipartimento aveva intrapreso diverse azioni per acciuffare l'assassino. Il veterano è stato convincente, alludendo a diverse iniziative che, a suo dire, porteranno i loro frutti. Luca ha proiettato un'aura di sicurezza di cui una popolazione spaventata aveva un disperato bisogno».

Scossi la testa.

Derrick sorrise. «Hai salvato la situazione.»

«Già, ora non ci resta che prendere quel bastardo.»

«Il laboratorio sta cercando di migliorare il filmato del video dell'Uber. Non era di grande qualità.»

Scossi la testa. «Se i pixel non ci sono, non puoi migliorarlo. Dobbiamo lavorare con quello che abbiamo.»

«Doveva proprio essere una Honda?»

«E bianca?»

«Metà delle auto in Florida sono bianche.»

«Senza dubbio. Di' alla motorizzazione di cercare le immatricolazioni di Honda bianche con una K e una Z nel numero di targa. Restringeremo il campo e inizieremo a bussare alle porte.»

«Non può essere una lista così lunga.»

«Sai usare i fogli di calcolo. Puoi crearne uno con le età dei proprietari? Se siamo fortunati, ne elimineremo alcuni dalla lista.»

«Lo farò.»

«Che tipo di macchina aveva l'autista dell'Uber?»

«Non lo so con certezza. Perché?»

«Cosa ci faceva là fuori alle due del mattino?»

«Aveva una corsa. Ha caricato un ragazzo del college da un bar del Gulf Coast Shopping Center che viveva vicino Sycamore Drive.»

«Dobbiamo indagare su questa cosa. Potrebbe stare sviando l'attenzione.»

«Me ne occupo io.»

«Non ora, la priorità deve essere la Honda. Di' loro che ci serve subito. Se fanno resistenza, chiamo Remin e glielo faccio chiamare.»

«Remin? Non abbiamo bisogno di lui, abbiamo il bel Luca.»

Appallottolai un pezzo di carta e glielo lanciai. «Non fare lo spiritoso. Vado nell'ufficio di Trent. Vediamo che cosa riesco a scoprire su di lui.»

Attraversando Neapolitan Way, entrai nel quartiere di Park Shore. La Bank of America operava in un edificio di quattro piani in vetro e stucco bianco, costruito vent'anni prima.

Trent aveva un ufficio al secondo piano. Il direttore del complesso, Floyd White, aveva circa sessant'anni. Mi salutò con un'inflessione cordiale e strascicata. Mentre ci stringevamo la mano, capii che veniva dal Tennessee.

«Perché non ci accomodiamo nel mio ufficio, detective?»

«Bene.»

Il mio telefono vibrò mentre lo seguivo. «Gradisce un caffè?»

«No, grazie.»

Si tirò su i pantaloni prima di sedersi. «Questo è un momento molto triste per noi. Victor era un bravo ragazzo.»

«Mi interessano le relazioni che aveva con i suoi colleghi, i clienti e i concorrenti.»

«Era un tipo accomodante, uno che andava d'accordo con tutti. A volte arriva una direttiva da Charlotte e magari non ha senso. Mi beccavo le lamentele del personale, ma mai da Victor.»

«Aveva perso qualche cliente di recente?»

«Non che io sappia.»

«E qualche lamentela contro di lui, nell'ultimo anno?»

«Credo che ce ne sia stata una, ma non è insolito in questo settore. Vede, quando si gestiscono i soldi della gente, si arrabbiano per le cose più piccole.»

«Di cosa si trattava?»

«Se non ricordo male, una tizia non era contenta di non poter ottenere i benefici di cui godeva una sua amica. Le spiegai che non aveva il patrimonio richiesto per qualificarsi. Sa com'è la gente: ha cinquantamila in un conto e, beh, vuole essere trattata come la Regina d'Inghilterra.» Rise.

Il mio telefono vibrò di nuovo. Era Derrick. Rifiutai la chiamata e, prima di rimetterlo via, mi inviò un messaggio: «Chiamami. Siamo vicini alla macchina».

Mi alzai. «Mi scusi, ma è sorto un imprevisto. Le sarei grato se verificasse se il signor Trent abbia avuto problemi con qualcuno.»

«Certo.»

«Chieda anche in giro per l'ufficio.»

Evitando l'ascensore, scesi le scale due gradini alla volta. Spingendo la porta della hall, tirai fuori il telefono e richiamai Derrick.

«Cosa hai?»

«Abbiamo ricevuto la lista dalla Motorizzazione e l'abbiamo scremata, eliminando un paio di anziani.»

«Quanti sono?»

«Tira a indovinare.»

Ugh. «Due.»

«Quasi. Ce ne sono solo tre. Tutti maschi, caucasici e di età compresa tra i trenta e i quarantasei anni.»

«Corrisponde al profilo.»

«Lo so. Sembra che abbiamo avuto un colpo di fortuna.»

«Tieni la cosa per te. Non voglio che qualcuno ci scappi.»

«Non l'ho detto a nessuno. Senti, quel giornalista, Jimmy Braun del *Daily News,* ha chiamato tre volte negli ultimi venti minuti, ha detto che deve parlarti.»

«Pensi che sappia della macchina?»

«A meno che non abbia un contatto alla Motorizzazione che gli passa le informazioni, non vedo come.»

«Dammi il suo numero, lo chiamo mentre torno.»

Il prefisso era 239, un numero locale. Misi in moto e composi il numero. Mentre la voce usciva dagli altoparlanti dell'auto, partii. «Redazione.»

«Jimmy Braun.»

«Sono io. Chi parla?»

«Detective Luca. Mi ha chiamato?»

«Certamente. Ho ricevuto una telefonata circa mezz'ora fa. Era qualcuno che sosteneva di essere l'assassino della Riserva.»

Il sangue mi pulsava nelle orecchie. «Cosa ha detto?»

«Ha detto di darLe un messaggio. Ha detto che non lo prenderà mai.»

Accesi i lampeggianti e accostai. «Era una voce maschile?»

«Non saprei dirlo. Usava una specie di app per mascherare la voce.»

«Qualche accento riconoscibile?»

«Non credo.»

«Cos'altro ha detto?»

«Tutto qui. Non ha detto altro.»

«Tutto qui?»

«Sì, ha riattaccato subito dopo. La telefonata non è durata più di venti secondi.»

L'assassino sapeva quello che faceva. «Ha sentito rumori di sottofondo che possano darmi un'idea da dove chiamava?»

«Sa, ho sentito una specie di sirena, di quelle che usano sulle imbarcazioni.»

«Sì. Nient'altro?»

«Non saprei, forse c'era gente che parlava in sottofondo.»

«Non registra le telefonate, vero?»

«No. Scoraggerebbe chiamate di questo tipo.»

«D'accordo. Mi faccia sapere se dovessero chiamare di nuovo.»

«Lo farò, ma noi pubblicheremo la notizia. Vuole rilasciare un commento?»

Mi ricacciai in gola un no. Dovevamo stanare chiunque fosse. La cosa più provocatoria che mi venne in mente fu: «Dica loro che non mi interessa cosa pensano. Li assicureremo alla giustizia, e non ci vorrà molto.»

38

Un furgone della WINK News era parcheggiato di fronte alla centrale. Parcheggiai nel posteggio del tribunale, attraversai un prato ed entrai da una porta sul retro.

Togliendomi la giacca, dissi: «Il *Daily News* ha ricevuto una telefonata da qualcuno che sostiene di essere l'assassino».

Derrick balzò in piedi. «Porca miseria».

«Ha detto che non riusciremo mai a prenderlo».

«Sono stronzate. Uomo o donna?».

Gli dissi che chi aveva chiamato aveva camuffato la voce e riattaccato in fretta. «Ha detto di aver sentito una sirena di una barca in sottofondo e gente che parlava».

«Forse vicino a un molo o qualcosa del genere».

«È quello che ho pensato; potrebbe essere il molo di Naples. A volte c'è un sacco di gente che scende quando attracca un battello turistico. Dovremo controllare se ci sono video di qualche negozio della zona».

«Se riusciamo a collegare uno di questi tizi che possiedono le Honda, saremo a cavallo».

«Diamoci da fare. Che cosa hai?».

«Ho eliminato un paio di guidatori anziani e le auto più vecchie del 2018. Hanno cambiato il retro della vettura, usando fanali diversi. Ne restano solo tre».

«Ottimo lavoro».

«Ecco i loro dati della Motorizzazione».

Derrick sparse tre fogli sulla scrivania. Ne indicò uno. L'uomo aveva una cicatrice che gli scendeva lungo la fronte, fermandosi a un sopracciglio. «Scommetto su Brad Bailey. Ha dei precedenti. Indovina per cosa?».

«Per non aver pagato a un chiosco di limonate di un bambino?».

Derrick sbuffò. «Lesioni aggravate».

«Con arma impropria?».

«Ha spaccato la testa a due persone con il calcio della pistola».

Non era un accoltellamento, ma era la prova concreta che fosse violento e non avesse paura di usare un'arma. «Potresti averci preso».

Presi il secondo foglio. «Mel Frost. Non è proprio un nome della Florida. Precedenti?».

«Niente, a parte una guida in stato di ebbrezza».

Era un pasticcione. L'assassino non lo era. «Ha degli occhi strani. Uno sguardo maligno».

«Inquietante».

Sostituii il documento con l'ultimo. «Gene McGovern. Qualcosa su di lui?».

«Nessun precedente. Solo una segnalazione, un episodio di rabbia al volante due anni fa, ma non furono presentate accuse».

«Ha problemi di rabbia, ma...».

«Vuoi iniziare con Bailey».

«Sì. Cerca di scoprire dove si trova. Devo informare Remin della chiamata e chiedere aiuto per ottenere i mandati. Ci serve l'accesso ai pazienti di Bigham e a chi gestiva i soldi per Trent».

«Sarebbe d'aiuto».

«Torno tra cinque minuti».

«Ci vediamo nel parcheggio».

Dopo aver parlato con lo sceriffo, salii sul sedile del passeggero.

Derrick chiese: «Che ha detto Remin?».

«Ha detto che parlerà con i procuratori e preparerà le richieste di mandato».

«Pensa che li otterremo?».

«Ha detto che è probabile».

«Perfetto. E per quanto riguarda il messaggio? Lo sceriffo pensa che sia vero?».

«Sì. Remin ha detto che l'ho gestita meglio di come avrebbe fatto lui. Gli è piaciuto che io abbia risposto a tono, ha detto che potrebbe spingerlo a farsi vivo di nuovo».

«O a uccidere di nuovo».

«Lo so. È quello che temo». Avevo pensato di chiamare la dottoressa Bruno per avere la sua opinione sul fatto che l'assassino potesse colpire di nuovo per dimostrare di poter uccidere a piacimento.

«Forse dovremmo tenere d'occhio questi tre».

«Buona idea, ma staranno in guardia dopo che li avremo visti».

«Magari saremo fortunati».

Sbuffai. «La fortuna non è altro che il risultato del duro lavoro».

«Vero».

«Se facciamo un buco nell'acqua con questi tre, dovremo controllare le Honda immatricolate nella contea di Lee».

«Speriamo di no. La lista sarebbe molto più lunga».

«Accosta».

«Che succede?».

Tirai fuori il telefono. «Voglio chiamare la dottoressa Bruno prima di incontrare uno di questi tizi».

Rispose al terzo squillo. «Dottoressa Bruno. Sono Frank Luca».

«Buongiorno, signor Luca. Come sta?».

«Bene. Senta, sto lavorando al caso dell'Assassino della Riserva».

«Ho visto le notizie».

«Beh, chiunque sia ha contattato il giornale, mandando un messaggio. Ha detto di riferirmi che non lo prenderemo mai. Ho risposto che lo prenderò, cercando di provocarlo. Ma ora stiamo interrogando un paio di nuovi sospetti e voglio essere sicuro di non spingerlo a uccidere di nuovo».

«Capisco».

«Può darmi qualche dritta?».

«È difficile da valutare senza...».

«Partiamo dal presupposto che sia una specie di psicopatico. Qualche consiglio per quando parleremo con loro per essere sicuri di non spingerli a uccidere?».

«Posso offrirLe solo delle regole generali».

«Va bene lo stesso».

«Deve tenere le sue emozioni sotto controllo. Se è frustrato o arrabbiato, non lo dia a vedere. E non mostri mai di essere intimidito da loro».

«Okay. Altro? Cosa li fa scattare?».

«Varia, ma è importante notare che, a parte la rabbia, gli psicopatici tendono a mostrare poche emozioni. La mancanza di sentimenti ed empatia è un tratto distintivo. Tuttavia, quando si arrabbiano, la cosa può manifestarsi con una furia aggressiva».

Terminai la chiamata e riattaccai. «La linea di fondo è che siamo soli. Usa il tuo giudizio, ma non mostrare emozioni».

Subito dopo l'aeroporto, svoltammo in Esty Avenue. Brad Bailey viveva vicino al complesso dell'Esercito della Salvezza, in una casa blu la cui vernice era sbiadita fino al grigio. Avvicinandoci, sentimmo una TV a tutto volume che trasmetteva un evento sportivo.

Bailey aveva una vita spessa ma una corporatura solida. Non avrebbe avuto problemi a sopraffare nessuna delle vittime. Non pretendevo di sapere chi fosse attratto da chi, ma non vedevo la dottoressa Bigham con questo omone.

Non ci invitò a entrare. «Cosa volete?».

«Dov'era martedì sera?».

«Martedì? Uhm, ero fuori a bere».

«Dove?».

«In un paio di posti».

«I nomi».

«L'Old Naples Pub e lo Sweetwater's».

Copriva un bel po' di territorio. «Chi era con Lei?».

«Amici».

«Frequenta quei posti regolarmente?».

«Sì. Che ve ne frega?».

«Quanto conosceva bene Melissa Wright?».

Il suo occhio destro ebbe un tic. «Faceva la cameriera allo Sweetwater's».

Non aveva risposto alla domanda. «Quanto la conosceva bene?».

«Come chiunque altro. È stata una vergogna quello che le è successo».

«Conosce qualcuno che pensi possa averlo fatto?».

«Ma di che sta parlando? È stato quel tipo, Ryan».

«Forse. Lei è sposato?».

«Divorziato. Perché?».

«Possiede una MINI Cooper?».

«Una MINI? In quei piccoli pezzi di merda non ci entro».

Non aveva tutti i torti. «Lei va dal dottor Bigham, giusto?».

«Io non ho nessun dottore. Vado al pronto soccorso quando mi serve».

«Che lavoro fa?».

«Sono un meccanico».

«Dove?».

«Da Tuffy's, a North Naples».

«Cosa ci faceva martedì, nel cuore della notte, su Logan Boulevard?».

«Logan? Non ricordo di essere stato da quelle parti».

«Lei conosceva Victor Trent».

Il suo volto si rabbuiò. «Trent? Ehi, ma non è quello l'ultimo che ha fatto fuori il Killer della Riserva?».

Annuii. Non era il tipo d'uomo che avrei voluto vedere rincasare con mia figlia, ma non pensavo neanche che fosse lui l'assassino.

39

IL MIO UMORE MIGLIORÒ MENTRE SFRECCIAVAMO LUNGO Airport Pulling Road. «Niente traffico? È un presagio?»

Derrick rise: «Gli dei del crimine ci stanno dando una tregua».

«Era ora. Rallenta, è qui avanti».

Attraversammo un canale ed entrammo a Banyan Woods. Derrick mostrò il distintivo e la guardia alzò la sbarra. «È in Post Oak Lane».

C'era più spazio aperto del solito. Il complesso era stato costruito prima della grande espansione edilizia di Naples. I bidoni della spazzatura erano allineati su entrambi i lati della strada. La casa di Gene McGovern dava su un lago. Una coppia di palme si ergeva come sentinella ai lati della porta.

Mentre ci avvicinavamo, il cinguettio degli uccelli sovrastava il rumore della strada. «Sembra un quartiere di residenti stabili».

«Sì. Lynn ha un'amica con due figli che abita qui».

Con le borse sotto gli occhi e un passo lento, McGovern

indossava un maglione e pantaloni lunghi. C'erano quasi trenta gradi. La casa era esposta a nord. Sbirciai oltre le sue spalle: non entrava abbastanza sole?

Due quadri di aquile calve incorniciavano l'ingresso. Lo seguimmo in una cucina illuminata da una luce al neon. Poteva essere l'illuminazione, ma il viso di McGovern appariva cereo. Si avventurava mai fuori?

Derrick disse: «Grazie per averci ricevuto».

«Non so perché la polizia voglia parlare con me».

Dissi: «Parliamo con un sacco di gente. Cominciamo. È sposato?».

«No, mia moglie se n'è andata quando mi sono ammalato».

Doveva essersi persa la parte del "nella gioia e nel dolore". Mi dispiaceva per lui. Forse la depressione lo teneva chiuso in casa. «Che lavoro fa?».

«Sono in pensione».

Era troppo giovane per quello. «Di cosa si occupava?».

«Facevo trading di valute».

«Molta pressione?».

«Mi ha quasi ucciso. Si possono fare un sacco di soldi, ma si possono perdere altrettanto facilmente».

«Immagino se la sia cavata bene, se non deve lavorare».

«Non vivo nel lusso».

«Non le dispiace se le chiedo... io e mia moglie stiamo cercando un nuovo consulente finanziario. Lei a chi si affida?».

«Utilizzo fondi indicizzati. Nessuno può battere il mercato anno dopo anno».

«L'ho sentito dire. E cosa fa nel tempo libero?».

«Faccio volontariato per Rookery Bay. Hanno un dipartimento per l'avifauna e questo mi permette di stare all'aperto».

Mi balenò in mente l'immagine di lui con un cappello da pescatore, coperto dalla testa ai piedi. «È mai stato alla riserva su Logan?».

«Dove sarebbe?».

«All'incrocio con Vanderbilt Beach Road».

«Ah, sì. L'ho vista».

«Non c'è mai stato?».

«No».

«La sua auto è stata vista lì martedì scorso».

«Davvero?».

«L'abbiamo ripresa con una telecamera».

Chiese: «Perché stavate controllando quella zona?».

«Qualcuno è stato ucciso nella riserva di Logan».

«Oh, sì, l'ho sentito. Terribile».

Non la risposta che mi aspettavo. «Cosa ci faceva fin laggiù?».

«Potrei esserci passato davanti».

«Nel cuore della notte?».

«Soffro d'insonnia. Guidare mi aiuta a staccare il cervello, mi rilassa».

«Da quale medico va per questo disturbo? Mia moglie ha problemi a dormire».

«Niente funziona. La loro soluzione è distribuire sonniferi».

«Ha mai sentito parlare di un certo dottor Bigham?».

«No. Non mi pare».

Finimmo con McGovern e risalimmo in auto. Derrick chiese: «Che ne pensi?».

«Era un po' troppo disinvolto. Quasi come se si sforzasse di sembrare rilassato».

«Non mi ha dato questa impressione. Probabilmente è innocente».

«Vediamo cosa tiriamo fuori da Mel Frost».

«Non riesco a farmi una ragione di quel nome. Forse la sua famiglia è del Minnesota».

Risi: «Ci starebbe. Senti, dopo che avremo finito con Frost, dovremo portare le foto di questi tre da Alice Sweetwater's, per vedere se qualcuno li riconosce».

Arrivando al cancello di Forest Glen, dissi: «Sono già stato qui. Tu?».

Derrick disse: «No. Ma ho sentito dire che è un complesso enorme».

«Qualcosa come seicento acri».

Situato su Collier Boulevard, un lungo viale d'accesso offriva un bel distacco dalla strada, conducendo a una lussureggiante riserva da un lato e a un lungo lago dall'altro. Frost viveva in una villetta a schiera su Periwinkle Way. Si trovava nella parte più a nord del complesso, oltre un'altra rotonda.

Un airone se ne stava immobile come una statua a destra del vialetto. Le sue piume bianche come la neve mi stupivano ancora. Fece un paio di passi da struzzo per allontanarsi mentre ci avvicinavamo. L'unità di Frost era al secondo piano e dava su una riserva.

Derrick aveva detto che Frost era stato sgarbato nel tentativo di evitare la visita. Quando era diventato evidente che ci saremmo andati comunque, si era mostrato amichevole.

Frost aprì la porta. «Avanti, entrate. Posso offrirvi qualcosa da bere?».

Rifiutando, entrammo. L'inconfondibile odore di un uomo che vive da solo mi riempì le narici. L'unica luce naturale proveniva da un paio di porte-finestre scorrevoli con tende a strisce verticali che coprivano la maggior parte del vetro. Era troppo buio per i miei gusti.

Indicò un divano di pelle mentre si lasciava cadere su una poltrona reclinabile. Abbassandomi, i miei occhi si concentrarono su due riviste: *Florida Sport Fishing* e l'*Angler's Journal*. Frost era un pescatore.

Indicai le riviste. «Le piace pescare?».

«Sì. Ogni volta che posso».

Era un passatempo solitario. «Io non pesco molto. Ma ne capisco il fascino».

«Non siete venuto qui per parlare di pesca, quindi, cosa volevate chiedermi?»

Il suo sorriso era in contrasto con il suo viso. Gli occhi non parlavano, ma i suoi urlavano odio. Se non avessi visto la sua foto della motorizzazione, l'avrei attribuito all'avversione per i poliziotti. «Che lavoro fa?»

«Lavoro per la FPL, leggo i contatori».

Era un lavoro da solitari. «Buona compagnia?»

«Fanno schifo, a essere onesto».

C'era un sottofondo amaro. «Si sono arrabbiati per la sua guida in stato di ebbrezza?»

Le sue orecchie si appiattirono contro la testa. «Cosa crede? Ho dovuto spendere cinquemila dollari di avvocato per riavere il mio lavoro».

Era fortunato che lo avessero riassunto. «Qual è la sua zona di competenza?»

«Non ne ho una. Sono un jolly, copro i buchi di qualunque idiota non si presenti al lavoro».

«Lavora nella zona di Vineyards?»

«Sì, ci sono stato un paio di giorni fa».

«A che ora?»

«Praticamente tutto il giorno. Hanno duemila pomelli».

«La sua auto è stata vista nei pressi della Riserva Logan».

«Cosa, mi state pedinando?»

«Lei conosce Victor Trent, vero?»

«No».

«Ne è sicuro?»

Nei suoi occhi balenò una malvagità che un attore sognerebbe di poter evocare. «Le ho detto che non lo conosco».

«Lei andava dalla dottoressa Bigham...»

«No, no. Non da lei. Il mio medico è il dottor Samuelson. Fanno parte dello stesso studio medico».

«Oh, non ci hanno dato la suddivisione per medico, solo la lista dei pazienti dello studio. Regole sulla privacy, sa com'è».

Lui annuì. «È pazzesco quello che le è successo. Lei pensa che sia stato uno dei suoi pazienti?»

«Stiamo valutando questa possibilità».

«Non sono mai stato suo paziente, neanche una volta. Ho avuto quell'altro, uhm, Fredrickson, o qualcosa del genere».

«Il dottor Fredrickson».

«Sì, lui. Andava bene».

Abbiamo giocato al gatto e al topo ancora per un po', prima che mi alzassi. «Grazie per il suo tempo, signor Frost».

Una volta saliti in macchina, Derrick disse: «Mi sorprende che tu abbia interrotto l'interrogatorio».

«Non volevo metterlo ancora più in guardia di quanto non lo fosse già».

«Dobbiamo controllare i filmati della telecamera di sicurezza al cancello. Vediamo se esce davvero a tarda notte».

«Chieda alle guardie. A quell'ora, saprebbero delle sue escursioni notturne, se sono reali».

«Lo farò, e per quanto riguarda il riferimento alla Bigham? Doveva conoscerla per forza».

«Controlleremo di sicuro. Ma prima, cerchiamo di identificare chi ha fatto la telefonata al giornale».

40

DERRICK ERA AL TELEFONO CON FOREST GLEN QUANDO Freddy Garcia entrò in ufficio. «Ehi, Frank. Ecco le riprese da due posti vicino al molo di Naples».

Presi le buste dal volontario. «Grazie».

«Gli ho detto di tagliare il filmato a trenta minuti prima e dopo la chiamata».

«Ottimo. Lo apprezzo molto».

«Spero sia d'aiuto».

Ne aprii una con la scritta The Boathouse on Naples Bay e ne feci uscire un dispositivo etichettato Entrata/Parcheggio. Era da un po' che io e Mary Ann non andavamo in quel ristorante. Se riuscivi a ottenere il tavolo giusto, la vista rendeva il pasto ancora migliore.

Mentre inserivo la chiavetta nel mio computer, Derrick riattaccò. «Frost è un nottambulo. Hanno detto che esce quattro o cinque volte a settimana nel cuore della notte».

«Ma va solo in giro oppure no?»

«È questa la domanda. Dobbiamo scavare a fondo». Si avvicinò alla mia scrivania. «Le riprese della sorveglianza?»

«Sì, queste sono del Boathouse». Non c'era un'anima viva nell'inquadratura.

«Quel posto può essere affollato. Siamo fortunati che non sia l'ora di pranzo».

Misi la velocità doppia. «Non capisco la gente che aspetta un'ora per un tavolo. Da nessuna parte».

«Immagino che vadano al bar».

«Se bevessi per un'ora, senza mangiare, sarei sbronzo. Mi ammazzerebbe l'appetito».

«Non sei un osso duro, Frank».

Tenni gli occhi fissi sullo schermo. «Hai ragione. Ma la cosa bella è che non voglio esserlo».

«Ma tu e Bilotti andate a quelle degustazioni di vino».

«Sì, ma il vino è diverso». Sorrisi. «Almeno, è quello che dico a me stesso».

Lui rise e io dissi: «Quel tizio mi sembra familiare». Misi in pausa e ingrandii.

«Non credo di conoscerlo».

Mi sporsi verso lo schermo. «Neanch'io». Rimisi in play e guardai il resto senza trovare nulla di utile. Inserii la chiavetta successiva, quella del Dock at Crayton Cove.

Derrick chiese: «Ci vai mai?»

«No».

«Hanno questo Great Dock Burger. Lo adoro. Viene servito con una salsa fatta in casa che renderebbe buono anche il cartone».

«È lui!» Misi in pausa. «Non c'è dubbio che sia McGovern. Ha persino un maglione addosso».

«Porca miseria!»

Rallentando, guardammo McGovern percorrere un sentiero fiancheggiato da pali da molo ed entrare nel ristorante.

«Sì, ma l'orario indicato è venti minuti prima della chiamata».

«Forse l'orario della telecamera è sbagliato o forse ha sbagliato il tizio del giornale».

Fissammo l'ingresso. Dissi: «Sta arrivando qualcuno». Apparve un membro dello staff che si accese una sigaretta.

«È un'ora strana per mangiare».

«Un mio amico diceva sempre che lo stomaco non sa che ore sono».

«Vero. Eccolo che arriva».

Guardammo McGovern di spalle. Sfiorò il fumatore e scomparve fuori dallo schermo. «Sta andando a fare la telefonata. I tempi coincidono».

«Abbiamo preso quel bastardo».

«Non è abbastanza. Ci servono prove materiali».

«Vuoi convocarlo?»

«No. Si rintanerebbe, se lo facessimo. Andiamo a casa sua. Vediamo cosa dice sul fatto di trovarsi in quella zona. Potrebbe tradirsi da solo. Se non lo fa, chiederemo un mandato per perquisire casa sua».

«Muoviamoci».

Gli lanciai le chiavi. «Guida tu. Voglio sentire come sta Mary Ann».

«Va ancora tutto bene?»

«Lei dice di sì».

«Pensi che stia nascondendo qualcosa?»

«Non proprio, ma come diceva il presidente Reagan: "Fidarsi è bene, ma non fidarsi è meglio"».

Sbuffò. «Andrà tutto bene».

«E tu, invece? Ti muovi come un liceale».

«Le nuove medicine hanno fatto davvero la differenza».

Tra i farmaci sperimentali di Mary Ann e la svolta di

Derrick, avevo un posto in prima fila per assistere ai progressi fatti dalle aziende farmaceutiche. Sfortunatamente, non era economico. «Sono costosi?»

«Non è male. Il mio ticket è di quarantacinque dollari, ma pagherei dieci volte tanto se dovessi».

Tenni la bocca chiusa. Anche se non si poteva fare un paragone, dieci volte tanto era comunque un quarto di quello che pagavamo per le iniezioni di Mary Ann. Tirai fuori il telefono. «Il dolore non è uno scherzo».

Avanzavamo lentamente lungo Airport Pulling Road. La mia fortuna stava forse finendo? Vidi il cartello di Banyan Woods. Mentre ci avvicinavamo al cancello, il cuore cominciò a battermi più forte. Ripensai alla nostra prima conversazione con McGovern.

Un giardiniere aveva parcheggiato il suo camion e il rimorchio davanti alla casa di McGovern. Non sapevo cosa fosse peggio: il rumore assordante dei soffiatori o l'odore di benzina che emanavano.

McGovern inarcò le sopracciglia quando aprì la porta. «Cosa, ehm, in cosa posso aiutarvi?»

Adottai la tattica di Colombo. «Abbiamo dimenticato di farLe una domanda ieri».

Le sue spalle si rilassarono. «Non ho molto tempo. Ho un appuntamento dal dottore».

Stavo per suggerirgli di chiedere un'iniezione di B12 per darsi un po' di colore. «Non ci vorrà molto».

McGovern si fece da parte e chiuse la porta dietro di noi. Non si mosse dall'ingresso. «Qual è la Sua domanda?»

«Due giorni fa Lei era vicino al molo di Naples».

Spostò il peso del corpo. «Sì. E cosa rende la cosa di vostro interesse?»

«Quello è il giorno in cui una persona, che si spacciava per il killer della riserva, ha chiamato il *Naples Daily News* per dire che non l'avrebbero mai preso».

«E allora?»

Tentai un azzardo. «La chiamata è stata localizzata nella zona del molo di Naples».

«E con questo? Ci sono decine di persone laggiù. È una calamita per turisti».

Intervenne Derrick: «Cosa ci faceva vicino al Dock at Crayton Cove?»

Fu un errore. Non avrebbe mai dovuto fargli sapere che sapevamo che era lì.

«Sono andato a mangiare. C'è qualche ordinanza che ho violato?»

«Cosa ha mangiato?»

«Il mio consumo dietetico non è affar vostro».

Avrei voluto dirgli di iniziare a mangiare bistecche, magari avrebbe ripreso un po' di colore, quando Derrick disse: «Deve mangiare molto in fretta. È entrato e uscito in dieci minuti».

«Se proprio vuole saperlo, sono entrato per fare una prenotazione. C'è qualche problema?»

«A che ora è tornato?»

«Non sono tornato. Non c'era posto prima delle otto e detesto mangiare tardi».

Avevamo questo in comune. «Da dove ha chiamato?»

La sua esitazione la diceva lunga. «Non ho fatto nessuna telefonata».

Stavo per dirgli che avrei ottenuto un mandato, ma avevamo bisogno che si sentisse tranquillo, convinto di averci seminati. «Va bene, signor McGovern. Ha risposto alle nostre domande in modo soddisfacente. Ci dispiace averLa disturbata».

Lui annuì e spalancò la porta. Uscii alla luce del sole, pensando che ci fossero buone probabilità che McGovern fosse il nostro uomo.

41

CHIUSI IL FASCICOLO DELL'OMICIDIO, DICENDO: «È COME FARE un puzzle senza riuscire a montare la cornice. Ci serve qualcosa.»

Derrick disse: «Lo troveremo.»

Un volontario entrò con una spessa busta gialla. Chiesi: «Cosa abbiamo qui?»

«La lista dei pazienti della dottoressa Bigham.»

Me la porse. «È più corposa di quanto sperassi.»

«Vuole che la riporti indietro?»

«Essere un volontario non Le dà il permesso di fare lo spiritoso, Ramirez.»

Derrick intervenne: «Già, quello è il *mio* ruolo da queste parti.»

«Siete tutti dei fenomeni.»

«Va bene, ragazzi, buon lavoro.»

Sfilai dalla busta il rapporto, alto un paio di centimetri. «Dovremo dividercelo.»

«Non possiamo averne una versione digitale? Potremmo cercare nomi specifici in un lampo.»

«Almeno è in ordine alfabetico.»

Derrick si avvicinò dalla sua scrivania. «Fantastico.»

Abbandonando l'approccio metodico che mi era sempre stato così utile, sfogliai il rapporto fino a circa tre quarti. Arrivato ai cognomi che iniziavano con la L, girai altre tre pagine. Seguendo l'ultima con l'indice, dissi: «McGovern era un suo paziente.»

«Wow. Quand'è stata l'ultima volta che si è fatto visitare da lei?»

«Non c'è scritto.»

«Era il suo medico di base?»

«Immagino di sì. È un medico di famiglia.»

«McGovern ha mentito sul fatto di essere un suo paziente.»

Le teorie erano la moneta corrente per un detective della Omicidi, eppure faticavo a trovare una ragione per cui McGovern avesse mentito. «L'unica cosa che ha senso è che volesse mantenere il segreto.»

«Pensava che le leggi sulla privacy ci avrebbero impedito di scoprirlo.»

«È il collegamento che stavamo cercando. Ora, cosa lo lega alle altre vittime?»

Sfogliai fino alle pagine in cui i nomi dei pazienti iniziavano con la F.

Derrick disse: «I volontari non hanno trovato nulla.»

«Dobbiamo scavare più a fondo, essere creativi.» Scorsi la lista. «Beh, guarda un po': anche Frost era un paziente della Bigham.»

«Aveva detto di frequentare quell'ambulatorio, forse una volta lei ha sostituito il suo medico... come si chiamava?»

«Samuelson.» Mi sorpresi di averlo ricordato così in

fretta. Che la nebbia della chemio si stesse finalmente diradando?

«Lui, esatto. Se Frost è sincero, non dovrebbe avere problemi a chiedere loro di rilasciarci le informazioni che confermano la sua versione.»

«Vero. Ma questo non elimina il collegamento. Ha interagito con la Bigham almeno una volta. Dobbiamo scoprire se si è trattato di un incontro innocente o se è scattato qualcosa.»

«Come?»

Se lo avessi saputo, glielo avrei detto. Il telefono della mia scrivania squillò proprio mentre dicevo: «Torniamo alle basi.»

Derrick si alzò e annuì. «Devo andare a pisciare.»

Risposi alla chiamata. «Omicidi, detective Luca.»

«So chi ha ucciso quelle persone.»

Mi sporsi sulla sedia. «Quali persone?»

«Quelle assassinate dal killer della riserva.»

«E come fa a saperlo?»

Era la terza persona a chiamare negli ultimi due giorni sostenendo di conoscere l'assassino. Le altre erano state le solite: una era una donna piena di buone intenzioni la cui immaginazione aveva preso il volo, l'altra era una persona non nel pieno delle sue facoltà mentali.

«Perché quel tizio abita nella casa accanto alla mia.»

Una leggera vibrazione mi percorse la base del cranio. «E chi sarebbe, di grazia?»

«Brad Bailey.»

Mi irrigidii. Presi nome e indirizzo e gli dissi che sarei passato subito.

Bailey era sceso in fondo alla scala dei sospettati, ma aveva precedenti e conosceva Melissa Wright. Aprii il fascicolo dell'omicidio, sfogliando fino alla sezione su di lui. Fissando il suo volto, mi chiesi come si fosse procurato la lunga cicatrice che gli deturpava la fronte.

———

UN ELEGANTE JET privato sfrecciò verso l'alto con un'inclinazione di quarantacinque gradi. Prima che sparisse, un altro aereo apparve nel campo visivo. L'aeroporto di Naples era diventato più trafficato man mano che la zona si era espansa. Ma esisteva un limite al numero di persone che potevano volare con un aereo privato?

Superato il Beach House, svoltai in Esty Avenue. Iniziò a piovigginare mentre parcheggiavo. Roger Turner viveva alla sinistra della casa di Bailey.

La porta d'ingresso era aperta. Turner aprì la zanzariera, facendomi cenno di entrare mentre guardava verso la casa di Bailey. Mi infilai dentro. La casa era piccola ma ordinata.

Ci stringemmo la mano. «Glielo dico io, è lui.»

«Cosa glielo fa credere?»

«Prima di tutto, è strano. E cattivo.»

«Ho bisogno di dettagli specifici riguardo alla sua affermazione che sia lui il killer della riserva.»

«Sta fuori fino a tardi ogni notte, comprese quelle in cui quelle donne sono state uccise.»

«Questo non è certo sufficiente per accusare qualcuno...»

«La notte in cui quel tale Trent è stato assassinato... l'ho visto tornare. Saranno state le due di notte. Ero fuori; mi ero dimenticato di portare la spazzatura sul marciapiede, e lui stava scendendo dalla macchina. Aveva qualcosa avvolto intorno alla mano, come se stesse sanguinando.»

La mia mente andò alla goccia di sangue sui pantaloni di Trent. «Come ha fatto a capire che stava sanguinando?»

«Si vedeva. La teneva sollevata, così.» Alzò la mano come per prestare giuramento. «Gli ho chiesto se stesse bene e si è girato verso di me. È stato allora che l'ho visto.»

«Visto cosa?»

«Il coltello.»

«Quanto era grande il coltello?»

Mise le mani a una distanza di circa venti centimetri. «Più o meno così.»

Mi presi il mio tempo per fare domande, ma Turner non vacillò mai sui dettagli. Vedere qualcuno fuori fino a tardi, anche con un possibile taglio e un coltello, erano solo indizi. Ma il fatto che Bailey avesse dei precedenti lo catapultava in cima alla lista dei sospettati.

Bailey andava esaminato più da vicino. Molto più da vicino. Tirai fuori il cellulare per chiamare Derrick, ma proprio in quel momento iniziò a squillare.

Era la dottoressa Bilotti. La chiamata cambiò tutto.

42

Lo shock per quello che avevo sentito mi lasciò immobile sotto la pioggia. Saltai in macchina mentre la pioggia si intensificava. «Quanto sono attendibili i risultati?»

«Praticamente certi.»

«Davvero?»

«Sì. Le probabilità che siano sbagliati sono di una su diciannove miliardi.»

«Non ha senso.»

«Può darsi, ma il sangue sulla gamba dei pantaloni di Trent era femminile.»

«Da quanto tempo pensi che fosse lì? Potrebbe risalire a molto tempo fa?»

«No. L'abbiamo analizzato con uno spettroscopio Raman; era fresco.»

«Non posso crederci.»

«Credici.»

«L'hai caricato per vedere se corrisponde a qualcosa nel sistema?»

«Sì. Ho fatto subito la richiesta.»

«Grazie, Doc.»

«Mi dispiace che questo metta sottosopra la tua indagine.»

«Magari la mettesse solo sottosopra. Siamo a un punto morto, ripartiamo da zero.»

«Tieni duro, Frank.»

«Ci proverò.»

«Se posso essere d'aiuto, fammelo sapere.»

«Vuoi dirlo tu a Remin per me?»

«Qualsiasi cosa ti serva, amico mio.»

«Grazie, scherzavo.»

Accesi il motore e attivai i tergicristalli. Ripensando all'indagine, mi sentii sollevato che non fosse stata una svista o la mia testardaggine a impedirmi di pensare che la responsabile fosse una donna.

Avevamo seguito le piste che avevamo, e anche i profiler dell'FBI credevano che fosse un uomo. Non avevamo commesso un errore, ma che importanza aveva? Dovevo capire dove indirizzare il caso prima di dire allo sceriffo che eravamo stati fuori strada.

Allontanandomi in auto, sapevo che era il momento di pensare fuori dagli schemi. Guidavo lentamente. La prima cosa da fare sarebbe stata controllare l'elenco della Motorizzazione per le donne alla guida di Honda bianche, e allargarlo alle immatricolazioni nella contea di Lee. L'abbozzo di un piano d'azione mi diede una bella sensazione. Per un attimo. Finché non mi tornò in mente la telefonata al giornale.

Avevano pensato che fosse una voce maschile. Si trattava di una donna che si era camuffata di proposito da uomo? Chiunque fosse, era formidabile, ma se aveva nascosto il proprio sesso, la sua invincibilità sfiorava la leggenda.

Misi da parte la morte di Ryan. Anche se c'erano dubbi che si trattasse di un suicidio, sembrava più facile concentrarsi sugli altri. Tutto era iniziato con vittime donne. Cos'avevano in comune? Un amante che non fosse Ryan?

Avvicinandomi ad Airport Pulling, l'umore nero che avevo da quando aveva chiamato Bilotti si fece più cupo. Ne attribuii una parte al fatto di doverlo dire a Remin, ma la ragione principale era la crescente paura che ci fosse più di un assassino.

———

Nell'aria aleggiava odore di curry. Remin aveva mangiato indiano a pranzo. L'arrossamento del viso indotto dalle spezie svanì quando rifiutai di sedermi. «C'è qualche problema?»

«Temo ci sia uno sviluppo, signore.»

Remin alzò gli occhi al soffitto. «E adesso che c'è?»

«Il sangue sui pantaloni di Victor Trent era femminile.»

Le sue spalle si afflosciarono. «L'assassino è una donna?»

«A quanto pare.»

«L'hanno datato?»

«Sì, era fresco. Coincide con l'ora del decesso.»

Batté un palmo sulla scrivania. «Maledizione.»

«È una battuta d'arresto, ma stiamo cambiando rotta...»

«Quali donne state tenendo d'occhio?»

«Stiamo riesaminando le immatricolazioni delle Honda e allargando il campo alla contea di Lee.»

«Questo è un disastro. Mi aveva detto che stavate restringendo il campo. Che diavolo è successo?»

«È una svolta inaspettata, ma abbiamo accumulato molti dati. Ci rivolgeremo al pubblico...»

«E come diavolo faremo a chiedere aiuto alla gente? Faremo la figura dei pagliacci.»

«Non abbiamo mai menzionato il sesso del sospetto.»

«Si ricorda di Ryan?»

«Lo so, ma non sono sicuro del suo ruolo.»

«Cosa? Adesso pensa che sia stato un suicidio?»

«Non ne sono sicuro, ma non possiamo escludere la possibilità che ci siano due assassini.»

«Non riusciamo a prenderne uno, e ora Lei insinua che ce ne siano due?»

«È plausibile, signore. Ci sono quattro vittime. Due uomini, due donne. Se escludiamo Ryan, ci restano Trent e le donne. Abbiamo stabilito dei collegamenti tra...»

«Non sto dicendo che si sbaglia, ma a meno che non abbia qualcosa di concreto, sta scegliendo le vittime per farle combaciare con un sospetto.»

Era una valutazione valida. «Capisco la Sua preoccupazione. Mi dispiace se non mi sono espresso bene; il punto è che dobbiamo vagliare ogni scenario concepibile.»

«La gente chiede una soluzione. Non possiamo dirgli che stiamo ripartendo da zero. Santo cielo, non riusciamo nemmeno a indovinarne il sesso.»

«Li prenderemo, dovesse essere l'ultima cosa che faccio.»

«Apprezzo il suo impegno, ma forse è ora di chiedere aiuto all'FBI.»

«La decisione spetta a Lei, signore. Ma anche i profiler dell'FBI erano convinti che fosse un uomo. Possiamo farcela senza di loro. Lei ha gestito casi in cui erano coinvolti i federali. La burocrazia appesantirà l'indagine.»

«Non me ne frega niente della burocrazia, voglio che questo caso sia risolto. È in gioco tutta la fiducia che questo dipartimento si è guadagnato. Lo capisce?»

Annuii. Lui continuò a inveire.

Lo lasciai sfogare la sua frustrazione, come avevo imparato dalla dottoressa Bruno. La bella sensazione che avevo provato per aver mantenuto la calma svanì prima che raggiungessi il vano scale. La pressione era alle stelle.

Scendendo le scale con fatica, cercai qualcosa su cui concentrare la nostra attenzione. Scacciai dalla mente il pensiero del biglietto della lotteria vincente. Una corrispondenza del DNA sarebbe stata una sorpresa totale; non ho mai colpi di fortuna del genere. Ci sarebbe voluto del lavoro. Un sacco di lavoro.

Avevamo la pista della Honda, ma non sapevamo ancora abbastanza su ciascuna vittima. Doveva esserci un collegamento. Dovevo far sapere a Mary Ann che avrei fatto le ore piccole in ufficio. Arrivai al nostro piano e mi diressi dritto alla porta del parcheggio. Non sapevo se fosse il calore di cui avevo bisogno dopo la sfuriata di Remin o un misto di conforto e incoraggiamento.

Poteva essere il sole, ma la voce di Mary Ann sembrava più dolce che mai. «Va tutto bene?»

«C'è un'altra svolta nel caso Preserve.»

«Cos'è successo?»

Le dissi che l'assassina era una donna. «Oh, mio Dio! È insolito.»

«Lo so.»

«Cosa hai intenzione di fare?»

«I fondamentali. Sai, il novanta percento di questo lavoro è questione di procedura. Noi ci atteniamo a quella e ammanetteremo qualcuno prima che tu te ne accorga.»

«Spero tu abbia un colpo di fortuna.»

«Tutta la mia fortuna l'ho usata quando ti ho conosciuta.»

«Oh. Che dolce che sei, Frank.»

«Dico sul serio.»

«Siamo fortunati entrambi.»

«Lo siamo. Come ti senti?»

«Abbastanza bene.»

Tra la sua esitazione e quell''abbastanza bene', capii che aveva avuto una ricaduta. «Non bene come negli ultimi due giorni?»

«Non è niente.»

Non era vero. «Senti dolore?»

«Non proprio, è solo che mi sento come se portassi uno zaino di cinquanta chili.»

«Hai chiamato…?»

«Sì, l'ho detto alla dottoressa. Ha detto di aspettare qualche giorno, per vedere se migliora.»

Anche se ne dubitavo, dissi: «Migliorerà. Hanno detto che con le iniezioni non è un percorso lineare.»

«Non preoccuparti, sto bene. Tu hai un'assassina da catturare.»

«Dimmi se peggiora, va bene?»

«Lo farò.»

«Finché questa storia non sarà finita, sarà un delirio.»

«Lo so. Se posso aiutare, fammelo sapere.»

«Vuoi parlare con i media al posto mio?»

43

GEORGE GOFF SI OCCUPAVA DELLE PUBBLICHE RELAZIONI PER il dipartimento dello sceriffo. Avendo lavorato a Washington prima di arrivare in quel paradiso, sapeva come parlare per mezz'ora senza dire assolutamente nulla. Sebbene lo trovassi frustrante, era un'abilità utile da sfoderare al momento del bisogno.

Gli avevo chiesto un consiglio e, mentre percorrevo il corridoio, continuavo a ripetermi di mantenere un tono ottimista, di concentrarmi sulle nuove prove e di accennare a nuove piste.

Una batteria di telecamere era schierata in fondo a una sala gremita di giornalisti. Ne avevo visti molti nel corso degli anni, ma mi sentivo comunque come su una zattera durante un uragano; un passo falso e mi sarei ritrovato a lottare per tornare al sicuro.

Temendo che il mio sorriso fosse troppo smagliante, lo smorzai e mi avvicinai al podio.

«Buon pomeriggio, signore e signori. Nel nostro

costante impegno di informare l'opinione pubblica, vorrei aggiornarvi sul caso noto come il killer della Riserva.

«Stiamo facendo progressi nell'arresto della persona o delle persone responsabili degli omicidi. La nostra unità forense ha raccolto un campione di sangue su una delle scene del crimine. L'analisi di tale campione ha stabilito che appartiene a una donna.»

Un mormorio serpeggiò tra la folla.

«Chiediamo alla gente di tenere conto di questo cambio di sesso nel riflettere sul caso. Se avete informazioni che ritenete possano essere d'aiuto, vi preghiamo di chiamare il numero verde. La vostra assistenza è fondamentale per assicurare questo assassino alla giustizia. Ricordate, la vostra chiamata rimarrà confidenziale.»

Studiando i volti, sentii che era andata bene. Finora. Volevo andarmene, ma Goff aveva detto che rispondere a un paio di domande era un modo efficace per avere i media dalla propria parte.

«Sarò lieto di rispondere a una o due domande.» Le mani schizzarono in aria. Indicai un volto familiare.

«Grazie. Sandy Baker di WINK News. Detective Luca, fino a oggi, lei ha creduto che si trattasse di un uomo, corretto?»

«Quella era la supposizione.»

«Dato il cambiamento repentino da un sospetto maschio a una femmina, quanto è sicura che l'assassino sia una donna?»

«Riteniamo che o l'assassino è una donna, o una donna era presente al momento del decesso o nelle sue immediate vicinanze.»

«Quindi, ora sta dicendo che c'è più di una persona coinvolta?»

«Non abbiamo prove a sostegno di ciò, ma non possiamo, e non vogliamo, escludere tale possibilità.» Indicai un giornalista più anziano che si era occupato del primo caso a cui avevo lavorato a Naples.

«John Griswald, del *Naples Daily News*. Lei o qualcun altro dell'ufficio dello sceriffo ha ricevuto altre notizie dall'assassino?»

«Sebbene non abbiamo avuto altri contatti, è importante notare che non abbiamo prove che la persona che ha fatto la telefonata sia coinvolta in nessuno degli omicidi.»

«Ritiene che la persona che ha chiamato la stesse sfidando, che la stesse prendendo sul personale?»

«Ogni crimine commesso nella contea è per me un affronto personale. Quando mi viene assegnato un caso, specialmente un omicidio, io ci vivo, ci mangio e ci respiro. È l'unico modo che conosco.»

«Ha avuto una carriera lunga e illustre. Questo è il caso più difficile che le sia mai capitato?»

«Ogni caso presenta le sue sfide. Vorrei concludere dicendo che sono fiducioso che cattureremo i responsabili.»

«Come può dirlo con almeno quattro morti accertate?»

«Perché sono riuscito a risolvere ogni omicidio che mi è stato assegnato.»

«Ma ci sono migliaia di omicidi irrisolti in tutto il paese.»

In realtà erano duecentomila. «È vero.»

«È questo il caso che rovinerà la sua reputazione?»

Ci avevo pensato, ma prima che potessi rispondere, lui proseguì: «Che questo assassino sia semplicemente troppo in gamba per essere catturato?»

Questo giornalista sapeva forse leggere nel pensiero? «No. Per oggi è tutto. Devo tornare al lavoro.» Dirigendomi verso la porta, canticchiai per non sentire le domande che venivano urlate.

———

LO SCERIFFO mi aveva dato cinque agenti e l'uso di una sala riunioni per tutto il tempo necessario. Entrarono nella stanza, prendendo posto attorno a un tavolo ovale.

Alzandomi in piedi, dissi: «I risultati del sangue ci hanno spiazzato. Invece di abbatterci, dobbiamo continuare a indagare. Andare più a fondo e ampliare le piste da seguire.

Il detective Dickson ha una lista aggiornata della motorizzazione per la Honda vista alla Riserva Logan. Ci sono sei donne che dobbiamo controllare. Se non ne viene fuori nulla, passeremo a quelle registrate nella Contea di Lee. Dividendoci in due e prendendone tre a testa, non dovrebbe volerci molto tempo per controllarle.

Chi vuole dare una mano?»

Un paio di mani si alzarono. «Bene. Se ne occuperanno Casey e Blake.» Derrick passò la lista e io dissi: «Non c'è stata una corrispondenza diretta del DNA del sangue, ma voglio seguire la pista del DNA familiare. Tra le banche dati federali e statali, potremmo trovare un parente che ci permetta di risalire a chi appartiene il sangue sul pantalone di Trent. Foley, tu hai esperienza di laboratorio; puoi aiutarci?»

«Certamente. Vedrò anche cosa hanno i siti commerciali di DNA.»

«Pensavo che avessero chiuso completamente le porte alle forze dell'ordine.»

«Quasi tutti, ma alcuni chiedono ai clienti di negare

esplicitamente il consenso, quindi vale sicuramente la pena di controllare.»

«Bene, se riusciamo ad aumentare le probabilità, può fare la differenza. Restano Cobalt e Willis. So che abbiamo cercato legami tra le vittime. Non abbiamo ottenuto molto, quindi voglio andare più indietro. Controllate a quali scuole elementari andavano. Si tratta di un serial killer organizzato, uno che potrebbe covare risentimento per qualcosa successo alle scuole medie.

«Ci deve essere qualcosa che lega queste vittime, e se si scoprirà che non c'è nulla, sapremo che agisce a caso. Evidenziate qualsiasi cosa, anche se riguarda solo due vittime. E assicuratevi di includere Ryan.»

Guardai ogni membro della squadra e dissi: «La nostra missione è incastrare il figlio di puttana che sta facendo questo. Non c'è bisogno che vi dica quanto sia importante farlo in fretta. Questa è la nostra città, e che mi prenda un colpo se un qualche pazzoide si mette a uccidere a suo piacimento.»

44

S<small>ENTII IL TELEFONO SQUILLARE A POCHI PASSI DAL NOSTRO</small>
ufficio. Derrick scattò in avanti, gettandosi sulla cornetta.

«Omicidi. Detective Dickson.»

«Devo parlare con il detective Luca.»

«Chi parla?»

«Jimmy Braun del *Daily News*.»

«Resti in linea.»

«Frank, è quel reporter del giornale, quello che ha ricevuto la chiamata.»

Con un braccio ancora nella giacca, presi il telefono. «Sono Frank Luca.»

«Salve, detective. Il killer della Riserva ha chiamato di nuovo.»

«Cosa le ha detto?»

«Che non lo prenderete e che, anche se ci riusciste, non andrà in prigione.»

«Nient'altro?»

«No. È stata un'altra chiamata rapida.»

«Quanto è sicuro che fosse la stessa persona che l'ha chiamata l'altra volta?»

«Sono sicuro al novanta, novantacinque per cento.»

«È riuscito a capire se fosse una donna?»

«Potrebbe essere. È molto difficile; anche stavolta, usava qualcosa per mascherare la voce.»

«Un distorsore vocale?»

«Forse una di quelle app.»

«È riuscito a sentire dei rumori di sottofondo o qualcos'altro che possa aiutarci a identificare da dove ha chiamato?»

«Sono quasi certo che fosse all'aperto.»

«Cosa glielo fa pensare?»

«Si sentiva il vento.»

«Okay. Mi faccia capire, perché pensa che stia contattando lei e nessun altro?»

«Non ci ho mai pensato. Sa, a caval donato non si guarda in bocca.»

«Ci pensi. Veda se le viene in mente qualcosa.»

«Lo farò.»

«C'è altro che ritiene possa essere d'aiuto?»

«Non proprio, ma sa, è sicuro di sé, non nervoso o altro.»

«Cosa le ha dato questa impressione?»

«Il modo in cui parlava. Calmo e misurato.»

«Chiunque sia, è meglio che non si senta troppo a suo agio. Gli daremo la caccia e per questo avrà la pena di morte.»

«Come procedono le indagini?»

«Bene. Stiamo seguendo diverse piste promettenti.»

«Può condividere qualcosa? Non useremmo il suo nome; sarebbe una fonte attendibile.»

«Mi dispiace. Non posso discutere di un'indagine in corso.»

«C'è qualcosa che può dirmi in via confidenziale?»

Di solito non parlavo in via confidenziale e, in questo caso, non potevo dirgli che non avevamo idea di chi ci fosse dietro gli omicidi. «Non in questo momento, signor Braun.»

Dopo averlo ringraziato, riagganciai la cornetta sulla forcella. Derrick disse: «Ha chiamato di nuovo?»

«Sì. Sta diventando sfacciato. Braun ha detto che sembrava sicuro di sé.»

«Sicuro? Non sa che del caso si occupa Luca?»

Non mi ero mai sentito invincibile. Anzi, attribuivo i dubbi che mi turbinavano in testa a quel poco di successo che ero riuscito a racimolare. Non era vera e propria insicurezza, solo la sensazione che il successo non si possiede mai, si prende in affitto. «Sì, certo. E non dimenticare che questo è un lavoro di squadra.»

«Lo so, ma tu hai l'esperienza, Frank.»

«Non sottovalutarti, Derrick. Sei un ottimo detective. Potresti sostituirmi domani e il dipartimento non ne risentirebbe minimamente.»

«Apprezzo il gesto, ma sappiamo entrambi che non è vero. Ho bisogno di un altro anno o due a lavorare al tuo fianco.»

Volevo dirgli che questo caso equivaleva a un master in omicidi, ma temevo che non sarei rimasto abbastanza a lungo per risolverlo. Stavo iniziando a realizzare che se non avessi incastrato presto quel pazzoide, Remin sarebbe stato costretto a sostituirmi e a chiedere aiuto esterno. «Se riesci a sopportarmi, sarò felice di trasmetterti tutto quello che so.

Ma ciò che fa un buon detective della omicidi è in gran parte metodo e istinto.»

«Senza dubbio.»

«Bene, basta chiacchiere, dobbiamo metterci al lavoro. Non abbiamo mai scavato oltre l'ultimo anno sui profili social delle vittime.»

«Da chi vuoi che inizi?»

«Tu prendi Melissa Wright, io mi occuperò della dottoressa Bigham.»

«Dovremmo iniziare da Facebook. Vista la loro età, e dato che andremo indietro di un paio d'anni, ha senso.»

Io non ero su Facebook e, a parte il restare in contatto con persone che si erano perse nel mare della vita, non lo capivo. Mary Ann ci dava un'occhiata una volta al giorno, e Jessie lo usava, ma poi era passata a Instagram.

Dato che la Bigham era un medico, mi aspettavo che i suoi post fossero di natura generica. La maggior parte di ciò che pubblicava erano citazioni motivazionali. Era chiaro che credesse che i pensieri positivi e privi di stress favorissero la salute.

Mary Ann mi ricordava sempre di smettere di essere negativo. Nel mio lavoro, era dura. Era da un po' che non mi diceva nulla. Chiedendomi se avesse rinunciato a me, cliccai sulle foto della Bigham.

Le prime cinque righe erano o tramonti o foto scattate da una barca. Non ricordavo se ci fossero prove che avesse una barca. Presi un appunto e continuai a scorrere. Una foto di una coppia anziana scattata cinque anni prima attirò la mia attenzione. La somiglianza con la donna mi diede la certezza che fossero i suoi genitori.

Le foto successive erano di un grosso gatto soriano. Anche il felino doveva essere morto. Cliccai su una foto di due donne e mi sporsi in avanti. Erano la dottoressa Bigham e una donna con le spalle larghe e i capelli cortissimi. Si stavano baciando, e non era un bacio di saluto.

Ci cliccai sopra con il tasto destro e incollai l'immagine in un documento Word. Scorrendo tra altri tramonti e scene da spiaggia, mi fermai su un'altra foto della coppia. La donna misteriosa aveva la testa appoggiata sulla spalla della Bigham e la dottoressa le cingeva la vita con un braccio. La donna indossava un top che era più rete che tessuto.

Dopo aver salvato la foto, cliccai su stampa e mi alzai. «Derrick, forse la Bigham aveva un'amante.»

«Giocava su entrambi i campi?»

Presi il foglio dalla stampante. «Non lo so, ma guarda qui.»

Lui annuì. «Ah sì, queste due sono più che amiche. Sembra un'atleta.»

«Dobbiamo scoprire chi è.»

«Pensi che possa essere lei l'assassina?»

«Perché no? Potrebbe essere che la Bigham l'abbia rifiutata per qualcun altro. Vado nello studio della dottoressa. Di' a tutti di cercare indizi che la Wright possa aver avuto una relazione lesbica.»

«Potrebbe averli fatti fuori per tenerli lontani dalla Bigham o dalla Wright.»

«È possibile. Dopo aver identificato questa donna, vedremo se Trent o Ryan hanno legami con lei.»

«Mi sembra un'ipotesi azzardata.»

«Può darsi, ma, primo, niente è da escludere e, secondo, potrebbero esserci due assassini.»

45

LA SALA D'ATTESA ERA VUOTA E FREDDA. DATO CHE
l'influenza di quest'anno era più contagiosa, gli studi medici
avevano adottato protocolli per rallentarne la diffusione. In
questo caso, dovevi restare in macchina e mandare un
messaggio per avvisare del tuo arrivo. Quando erano pronti
a riceverti, ti chiamavano loro.

Aveva senso, ma alcune delle regole che separavano i
malati e gli anziani dai loro cari erano terribili, se non
crudeli.

Premetti il distintivo contro il vetro scorrevole, dicendo
all'infermiera che volevo parlare con Lisa Bonn, l'infermiera
che lavorava da più tempo con la dottoressa Bigham. Due
minuti dopo, una donna di bassa statura con un camice blu
e una mascherina entrò nella sala d'attesa.

«Salve, sono Lisa».

Le porsi la mano. «Detective Luca. Quello che devo
chiederle è di natura privata. Possiamo uscire un attimo?»

«Certo». La seguii fuori e lei si sfilò la mascherina.

«Come le dicevo al telefono, sono qui per la dottoressa Bigham».

«È ancora difficile credere che non ci sia più».

«Mi interessano le sue relazioni. In particolare, quelle di tipo sentimentale».

«Spero di poterla aiutare».

«La dottoressa Bigham aveva amanti donne?»

Il viso di Lisa arrossì, e così ebbi la mia risposta. «È possibile».

Tirai fuori le foto di Facebook. «Sa chi è questa donna?»

Deglutì e annuì. «Sì. È Diane Milbury».

«Aveva una relazione con la dottoressa Bigham?»

«Io… non lo so per certo, ma è stata qui un paio di volte e, uhm, be', la dottoressa Bigham non voleva che venisse in studio. Sa, la dottoressa Bigham era molto professionale. Non ha mai mischiato la sua vita privata con il lavoro. Ho lavorato con lei per nove anni e non siamo mai uscite insieme al di fuori dell'orario di lavoro».

«Ma lei conosce questa Diane Milbury?»

«Non la conosco, l'ho solo vista qui, e so che alla dottoressa Bigham non piaceva che si presentasse».

«Le ha mai detto qualcosa su di lei?»

«Non direttamente, ma era turbata dopo che veniva qui».

«Sa dove vive o lavora?»

«No, mi dispiace».

«Non si preoccupi. Mi è stata di grande aiuto, signora».

Appena rientrò, chiamai Derrick. «Sembra che abbiamo trovato questa donna. Si chiama Diane Milbury. Falla passare al sistema. Sto arrivando».

«Lo faccio subito. Oh, Remin vuole vederti. Shirley ha chiamato due volte».

«Probabilmente vuole un aggiornamento. Vado dritto da lui».

Remin indossava una cravatta rossa e un'espressione accigliata. Scosse la testa mentre mi sedevo. «Sei peggio di me».

«Mi scusi, signore?»

«Hai detto al giornale che ti saresti assicurato che il killer della Riserva sarebbe finito sulla forca?»

Non era una cattiva idea, ma non era mia. «Assolutamente no. Non l'ho mai detto».

«Cosa hai detto loro?»

«Non ho mai fatto dichiarazioni. Volevano che le facessi, ma ho rifiutato. È successo subito dopo la conferenza stampa».

«Che il killer ha visto e ha chiamato il giornale».

«Ne sono certo».

«Temo che colpirà di nuovo. Non possiamo provocarlo».

«Ne sono consapevole, signore. Tutto quello che ho detto è che avremmo dato la caccia al killer».

«Non ha detto che sarebbe finito sulla forca?»

«No. Non direi mai una cosa del genere». Omisi la parte sulla pena di morte.

«Sta dicendo che se lo sono inventato?»

«Potrebbe essere stato estrapolato dal contesto. Ho menzionato che un serial killer potrebbe ricevere la pena di morte, ma non ho mai parlato di impiccagione». Almeno quello era vero.

Sapeva che mi stavo arrampicando sugli specchi. «Questa storia finirà nel dimenticatoio se prendiamo quel bastardo».

«Non è "se", signore. È "quando"».

«Ha qualche novità?»

«In effetti, sì. C'è una nuova persona di interesse. È ancora presto, ma è una donna e stiamo per concentrarci su di lei».

«Collegata a una vittima?»

«Almeno a una per ora: la dottoressa Bigham».

«Bene. Datevi da fare».

Scendendo di corsa le scale, mi chiesi quale sarebbe stato il titolo di domani. Avrei dovuto saperlo che era meglio non esprimere un'opinione a un giornalista, ma lui aveva preso le mie parole e le aveva intrise di sensazionalismo. Era il motivo per cui la maggior parte degli americani non si fidava dei media. Il mio rapporto con loro era più complicato; giocavano un ruolo nella risoluzione di alcuni crimini, ma allo stesso tempo alimentavano movimenti contro la polizia.

Entrando in ufficio, Derrick tirò un pugno in aria. «Siamo sulla pista giusta. La Milbury non è una stinco di santo».

«Ha precedenti?»

«Sì. Aggressione ai danni di un'altra donna».

«Quanto tempo fa?»

«Cinque anni fa. Ma indovina cos'altro ho trovato?»

«Dimmi e basta».

«Ci sono due ordini restrittivi contro di lei. E senti questa, sono entrambi a protezione di donne».

«Chissà se aveva una relazione con loro».

«Ci scommetto di sì».

«Dove abita?»

«A Palm River».

«È vicino a dove è stato lasciato il corpo di Wright».

«Credo che abbiamo qualcosa per le mani».

«Che lavoro fa?»

«È una personal trainer alla LA Fitness in Vanderbilt Beach Road».

Aveva la forza per sopraffare qualcuno. «Vedi se sta lavorando, così le facciamo una visitina».

«Già fatto. Sta allenando una persona e avrà finito tra venti minuti».

Prendemmo la Goodlette Frank verso nord. C'era sempre meno traffico rispetto ad Airport Pulling. Arrivando cinque minuti prima che finisse la sua sessione, dissi: «Perché non vai dentro tu? Potrebbe riconoscermi dai notiziari».

«Certo».

«Dobbiamo andarci piano con lei. Magari ci darà un campione di DNA volontariamente».

«Non se c'entra qualcosa».

«Sognare non costa nulla, no?»

Derrick rise e aprì la portiera. «Appena la porto fuori, vieni anche tu».

Lo osservai aprire la porta della palestra, chiedendomi come sarebbe andato l'interrogatorio con la Milbury. Avevamo bisogno di una svolta e, sebbene inaspettata, questa poteva essere quella giusta.

Con gli occhi fissi sulla porta, le mie speranze crollarono quando questa si spalancò. La Milbury si liberò con uno strattone dalla mano con cui Derrick le teneva il gomito. Scesi dall'auto mentre lei si allontanava verso destra.

46

CON LE BRACCIA INCROCIATE SUL PETTO, MILBURY SE NE stava a qualche passo di distanza da Derrick. Erano finiti davanti alla vetrina della pizzeria originale Crust quando li raggiunsi sul marciapiede.

«Signora, sono il detective Luca».

Fece un sorrisetto sprezzante degno di una sedicenne. «Cosa vuole?»

«Avrei solo un paio di domande da farLe».

Milbury masticava rumorosamente una gomma. «Riguardo a cosa?»

«La dottoressa Bigham».

Non riuscii a capire se la cosa la sorprendesse. «Non sono affari suoi».

«Signora, il fatto che sia stata assassinata rende la cosa di mia competenza. Speriamo che voglia collaborare ma, se sceglie di non farlo, possiamo costringerLa a seguirci in centrale».

Lei sbuffò. «Faccia pure le sue domande, ma se sono personali non rispondo».

«Sappiamo che aveva una relazione con la dottoressa Bigham».

«Ha qualche problema al riguardo?»

«Niente affatto. Il mio interesse è sapere cosa vi ha fatte lasciare».

«Le solite stronzate che mandano a monte qualsiasi relazione».

Il mio primo matrimonio era finito con un divorzio. Sapevo cosa intendeva. «Avrei bisogno che fosse più specifica».

Mi fulminò con lo sguardo. «Le ho detto che non entro nel personale».

Il rumore della sua gomma mi stava dando sui nervi. Nell'attimo in cui feci una pausa per calmarmi, Derrick disse: «Il detective Luca Le ha detto che La porteremo in centrale se non collabora».

«Cosa crede che sia questa, la Russia o qualcosa del genere?»

Dissi: «Discutevate tra voi?»

«Chi non lo fa?»

Disse un'altra verità. «Siete mai passate alle mani?»

«Non ho ucciso io Sarah. La amavo. Era la persona più calorosa che avessi mai conosciuto».

«Come medico, non le piaceva mischiare la sua vita privata con quella professionale».

«Non riusciva ad accettare chi era, sempre preoccupata di quello che la gente pensava di lei».

«E Lei non è così?»

«Assolutamente no. Se si vive così, non si è mai felici».

Aveva ragione. «Direbbe che la dottoressa Bigham era felice?»

«Quando eravamo da sole, lo era. Era tutto il resto a mettersi in mezzo».

«Potrebbe spiegarsi meglio?»

«Non vale la pena rivangare il passato».

Milbury faceva concorrenza a Buddha. Mi trattenni dal dire amen e cambiai argomento. «Conosce bene Melissa Wright?»

«È quella ragazza che lavorava da Alice Sweetwater's?»

Era uno strano modo di rispondere. Sapeva di non poter negare di conoscerla, se c'era un legame. «Sì. Eravate amiche?»

«No. Ci sono andata un paio di volte».

«Anch'io. Fanno degli hamburger niente male».

Lei annuì.

Derrick chiese: «Come ha conosciuto Bobby Ryan?»

Dal modo in cui aveva formulato la domanda, capii che il dipartimento era in buone mani. Milbury disse: «Ho noleggiato un'auto da lui molto tempo fa».

Milbury conosceva almeno tre delle vittime. Chiesi: «Le piace la MINI Cooper?»

«Era divertente da guidare, ma non aveva spazio nel bagagliaio».

«Quanto tempo fa ne ha avuta una?»

«Circa cinque anni fa».

Avremmo controllato alla motorizzazione. Al momento, un SUV Kia era registrato a suo nome.

«Quando è finita la relazione con la dottoressa Bigham?»

Tirò fuori un'altra gomma, mise quella vecchia nell'involucro e la gettò in un cestino. Fu una mossa fluida, che le permise di calcolare un lasso di tempo. La domanda era se fosse un resoconto reale o uno costruito per dare un'immagine da innocente. «Non sono sicura; è stata una storia di tira e molla per un po'».

Non rispose. «Non abbiamo potuto fare a meno di notare che ci sono due ordini restrittivi contro di Lei».

I suoi occhi si strinsero. «Una fottuta assurdità».

Uno forse, due erano uno schema. «Non per le donne che si sono sentite minacciate. Perché hanno chiesto protezione?»

«Tutto quello che ho fatto è stato cercare di vederle, di parlare per chiarire le cose».

Quella era una reinterpretazione dei fatti da manuale. «Queste discussioni avvenivano alla fine delle relazioni».

«Sì, e allora?»

Non volevo inimicarmela; avremmo parlato con le donne per sentire la loro versione. «Dico solo che è normale quando le cose vanno a rotoli».

Lei annuì.

Misi mano alla tasca interna della giacca e tirai fuori un kit. «Sarebbe disposta a fornirci un campione del Suo DNA?»

«DNA? E perché?»

«È la prassi. Tutto qui. Niente di cui preoccuparsi».

«Sì, certo. Così voi potete piazzarlo da qualche parte e darmi la colpa di qualcosa».

Avrei voluto che Hollywood smettesse di diffondere il mito che le forze dell'ordine piazzano le prove. «Questo è ingiusto, signora. Sono un agente di polizia da quasi tutta la mia vita adulta e non ho mai visto un collega piazzare una prova incriminante».

«Non mi interessa quello che dice. E poi, il mio DNA è privato».

«Capisco, signora. La ringraziamo per il tempo che ci ha dedicato oggi».

Salimmo in macchina e Derrick disse: «Non mi piace. Nasconde qualcosa. Tu che ne pensi?»

«Non dobbiamo mica andarci a cena. Dobbiamo solo scoprire se è coinvolta in questi omicidi. Il fatto che conosca tre delle vittime e non abbia voluto darci il suo DNA mi preoccupa».

«Esatto. E ha liquidato gli ordini restrittivi come se avesse pestato i piedi a qualcuno».

«Parleremo con le donne, ma prima andiamo a prendere la gomma che ha buttato nel cestino. Il laboratorio preleverà il suo DNA da lì».

DOPO AVER CONSEGNATO LA GOMMA, ci dirigemmo verso Spanish Wells. Il quartiere di Bonita Springs confinava con Naples ed era dove abitava Sheila Lake. La Lake aveva richiesto un ordine restrittivo per tenere Milbury ad almeno cento iarde di distanza da lei.

La Lake viveva in una villetta a schiera a un minuto dall'ingresso di Bonita Spring Road. Aprì la porta indossando abiti da ginnastica attillati. La Lake aveva più curve di una pista da slalom.

«Buongiorno, signorina Lake, ci siamo sentiti prima».

Guardò oltre le nostre spalle. «Sì, entrate pure».

«Come Le dicevo, siamo interessati a Diane Milbury. Quando l'ha conosciuta?»

«Oh, circa quattro anni fa. Andavo alla LA Fitness e la vedevo lì. Dopo un po' abbiamo iniziato a conoscerci e poi, sa, abbiamo cominciato a frequentarci.»

«Perché ha richiesto un ordine restrittivo contro di lei?»

«Diane era molto autoritaria. Mi soffocava. Ed era gelosissima. Si arrabbiava se parlavo con chiunque in palestra.»

«Ha un brutto carattere?» chiese Derrick.

«Sì, mi faceva paura. Avevo paura che mi facesse del male.»

«È mai passata alle mani?»

Lei si strinse nelle spalle. «Una volta mi ha spinta, molto forte. Mi sono fatta male a una spalla.»

«È stato allora che ha chiesto l'ordine restrittivo?»

Scosse la testa. «No. È stato quando mi si è scagliata contro con un coltello.»

«Cos'è successo?»

«Eravamo in cucina, e lei è andata su tutte le furie quando ha scoperto che un ragazzo che conoscevo del mio vecchio quartiere era venuto a trovarmi. Non era niente, solo un saluto, ma lei ha dato di matto e ha sfilato un coltello dal ceppo», indicò il bancone, «dicendo che mi avrebbe uccisa se mi avesse mai trovata con lui.»

47

RIATTACCAI IL TELEFONO. DOVEVAMO VERIFICARE SE IL DNA di Diane Milbury corrispondesse al sangue trovato sui pantaloni dell'ultima vittima. «Lo sceriffo ha detto che avrebbe fatto in modo che il laboratorio desse la priorità al campione della gomma da masticare.»

«Ho la sensazione che sarà la Milbury» disse Derrick.

«Se otteniamo una corrispondenza del DNA, si spera che confessi anche gli altri omicidi. Altrimenti, dovremo procurarci prove solide per ottenere più di una semplice condanna per l'omicidio di Trent.»

«Ci serve un movente per Trent. Che ne pensi? Una specie di triangolo amoroso?»

Prima che potessi rispondere, l'agente Casey entrò nell'ufficio. Disse: «Abbiamo controllato la lista delle donne con una Honda bianca. Due nomi sono saltati fuori: Riley Addison e Tina Dreman. Abbiamo fatto un rapido controllo sui loro precedenti.»

Mi porse due fogli di carta.

«La Addison lavora alla stessa Bank of America dove lavorava Trent?»

«Esatto. E c'è di più: la Dreman si è fatta un po' di prigione a New York per aver accoltellato una persona sulla banchina della metropolitana. Ho già richiesto il fascicolo.»

Scattai in piedi. «Ottimo lavoro, Casey. Ci mettiamo subito al lavoro su queste due.»

Derrick disse: «Dovremmo aspettare di ricevere i risultati del DNA della Milbury?»

«Ci vorranno un giorno o due. Non possiamo aspettare.»

«Ok, vuoi iniziare con la Dreman? Ha precedenti violenti.»

«Senza dubbio.»

La Dreman viveva a Lago, un nuovo complesso di appartamenti all'incrocio tra Livingston Road e Radio Road. Il suo appartamento era al piano terra di un edificio bianco di quattro piani. Girammo intorno a una piscina affollata e a un'area barbecue e bussammo alla sua porta.

Cercò di chiudere la porta quando Derrick le mostrò il distintivo. Lui mise un piede contro la porta. «Se non ci parla adesso, torneremo con un mandato di comparizione.»

«Cosa volete?»

Lui indicò con il pollice alle sue spalle. «Vuole davvero parlarne qui fuori?»

Lei sospirò e si fece da parte. Era un posto piccolo, arredato a buon mercato. Ma aveva mobili bianchi e granito in cucina, che gli davano un aspetto fresco. Sul tavolo da pranzo c'era una bottiglia di vino coperta di cera di candela.

La Dreman non ci offrì da sedere. Appoggiata a un bancone, tirava un filo dall'orlo dei suoi pantaloncini tagliati. «Cosa volete?»

Derrick disse: «Lei possiede una Honda bianca.»

«È un catorcio. Non avrei mai dovuto dare indietro la mia MINI.»

Bingo. Dissi: «Adoro le MINI. Ha preso la sua da MINI of Fort Myers?»

«No. L'ho comprata usata da Germain.»

«Sto pensando di prenderne una. Faceva la manutenzione al concessionario di Fort Myers?»

«Sì, ma sono dei ladri.»

«Grazie per l'avvertimento. Senta, quanto bene conosceva Victor Trent?»

«Victor Trent? Non lo conosco.»

«Chi usa per gestire i suoi soldi?»

Lei sbuffò. «Quali soldi? Riesco a malapena a vivere qui. Stanno aumentando gli affitti in tutta la città. Sono stata fortunata a subaffittare questo posto da un'amica.»

«Dove lavora?»

«Sono vicedirettrice da Spencer Gifts al centro commerciale.»

Ero sorpreso che quella catena di articoli stravaganti fosse ancora in attività. «Cosa faceva a Logan Preserve martedì primo febbraio?»

«Il primo? Oh, ero a trovare mia sorella a Jacksonville.»

«A che ora è partita?»

«Dopo il lavoro, verso le sei. Mi sono fermata per la notte.»

Avremmo controllato il suo alibi, ma non era insolito che un membro della famiglia mentisse per proteggere un parente. «Può darci i contatti di sua sorella?»

Aggrottò la fronte, ma ce li diede. Chiesi: «Mi parli dell'accoltellamento per cui è stata condannata.»

«È acqua passata. Ho scontato la mia pena e pagato il mio debito.»

«Cos'è successo?»

«Non devo parlare con voi e non lo farò.»

Era inutile insistere; avremmo ottenuto il fascicolo. La ringraziammo e ce ne andammo. Tornati in macchina, Derrick chiese: «Che ne pensi?»

«Difficile a dirsi. Potrebbe aver conosciuto Ryan al concessionario MINI.»

«Dobbiamo verificare il suo alibi, ma si tratta di sua sorella.»

«Fai un giro nel parcheggio. Vediamo se riusciamo a trovare la sua auto.»

La Honda era parcheggiata lungo una recinzione. Scesi, guardai dentro e risalii in macchina. «Ha un SunPass per i pedaggi. Se l'ha usato, avremo una cronologia dei suoi spostamenti. Andiamo a trovare la Addison.»

———

GUIDAMMO verso est lungo la Route 41, svoltando per le Isles of Collier Preserve. Non ero mai stato in quel nuovo quartiere e non vedevo l'ora di dargli un'occhiata. Decine di case erano in costruzione. Cosa significava questo per le infrastrutture della città? «Mi chiedo quante maniglie ci siano qui dentro.»

«Almeno ottocento» disse Derrick.

«Questa domanda non ha mai fine?»

Il sole scintillava su un enorme lago. Lo costeggiammo, trovando la strada per Tobago Drive.

Derrick si fermò davanti a una casa spaziosa con un garage per tre auto. «La Addison se la passa dannatamente bene. Non riesco a immaginare qualcuno che rischi tutto questo.»

Negli ultimi giorni, il mio partner mi aveva impressionato per quanto fosse diventato un bravo detective. Quel commento lo riportò con i piedi per terra. «Un sacco di gente con molto più di lei ha mandato tutto a puttane facendo qualche stupidaggine.»

Una forte brezza tropicale ci investì mentre ci avvicinavamo alla casa. Appena suonai il campanello, Derrick annusò l'aria. «È erba?»

«No, odora di incenso.»

Con un paio di pinocchietti bianchi, Riley Addison non assomigliava alla foto sulla sua patente. Aveva un che di Hugh Jackman al femminile e un bel sorriso. «Posso aiutarvi?»

Derrick mostrò il distintivo, spiegando che dovevamo parlarle.

«Certo.»

Mentre la seguivamo dentro, cercai di capire se si fosse sottoposta a qualche intervento di chirurgia estetica. La casa era inondata di luce e ben arredata. Mi piacquero in particolare le pareti a doghe di legno sbiancato nella stanza principale. Quello che non mi piacque fu un odore muschiato che si fece più forte mentre ci accomodavamo su delle sedie di fronte a una TV più grande di un lenzuolo.

Individuai la fonte dell'aroma: un diffusore su un tavolino. Mi scostai. «Lei conosceva bene Victor Trent?»

Rimase sbalordita, o per aver saltato i convenevoli o per il nome della vittima. «Lavorava nel complesso».

La Addison stava mettendo le distanze tra loro. «Sappiamo che aveva la reputazione di essere, uhm, un donnaiolo».

Le sue guance si colorarono, ma non disse nulla.

«Ha avuto una relazione con il signor Trent?»

Sussurrò: «È stata una cosa di una volta, un errore».

«Com'è successo?»

«Ha approfittato di me. Avevo appena rotto con una persona. Avevo il cuore spezzato e lui, lui...»

«Si è arrabbiata perché l'ha manipolata?»

«Sì. Ma sono delusa soprattutto da me stessa. Non avrei mai dovuto permettermelo. Sapevo che non dovevo, ma lui era così, sa com'è...»

Potevo immaginare la sua vulnerabilità. Trent poteva anche essere un predatore, ma Addison si era forse vendicata nel modo più estremo? «La Sua auto è stata vista alla Riserva Logan nel cuore della notte, poche ore prima che venisse scoperto il corpo del signor Trent».

«No, non ero io. Non ero lì».

«Dov'era quella notte?»

Si schiarì la gola. Un gesto sincero o un modo per prendere tempo? «Ero a casa di un amico».

«Fino a che ora?»

«Ho dormito lì e sono tornata a casa la mattina dopo per cambiarmi prima di andare al lavoro».

«Chi è questo amico?»

«Preferirei non dirlo. È, uhm, una situazione delicata».

«Mi dispiace, signora, ma dovrà dircelo».

Abbassò la testa. «È sposato».

«E Lei ha dormito a casa sua?»

«Sì, sua moglie era via».

Alla gente piaceva vivere pericolosamente. «Mi servono il suo nome e il suo indirizzo».

Il suo volto si tese. «La prego. Se ci andate, lei lo scoprirà e...»

Le relazioni extraconiugali erano una cosa che non approvavo, ma non era quello il mio lavoro. «Mi dia il suo nome e il numero, lo incontreremo in campo neutro».

Mentre annotavo il numero, mi pervase la sensazione che qualcosa stesse per cedere. Una sensazione che svanì con la stessa rapidità con cui era arrivata.

Rabbrividii entrando nella sala riunioni. «Derrick, alza il termostato. Si gela».

«Frank ha sempre freddo».

Il mio partner armeggiò con la manopola e io mi alzai, rivolgendomi alla squadra di agenti assegnati al caso. «Abbiamo un sacco di cose di cui occuparci. Il laboratorio ha detto che avremo i risultati del DNA sulla Milbury oggi pomeriggio, quindi concentriamo i nostri sforzi sulla Addison e sulla Dreman».

Qualcuno bussò alla porta. Casey si alzò e la aprì appena. Gli fu data una busta di manila. Me la porse. «È per te».

Un brivido mi attraversò la nuca. All'esterno erano incollati ritagli di lettere che formavano la scritta Detective Luca - Urgente, ed era sottolineata.

Tenendola controluce, notai un'ombra rettangolare. Facendovi scorrere un dito sopra, sembrava innocua. Aprii la chiusura e ne feci scivolare fuori il contenuto.

Era una carta dei Tarocchi. Mentre fissavo il messaggio,

Derrick fece il giro del tavolo. «Questo bastardo sta diventando troppo spavaldo».

Allungò la mano per prendere la carta, e io dissi: «Non toccarla. Dubito che ci siano impronte, ma non si sa mai».

Scattammo delle foto alla carta mentre il resto della squadra si chinava sul tavolo. C'erano nove spade sulla carta. Cercai su Google. «È del seme di Spade; si chiama il Nove di Spade».

«Che diavolo significa?»

Il calore mi salì dal collo agli occhi. «Impotenza, ansia e disperazione».

Derrick disse: «Il bastardo ci sta provocando».

Disse «noi», ma sapevo che si riferiva a me. «Non voglio che questo ci distragga dalla nostra missione. Possono mandare e dire tutte le stronzate che vogliono; li assicureremo alla giustizia».

Casey disse: «Accidenti se lo faremo».

Il mio partner disse: «Senza dubbio. Sai, potrebbe essere la Milbury che cerca di farci innervosire. Cavolo, se otteniamo quella corrispondenza del DNA, mi godrò un mondo a sbatterla dentro».

Il promemoria che stavamo aspettando i risultati del DNA mi migliorò l'umore. Sebbene speranzoso, dissi: «Non possiamo starcene seduti ad aspettare che le risposte arrivino da sole; dobbiamo andarle a prendere. Dobbiamo escludere o concentrarci sulla Dreman e sulla Addison».

Casey disse: «Ho richiesto di nuovo il fascicolo del caso Dreman. Ho detto loro che è diventata una priorità. Hanno risposto che lo stanno scansionando. Dovremmo averlo prima della fine della riunione».

«Bene. Controlla il suo account SunPass. Sostiene di essere stata a Jacksonville a trovare sua sorella. Sua sorella ha confermato che era lì, ma non devo certo spiegarvi come funzionano gli alibi dei familiari».

«Me ne occupo io».

«Blake, vorrei che indagassi nella comunità dei sensitivi. Concentrati sui lettori di carte, quelli che usano i Tarocchi. Potrebbe essere un nulla di fatto, ma non ne ho l'impressione».

Blake disse: «Sarà fatto. C'è una donna a Venice che legge i Tarocchi da casa sua. Dicono che sia una vera svitata con dei precedenti. Non so se valga la pena di andare fin lassù…»

«Non importa, dobbiamo parlarle. Anzi, fanne una priorità. Derrick e io controlleremo la Addison. Cobalt e Willis, ho bisogno che voi mappiate qualsiasi connessione che la Dreman e la Addison possano aver avuto con le vittime».

Blake si alzò. «Allora vado. Venice è a due ore di distanza».

«Buona fortuna. Foley, so che stiamo aspettando i risultati della Milbury, ma in quanti altri database possiamo cercare?»

«Ventitré Stati hanno dato esito negativo. Sto ancora aspettando gli altri, oltre all'approvazione per eseguire test di familiarità».

«Va bene, perché non dai una mano con i lettori di carte, mentre Blake è in viaggio?»

«Felice di dare una mano».

«Bene, mettiamoci al lavoro».

Derrick era più fiducioso di me e, mentre tornavamo in ufficio, dissi: «Faccio un salto fuori un minuto per scaldarmi».

«Hai ancora freddo?»

Annuii. «Poi devo dire a Remin della carta».

«A più tardi».

Non era solo dall'aria condizionata che volevo fuggire; avevo bisogno di sentire la voce di Mary Ann. Una volta al sole, mi voltai verso di esso per scaldarmi e tirai fuori il telefono.

«Ehi, come stai?»

«Bene. È tutto a posto?»

«Sì, volevo solo salutarti».

«È successo qualcosa?»

Mi conosceva troppo bene. «Non è niente. Non volevo che lo sentissi al telegiornale, ma abbiamo ricevuto una carta dei Tarocchi per posta».

«Oh mio Dio, che cosa strana».

«Non dire niente».

«Questa cosa non mi piace, Frank. Sono troppo sfacciati».

Aveva ragione, ma dissi: «Io la definirei sciatteria. Finirà per aiutarci a prenderli».

«Hanno fatto minacce?»

«No. Cercano solo di sbatterci, anzi, di sbattermi in faccia il fatto che non li abbiamo ancora presi».

«Li prenderai. Lo fai sempre».

«Immagino di sì».

«Immagini di sì? Sei il miglior detective del mondo. Risolvi sempre i casi».

Apprezzai il voto di fiducia, ma non esisteva nessuno con un curriculum immacolato. Sarebbe stata la prima volta per me? «Comunque, ho chiamato per sapere come stavi, non per parlare del caso».

«Sto bene. Stavo giusto per farmi un paio di vasche».

Un paio. La conoscevo quasi bene quanto lei conosceva me. Non si sentiva così bene come diceva. Stavamo mentendo entrambi. «Vai pure. Devo informare Remin del contatto».

«Okay. Ma sta' attento».

«Non aspettarmi per cena».

Mi godetti altri trenta secondi di vitamina D prima di salire di sopra. Lo sceriffo stava leggendo un rapporto quando mi fecero entrare. Lo gettò da parte. «Che succede, Frank?»

«Sembra che l'assassino abbia inviato un messaggio. Abbiamo ricevuto una busta contenente una carta dei Tarocchi.»

Si sporse in avanti. «Cosa significa?»

«Per quanto ne so, sembra una provocazione. La carta simboleggia l'impotenza e la disperazione.»

Remin batté un pugno sulla scrivania. «Ma chi diavolo si credono di essere?»

«Li prenderemo, signore. Un contatto è una cosa buona.»

«Hai ragione. Pensi che abbiano contattato anche i media?»

«Non che io sappia.»

Si lasciò ricadere sulla sedia. «Probabilmente dovremo fare una dichiarazione.»

«Non ne sarei così sicuro. Potrebbero essere in cerca di attenzioni. Se non ne parliamo, potrebbero stabilire un altro contatto.»

«Oppure uccideranno di nuovo.»

«Vero, ma se la stampa se ne occupa, chissà cosa faranno dopo.»

«Dovrò pensarci su. Di' a tutti di mantenere il massimo riserbo.»

«È al laboratorio. Dubito che ci siano impronte, ma non si sa mai.»

«Speriamo che il DNA di Milbury corrisponda e che si possa mettere fine a questa follia.»

Mi alzai. «Va bene, signore. Stiamo seguendo diverse piste. Ora devo andare.»

Scesi le scale, soppesando i pro e i contro della decisione di non dichiarare che l'assassino si era fatto vivo, quando il mio telefono squillò. Era il laboratorio.

Mɪ ꜰᴇʀᴍᴀɪ sᴜʟ ᴘɪᴀɴᴇʀᴏᴛᴛᴏʟᴏ. «Pʀᴏɴᴛᴏ?»

«Frank, sono Geary del laboratorio.»

«Hai buone notizie per me?»

«Purtroppo no. Il DNA estratto dalla gomma da masticare non corrisponde a quello del sangue trovato sui pantaloni dell'ultima vittima.»

Il nostro sospettato più credibile era stato scagionato. Mi appoggiai al muro.

«Frank?»

«Ne sei sicuro?»

«Sicuro al mille per mille.»

«Va bene. Grazie.»

«Mi dispiace, amico.»

«Ci vediamo in giro, Geary.»

Mi sedetti sulle scale. Stavamo seguendo un paio di piste, ma eravamo ben lontani da una soluzione. La maggior parte delle indagini per omicidio erano maratone e, anche se il traguardo era in vista, ero stato costretto a ricominciare tutto da capo.

Il rumore di passi mi fece alzare. Uscii nel corridoio che portava al mio ufficio. Sforzandomi di non rimuginare sulla mancata corrispondenza, entrai nell'ufficio.

Derrick alzò lo sguardo dal monitor. «Che ha detto Remin?»

Maledizione. Dovevo informare Remin che Milbury non era più un sospettato. «L'ha presa abbastanza bene. Non è sicuro se dovremmo fare una dichiarazione pubblica, quindi per ora dobbiamo tenere la bocca chiusa.»

Allungò la mano verso il telefono. «Nessun problema. Avviso gli altri.»

«Aspetta un secondo.»

«Che c'è?»

«Il DNA di Milbury non corrisponde.»

«Cavolo! Possibile che non ce ne vada dritta una?»

Allargai le braccia e mi balenò un'idea. «E se il sangue fosse stato messo lì apposta?»

«Oh, cavolo. Credi sia possibile?»

«Perché no? Quest'assassino è bravo.»

«Sarebbe coerente con le provocazioni.»

«Potrebbe star cercando di depistarci.»

«Dobbiamo stare attenti.»

Annuii. «Abbiamo avuto un caso poco prima che arrivassi tu. Ce ne siamo occupati io e Mary Ann. L'assassino aveva piazzato prove che indicavano altre persone. Era stato fatto bene.»

«Ma l'avete incastrato.»

«Sì.»

«Che vuoi fare?»

«Controlla se Milbury ha donato il sangue di recente o se ha un amico che lavora in un posto dove il sangue viene raccolto o conservato. Anche ospedali.»

«Tutti conoscono qualcuno che lavora in campo medico.»

«Lo so, ma dovresti essere davvero in confidenza o avere qualcosa su qualcuno per convincerlo ad aiutarti.»

«Il sangue era fresco, quindi dovrebbe essere successo nel giro di un giorno.»

La tempistica rendeva la probabilità remota. «Sì, o avevano una fiala, che se conservata correttamente durerebbe un bel po'.»

«Fai controllare a qualcuno i centri Quest e LabCorp. Vedi se manca loro una fiala nelle ultime due settimane.»

«Me ne occupo io.»

«Informa gli altri del DNA di Milbury; dobbiamo trovare qualcosa.»

«Ricevuto.»

«Bene, vado a dire a Remin del DNA.»

————

LA MENTE ERA piena di pensieri. Si scontravano l'uno con l'altro, impedendomi di valutare sistematicamente le possibilità. Invece di tornare in ufficio, svoltai a sinistra su Mooring Line Drive.

Quando la strada finì, girai a sinistra, lungo il mare. Il parcheggio di Lowdermilk Park era pieno zeppo. Accostando al marciapiede, lanciai un tesserino sul cruscotto e mi diressi dritto verso la sabbia.

Con scarpe e calzini in mano, camminai verso sud. Il Golfo lambiva la battigia. Inspirai profondamente. L'aria salmastra aveva una sfumatura dolce. La mia mente cominciò a calmarsi; non c'era da stupirsi che la gente si riversasse in spiaggia.

Un pellicano di pattuglia virò verso l'alto e si tuffò in acqua, riemergendo con un pasto. La vita era semplice. Come facevamo noi umani a complicare così tanto le cose? Diedi un'occhiata alla folla; la maggior parte delle persone chiacchierava o leggeva.

Non sembravano avere alcuna preoccupazione al mondo, eppure eccomi qui, con l'onere di proteggerli. Aggirai due bambini che costruivano un castello. Avevano il diritto di vivere senza la preoccupazione che un assassino folle potesse prenderli di mira.

Il mio giuramento di proteggere e servire si era infiltrato nei miei geni. Che lo volessi o no, dovevo farlo. Ogni caso sembrava difficile, ma questo sarebbe stato difficile da superare. Mentre una coppia di piovanelli beccava la sabbia in cerca di uno spuntino, scossi la testa. Era ora di tornare alle basi.

C'erano quattro cadaveri. Almeno tre erano omicidi. L'assassino o gli assassini erano a piede libero. Sembrava che dietro gli omicidi ci fosse una donna. Una donna intelligente, ma con il debole per le provocazioni, per sbattertele in faccia.

Era un singolo individuo o un gruppo a essere responsabile delle morti? O un emulatore stava intorbidendo le acque? Capire se stavamo dando la caccia a una o più persone era fondamentale per il caso.

L'altro fatto fondamentale da chiarire era se il sangue sui pantaloni di Trent provenisse dall'assassino o fosse stato messo lì per distrarci. Se era dell'assassino, si era reso conto di averlo lasciato?

Se era dell'assassino, prima o poi l'avremmo incastrato. Il problema era quanti altri sarebbero dovuti morire prima di riuscirci. L'altro punto che esigeva una risposta era se l'assassino avesse scelto le proprie vittime. In caso contrario, dare la caccia a un killer che agiva a caso, e attento come questo, era una sfida esponenzialmente più grande.

Quest'assassino aveva scelto di prenderla sul personale con me. Che si trattasse di paura o di addestramento, propendevo per l'ipotesi che ci fossero dei conti in sospeso. I tarocchi erano soggetti a interpretazione, ma avevano un significato. Il problema era che c'erano scarse prove di collegamenti tra i morti.

Non riuscivo a ricordare se avessimo controllato se le vittime fossero interessate al mondo cosmico o psichico, ma avremmo dovuto ricontrollare se non l'avevamo fatto. Dovevamo anche andare a fondo con le prime due vittime. Se c'era un secondo assassino, sarebbe emerso più tardi.

Superando il Colonial Club, il mio telefono vibrò. «Pronto?»

«Frank, sono Casey.»

«Che succede?»

«Ho i registri del SunPass della Dreman e non c'è alcuna indicazione che sia andata a Jacksonville o da qualche parte vicino a un casello.»

«Sua sorella sta mentendo.»

«L'ho chiamata. Ha ammesso che la Dreman le aveva chiesto di dire che era andata da lei. Ha anche una condanna per trasporto di stupefacenti.»

Mi voltai di scatto. «Va bene. Mettila sotto sorveglianza. Sto tornando.»

DERRICK CHIAMÒ IL NEGOZIO DI ARTICOLI DA REGALO NEL centro commerciale Coastal. Dreman oggi aveva il giorno libero. Percorremmo a tutta velocità Livingston, svoltando su Davis Boulevard ed entrando nel parcheggio del Lago. Dissi: «Mi prendi in giro? Mandano un'auto di pattuglia per tenere d'occhio Dreman?»

«Saranno stati a corto di personale per via dell'influenza. Ho sentito che un paio di ragazzi si sono dati malati».

«Chiedo solo un po' di buonsenso».

Derrick indicò un punto. «Quella è la sua Honda».

Parcheggiai a qualche posto di distanza. «Potrebbe starci osservando. Tu vai a sinistra e io a destra».

Un gruppo di trentenni beveva birra a bordo piscina. Mi fece pensare che non si sa mai chi siano davvero i propri vicini. Suonai il campanello e mi misi di lato.

«È aperto, Julio!»

Temendo una trappola, non ci annunciammo e suonai di nuovo il campanello. «È aperto!»

Colpii la porta con il palmo della mano. Una voce, che borbottava imprecazioni, si fece più forte. Dreman aprì la porta. La sua sorpresa non sarebbe stata maggiore neanche se si fosse trovata di fronte dei gorilla al posto nostro.

«I-io, ehm, pensavo fosse Julio».

«Possiamo entrare?»

Si ricompose. «Cosa volete?»

«Il suo alibi non regge. Non è andata a Jacksonville la notte in cui è stato ucciso Victor Trent».

«Ehi, solo perché ho scontato una pena non significa che cercherete di appiopparmela».

«Vuole discuterne qui? O dobbiamo...»

«Va bene, va bene».

Si fece da parte ed entrammo nel suo appartamento. Sentii l'odore acre di marijuana. La mia speranza che quella donna avesse il buonsenso di non guidare dopo aver fumato era mal riposta.

Dreman sbatté la porta. Dissi: «Ha mentito riguardo al viaggio a Jacksonville per vedere sua sorella».

Il suo ghigno mi ricordò le smorfie che facevamo alle spalle dell'insegnante a scuola. «Ho confuso le date».

«Dov'era la notte del primo febbraio?»

«Sono abbastanza sicura di essere stata a Miami».

«Non risulta nessun suo passaggio dal suo account SunPass».

«E allora? Non l'ho usato».

«Si aspetta che creda che aveva un pass che fa risparmiare tempo e offre sconti sui pedaggi e non l'ha usato?»

«Siamo ancora in un paese libero, o no?»

«Certo che lo è, ma non è libera di mentire alla polizia».

Disse Derrick: «Si chiama intralcio alla giustizia. Portiamola dentro».

Il tono di voce del mio partner non alterò la sua espressione compiaciuta.

Dissi: «Se era a Miami, avrò bisogno di nomi, luoghi e orari a conferma».

«Sono solo andata a fare festa. Qui è troppo tranquillo».

«Con chi e dove?»

«Non sono tenuta a dirvi niente. Ho finito di parlare».

Stava nascondendo qualcosa. «Senta, rispetto il suo diritto alla privacy, ma ho un lavoro da fare. Se non intende collaborare, chiederò ai procuratori di vedere che tipo di accusa...»

«Questa è una stronzata. Non potete incastrarmi per un viaggio a Miami».

Non aveva senso continuare quella guerra di nervi. «Mi dica a che ora è andata e tornata, e controllerò le telecamere al casello di Alligator Alley».

Si illuminò. «Sono partita da qui alle otto e sono ripassata dal casello verso le quattro del mattino».

«Ne è sicura?»

«Sì».

«Se mente di nuovo, giuro che la arresterò per ostruzione, come minimo».

Il suo modo di schernirmi aveva una somiglianza con l'atteggiamento di scherno della persona che contattava la redazione. Che fosse stata Dreman a mandare la carta dei Tarocchi?

Camminammo in silenzio oltre i bevitori di birra fino alla nostra auto. Lanciai le chiavi a Derrick. Non appena fummo saliti, dissi: «Assicurati che la teniamo d'occhio. Chiamo Remin e gli chiedo di contattare il Dipartimento dei Trasporti. Dobbiamo vedere se Dreman è andata davvero a Miami».

«Non mi fido di lei neanche un po'. Per una che ha scontato una pena, ha un'aria di superiorità che non mi piace».

Aveva ragione. Chiamai lo sceriffo e dissi: «Proprio come chiunque stia commettendo gli omicidi».

Riattaccai. «Ha detto che le registrazioni sono tutte digitali e che avrà il filmato del casello entro la fine della giornata».

«Bene. Dobbiamo verificare l'alibi di Addison».

Tirai fuori il mio taccuino. «Lascia che lo chiami. Se sta lavorando, andiamo subito».

———

«FRANK?»

«Sì, sono io».

Mary Ann mi venne incontro in cucina. «Non mi aspettavo che tornassi a casa così presto».

Erano da poco passate le otto. «Ero stanco di sbattere la testa contro il muro».

Mi avvolse con le braccia. «Sono contenta che tu sia a casa. Ho appena messo la pasta e fagioli in frigo».

«Sembra ottimo».

«Cambiati, te ne scaldo una ciotola».

«Dov'è Jessie?»

«Alla partita di football».

Anche se vivevo qui da più di dieci anni, non capivo ancora il fascino del football liceale. Mi infilai un paio di pantaloncini e una maglietta dei Beatles quasi vecchia quanto me e tornai in cucina.

Feci un respiro profondo. «Ha un profumo fantastico. L'hai fatta tu?»

«E chi sennò?»

«Chiedevo».

Ne presi tre cucchiaiate prima di riprendere fiato. «È la più buona che tu abbia mai fatto».

Lei sorrise. «Giornata difficile, eh?»

Annuii. «Non riusciamo a fare progressi. Dovevamo ricevere un filmato di sorveglianza per escludere una persona che potrebbe essere l'assassino, ma ora è tutto rimandato a domani. Il DNA non corrisponde a un altro, e adesso dobbiamo aspettare i risultati delle analisi familiari».

«Oh, cavolo».

«E il tizio con cui dobbiamo parlare per l'alibi di un'altra persona di interesse era a Tampa».

«Ce la farai, Frank».

Feci spallucce e posai il cucchiaio. «Sto iniziando a pensare di no. E la cosa mi spaventa a morte».

«Non fa niente. Nessuno ha un curriculum impeccabile. Rimarrai comunque il miglior detective che la Florida sud-occidentale abbia mai visto.»

Anche se era vero, dissi: «Non mi preoccupa la mia reputazione; questo è il nostro angolo di paradiso, e voglio che rimanga tale.»

Mi strinse la mano. «È la paura di deludere gli altri, di deluderli, che ti tormenta.»

Ci misi un secondo a capire che era una parte importante della faccenda. In parte era una questione di ego, ma tenevo davvero alla nostra comunità. «Immagino di sì.»

«Si sistemerà tutto. Va sempre a finire così.»

Non ne ero sicuro, e mi resi conto che non le avevo chiesto come stava. Le baciai la mano. «Basta parlare di me. Tu come ti senti?»

«Sto bene.»

Sorrisi. «A che ora finisce la partita?»

«Verso le nove. Perché?»

«Ti senti abbastanza bene per... sai cosa?»

FISSAI LA COPIA DELLA CARTA DEI TAROCCHI ATTACCATA CON il nastro adesivo alla lavagna. L'assassino aveva continuato a essere prudente, nessuna impronta su di essa o sulla busta in cui era arrivata. Derrick entrò con due tazze di caffè. «Sei qui presto. Non riuscivi a dormire?»

«Ho dormito bene. Ieri sera mi è andata di lusso.»

Lui sorrise. «Ah, diavolaccio.»

Sorseggiai il caffè. «Farei un patto col diavolo per acciuffare questo bastardo.»

Derrick batté sulla tastiera. «Hai mai visto quel film in cui quel tizio, credo sia Brad Pitt, fa un patto con il diavolo?»

«No». Risposi al mio cellulare che squillava: «Detective Luca.»

«Salve, sono Paul Madewell. Mi ha chiamato ieri mentre ero a Tampa.»

«Sì, grazie per aver richiamato. Vorrei parlarLe, al Suo posto di lavoro.»

«Riguardo a cosa?»

«È una questione personale, che coinvolge la signorina Addison.»

Lui sospirò. «Oh. Okay. Sono il proprietario di Altered Elements al Green Tree Center, sulla Immokalee. Sa dov'è?»

«No, ma lo troverò. Diciamo tra una mezz'ora?»

«Va bene.»

Riattaccai e mi alzai. «È il tizio con cui Addison ha detto di essere stata.»

«Stai andando da lui?»

«Sì. Ha un negozio chiamato Altered Elements, a...»

«Al Green Tree?»

«Sì, perché?»

«È uno di quei posti, uhm, mistici, metafisici. Vendono cristalli e pietre curative.»

«Vendono carte dei Tarocchi?»

«Non lo so, ma probabilmente sì. Prima di conoscere Lynn, uscivo con una ragazza che ci andava. Diceva che avevano pietre curative che ti parlavano.»

«Pietre che ti parlavano?»

«Così diceva lei.»

«Meno male che hai conosciuto Lynn.»

Rispose al telefono della sua scrivania. «A chi lo dici.»

Derrick disse: «Grazie» e riattaccò. «Ci stanno inviando il filmato del casello adesso.»

«Bene, dagli un'occhiata tu mentre io vado a trovare questo tizio al suo negozio di sassi.»

«Pietre, Frank. Si chiamano pietre.»

Risi e uscii. Quando raggiunsi il parcheggio, l'allegria era già svanita. Anche se questo negozio non vendesse carte dei Tarocchi, per me la roba metafisica e la cartomanzia erano parenti stretti.

L'esperienza mi aveva insegnato che la maggior parte

degli assassini erano persone «davvero gentili», e il mio mantra secondo cui «non si conosce mai veramente qualcuno» era indiscutibile. E poi c'erano gli psicopatici spinti a uccidere dalle voci nella loro testa.

Mentre riflettevo sul potere curativo dei cristalli, il passo era breve per credere che qualcuno potesse essere convinto che una forza superiore e universale gli stesse ordinando di uccidere. Forse era per quello che le vittime venivano disposte in quel modo nel mezzo di una riserva naturale.

Ma come venivano scelte le vittime? C'era qualcosa che avevano fatto che poteva essere interpretato come un affronto all'universo?

Svoltando nel parcheggio, non riuscivo a pensare a nessuna ragione che una mente contorta potesse usare per giustificare di aver tolto una vita.

Aprii la porta. Una musica, che mi ricordava il Planetario Bishop dove avevamo portato Jessie, riempiva l'aria. Una teca di cristalli viola era posta su un bancone. Il posto aveva un'atmosfera che non riuscivo a decifrare. D'altronde, non ero mai stato così vicino a delle pietre parlanti.

Un uomo con una maglietta tie-dye si avvicinò. «Posso aiutarLa?»

«Sono qui per vedere il signor Madewell.»

«Sono io. Perché non usciamo un attimo?»

Il centro commerciale era stato ristrutturato di recente. Madewell fece un cenno verso una panchina di fronte a una fontana.

«Voleva parlare di Riley?»

«Sì. La signorina Addison lo ha usato come alibi.»

L'orrore gli si dipinse in volto. «Ha fatto qualcosa…?»

Non pensai che fosse coinvolto. «Stiamo seguendo il

protocollo. Dunque, la signorina Addison era con Lei la notte del primo febbraio?»

Lui annuì.

«Dove eravate?»

Sussurrò: «A casa mia.»

«Lei è sposato, non è vero?»

«Mia moglie non era a casa.»

Lo disse come se questo rendesse la cosa accettabile. «Per quanto tempo è rimasta lì?»

«È rimasta per la notte.»

«Vendete carte dei Tarocchi?»

«No. Il mondo metafisico è molto più accurato nel predire il futuro.»

Avrei voluto chiedergli se poteva prevedere quando avrei catturato l'Assassino della Riserva. «La signorina Addison crede o è interessata alla cartomanzia?»

Fece una smorfia. «Cartomanzia non è il termine giusto per descriverla. L'universo offre innumerevoli segni di ciò che ci riserva il futuro. Per esempio, il Suo segno zodiacale comporta una serie di predisposizioni. Certo, Lei ha il libero arbitrio per influire sulla Sua vita, ma ignorare le energie superiori del mondo rende più difficile capire il proprio posto nel cosmo.»

Il momento della nascita sembrava importante, e probabilmente lo era per molti aspetti, ma non quanto il luogo di nascita. «La signorina Addison è interessata ai segni che predicono il futuro?»

«Chi di noi non lo è? È un desiderio fondamentale di ogni abitante dell'universo.»

Dato che non mi piaceva rischiare, non gli chiesi se sua moglie avesse guardato avanti e l'avesse visto tradirla.

«Siamo a conoscenza del carattere della signorina Addison. Con che frequenza perde le staffe?»

«È molto migliorata con la cristalloterapia. L'ametista ha forti proprietà olistiche. È trasformativa nell'aiutare le persone a rompere le cattive abitudini.»

Ecco qualcosa che i direttori di carceri di tutto il mondo avrebbero potuto usare. «C'è qualcosa che sa sulla signorina Addison che potrebbe indicare che farebbe del male a qualcuno?»

«No, no. Non è quel tipo di persona. Assolutamente no.»

Anche se il suo sistema di credenze era molto lontano dal mio, credevo che stesse dicendo la verità. L'unica cosa che mi lasciava perplesso era l'aver usato casa sua per un incontro sessuale. Era audace, ma anche l'unico modo per essere inattaccabile. Se fosse stato un hotel, ci sarebbero state ricevute e telecamere. Misi da parte quel pensiero e me ne andai.

Stavo svoltando su Airport Pulling quando il telefono squillò. Premendo il pulsante sul volante, sentii la voce di Derrick: «Frank, dove sei?»

«Sto tornando. Che succede?»

«Ho controllato il filmato del casello. Dreman è uscita mezz'ora prima di quanto aveva detto, ma non riesco a trovare il suo rientro.»

«Strano.»

«Lo so. Forse è tornata per un'altra strada?»

«Perché fare una deviazione? Dev'essere tornata prima o dopo.»

«Se è tornata prima, ha appena scalato la lista dei sospetti.»

52

Dᴇʀʀɪᴄᴋ ᴍɪ ʟᴀꜱᴄɪò ᴜɴᴀ ᴛᴀᴢᴢᴀ ᴅɪ ᴄᴀꜰꜰÈ ᴇ ɪʟ Dᴀɪʟʏ Nᴇᴡꜱ sulla scrivania. Tolsi il coperchio, ne bevvi un sorso e feci scivolare il giornale verso di me. Scossi la testa leggendo il titolo. «L'assassino della riserva resta in silenzio». Lessi il primo paragrafo. Era la solita storia: l'assassino era a piede libero e la polizia non aveva ancora identificato un sospettato principale.

Mentre allontanavo il giornale, mi fermai e lo ripresi. Aprendolo all'indice delle sezioni, sfogliai fino alla pagina dell'oroscopo e lessi il mio: «Oggi potresti vivere un climax emotivo. Le cose potrebbero arrivare a un punto di svolta. Non sorprenderti se incontrerai una seria opposizione. Sprigiona liberamente le tue energie, ma non preoccuparti se gli altri cercheranno di tirarti nella direzione opposta. La flessibilità è la chiave per te».

Appoggiandomi allo schienale, mi chiesi se non ci fosse qualcosa di vero nel mondo mistico. Le stelle stavano riconoscendo la difficoltà che questo caso presentava. Promettevano un climax emotivo, ma non c'era alcun indizio su cosa avrebbe portato. L'unico consiglio che offrivano era di rimanere flessibili.

Esaminavo il caso con la mente aperta, vagliando ogni pista come un aspirapolvere Roomba. Riesaminando le piste investigative, non riuscivo a vedere dove fossi stato rigido o restio a seguire un indizio. Considerando l'ipotesi che l'universo si riferisse alla mia vita personale, feci l'accesso al mio computer.

C'erano trentadue e-mail in attesa. Scorsi l'elenco, aprendone una con un link agli arresti del giorno precedente. Quindici persone erano state arrestate. Scorsi i nomi e il caffè mi andò di traverso.

Non poteva essere. Cliccai sul nome e comparve una foto. Era Stephan Ong. Era stato arrestato per disturbo della quiete pubblica. L'accusa era legata al suo essersi intromesso nell'arresto di una donna. Cliccai sul caso collegato e mi si gelò il sangue.

La donna che Ong aveva cercato di proteggere era Riley Addison. Controllai l'ora dell'arresto: erano le 1:37 del mattino. Ecco perché non ero stato avvisato. Addison era stata arrestata per aggressione. Aveva piantato la punta di un ombrello nel ventre di una donna, mandandola all'ospedale.

Era violenta. Aveva una Honda bianca come quella vista sulla scena del delitto di Victor Trent.

Controllai il fascicolo. Le avevano fatto un tampone per il DNA. Doveva essere confrontato con il sangue trovato sui pantaloni di Trent. Stampai il verbale d'arresto e mi diressi al laboratorio.

Salendo le scale a due a due, mi interrogai su Stephan

Ong. Lui e la Addison avevano agito insieme? Se così fosse, avrebbero tappato più buchi di una squadra di manutenzione stradale. Prima di entrare in laboratorio, chiamai Derrick.

«Potremmo aver avuto un colpo di fortuna. Addison è stata arrestata per aver pugnalato una donna con la punta di un ombrello».

«Porca miseria».

«E indovina chi hanno portato dentro con lei». Era una cosa che lui avrebbe detto a me.

«Non dirmi Milbury».

«No, Stephan Ong».

«L'agente immobiliare?».

«Bingo. Dato che il sangue era di una donna, lo avevamo escluso. Ma, sai, non abbiamo mai verificato il suo alibi».

«Cosa pensi? Che i due lavorino insieme?».

«Onestamente, non so cosa pensare». Rabbrividii nell'usare la parola "onestamente". Era un preambolo stupido da usare, che implicava che tutto il resto fosse una bugia.

«È pazzesco, è incredibile».

Volevo dirgli che l'oroscopo diceva che oggi avrei avuto un climax emotivo, ma mi vergognavo. «Lo è, ma abbiamo del lavoro da fare. Ho bisogno che tu vada di sopra dai procuratori. Di' loro che ci sono delle persone d'interesse per l'omicidio della riserva. Dobbiamo trattenerle. Non voglio che vengano processate per direttissima e rilasciate. Devono sapere che potrebbero essere coinvolte in omicidi plurimi».

«Spiegherò loro la situazione. Non andranno da nessuna parte».

Dopo aver detto al laboratorio di cosa avevamo bisogno, andai a trovare lo sceriffo. Sorrise quando entrai.

«Si sta avvicinando alla soluzione, eh?».

«Non è ancora chiaro, ma ho bisogno del Suo aiuto per fare luce sulla situazione».

«Tutto quello di cui ha bisogno».

Spiegai che Addison e Ong erano stati arrestati fuori dal Blue Martini al Mercato.

«Quali sono le probabilità? Due persone d'interesse, arrestate insieme per aggressione?».

«È strano, senza dubbio».

«A che ora è la loro udienza di convalida?».

«Non lo so. Sono stati portati qui verso le due di questa mattina».

«Abbiamo tempo, l'arresto è avvenuto meno di venti-quattro ore fa».

«Vorrei interrogare entrambi. Se Lei potesse ottenere il permesso dagli agenti che li hanno arrestati...».

«Fatto. Cos'altro?».

«Solo perché lo sappia, Derrick è andato ad avvisare i procuratori e a chiedere loro di trattenerli dopo l'udienza».

«Questa è una decisione del giudice».

«Lo so, ma...»

«Controllerò chi se ne occupa e mi assicurerò che sappiano che potrebbero essere coinvolti nel caso dell'assas-sino della riserva. Nient'altro?».

«Ho chiesto al laboratorio di confrontare il tampone che hanno prelevato alla Addison al momento dell'arresto con il sangue trovato sull'ultima scena del crimine. Sarebbe utile se Lei potesse farne una priorità».

«Me ne occuperò io».

«Grazie, signore. Vorrei parlare con loro il prima possibile».

«Mi dia al massimo dieci minuti. Farò in modo che la

loro udienza venga posticipata il più possibile e farò sapere al Capitano Gesso che Lei parlerà con loro».

————

CAMMINAVO AVANTI e indietro nel corridoio fuori dalle sale interrogatori. Addison e Ong erano rintanati in stanze separate con i loro avvocati. Non ci sarebbe stata l'opportunità di parlare con loro senza un legale presente. Non era l'ideale, ma non vedevo l'ora di sentire cosa avessero da dire.

Il cellulare vibrò; era Derrick. «Ehi, che succede?».

«Ho recuperato il filmato da Lago, e Dreman è tornata. Ma erano le dieci e quaranta».

«Mmm». Non riuscivo a ricordare l'ora della morte di Trent. «Bilotti quando ha detto che è morto Trent?»

«Rientra nell'intervallo di tempo. Ma vuoi sentire la cosa strana?»

No, non voglio. «Di cosa stai parlando?»

«Quando Dreman è tornata, il suo bagagliaio era socchiuso. Era tenuto fermo con una catena e un lucchetto. Stava trasportando qualcosa di importante.»

«Cosa poteva essere?»

«Pensi che fosse il corpo di Trent?»

«Non torna. L'assassino è stato troppo cauto. Non se ne andrebbe in giro con un cadavere.»

«Forse, ma a volte il posto migliore per nascondere qualcosa è proprio in bella vista.»

Aveva ragione. «Sì, ma...»

«Avrebbe potuto ucciderlo altrove e, quando è andata a sistemare il corpo nella riserva di Logan, potrebbe esserci stato qualcuno. Sai, Ramirez ha detto di aver cacciato una coppia di amanti da lì una settimana prima dell'omicidio.»

«Ma perché tornare a casa con il cadavere?»

«Per me, andare in giro con un cadavere è più rischioso.»

«Prendi un paio di agenti e vai subito a Lago. Parla con tutti nel complesso. E procurati i registri del cancello; vedi se è uscita più tardi quella notte.»

La porta della sala interrogatori si aprì. «Detective Luca? Siamo pronti per lei.»

Era Fred Moresco, l'avvocato di Ong. Ci stringemmo la mano ed entrai nella stanza. Ong sembrava più fresco di me. Si alzò. Le pieghe dei suoi pantaloni avrebbero potuto affettare una bistecca. Fece un cenno col capo e si sedette.

Accesi i dispositivi di registrazione e, dopo aver recitato le formalità di rito, dissi: «Signor Ong, vorrei sentire la sua versione dei fatti».

«È stato un malinteso.»

«Il mio cliente stava semplicemente cercando di assicurarsi che nessuno si facesse male.»

«Esatto. Ho cercato di calmare Riley e le ho chiesto di collaborare, ma gli agenti erano decisi a creare un caso dal nulla.»

«Era più che nulla. Ha fatto finire una donna in ospedale con l'addome perforato.»

«Non sto minimizzando la ferita, anche se era solo un livido, ma è stata lei a iniziare.»

«Il mio cliente sostiene che la donna sia stata l'aggressore e abbiamo iniziato a identificare testimoni che lo possano corroborare.»

«Cosa stavate facendo lei e la signorina Addison quella sera?»

«Ci stavamo godendo una serata in città.»

«Perché rimanere fuori fino a tardi?»

«Riley e io siamo dei nottambuli. Ce la stavamo spassando alla grande finché quella stronza, uhm, donna ha rovinato tutto.»

«Cos'è successo?»

«Era ubriaca e mi metteva le mani addosso. Riley stava cercando di staccarmela di dosso.»

«Come è scoppiata la lite?»

«Stavamo cercando di andarcene e lei ci ha seguiti fuori. È successo tutto così in fretta; non saprei dire con esattezza. Ero al telefono per chiamare un Uber e un attimo dopo ho visto Riley usare l'ombrello per tenerla a distanza. Poi lei è caduta e Riley ha usato l'ombrello per non farla rialzare.»

«Il rapporto indica che la punta dell'arma era affilata.»

«Un momento, detective. Si trattava di un semplice ombrello, non di un'arma, e il mio cliente non è a conoscenza del fatto che il puntale, o punta che dir si voglia, fosse affilato.»

Puntale. Avevo una nuova parola per Derrick. «Perché avevate un ombrello?»

«Le previsioni davano possibilità di pioggia.»

Secondo il meteorologo, poteva piovere ogni giorno. «Era il suo ombrello?»

«No. Ci siamo visti a casa di Riley. Abbiamo controllato il meteo per vedere se avesse bisogno di una giacca. Abbiamo visto che poteva piovere e l'abbiamo preso.»

«La signorina Addison ha problemi di temperamento.»

«No, non è vero. È solo suscettibile per certe cose. Lo siamo tutti.»

Sembrava che la Addison avesse molti amici maschi. E alcuni erano sposati, il che creava donne arrabbiate.

«La sua amica è appassionata di cose mistiche, come astrologia, cristalli e cartomanzia.»

Si fece beffe della parola cartomanzia. Era la seconda volta che venivo respinto usando quel termine. «Ogni essere e cosa in questo universo sono connessi. Riley comprende questa connessione, i segnali che dobbiamo aprirci a ricevere.»

Pensai alle vibrazioni che sentivo alla base della testa. Era una cosa che attribuivo al mio istinto. Quella gente stava dicendo che proveniva da un potere superiore? «Le piace usare la tavola Ouija o i tarocchi?»

Sbuffò: «Una tavola Ouija?».

«E i tarocchi?»

Moresco interruppe: «Non riesco a vedere la pertinenza di questa linea di interrogatorio. Il signor Ong è stato uno spettatore degli eventi. Ha semplicemente tentato di sedare la rissa. Se ha domande relative all'incidente di ieri sera, le affronteremo, ma niente di più».

«Se il suo cliente ha informazioni sulla signorina Addison, e non si limitano a ieri sera, parleremo con i procuratori, raccomandando il suo rilascio, se le condividerà con noi.»

Moresco sorrise. «Non sono sicuro a cosa stia alludendo, detective, ma sono fiducioso che le accuse contro il signor Ong verranno ritirate.»

Non potevo biasimare l'avvocato; non aveva idea che il suo cliente sarebbe stato trattenuto dopo la convalida del fermo per il timore che ci fosse un collegamento con gli omicidi seriali. Insicuro se Ong avesse un ruolo negli omicidi, terminai l'interrogatorio senza divulgare il mio movente. Avrei fatto un tentativo con la Addison e poi avrei visto come procedere.

Mandando giù l'ultimo sorso di caffè, gettai il bicchiere nel cestino e controllai il feed video. La Addison stava sorridendo al suo avvocato come se fossero a un appuntamento. Dopo un breve bussare, spalancai la porta. Gabe Noto si lisciò il riporto e si alzò. Allungò la mano. «Detective Luca.»

Noto non era tra i migliori avvocati penalisti, ma serviva bene i suoi clienti. Avevo già sperimentato le sue tattiche ostruzionistiche, che in due occasioni si erano fuse in patteggiamenti. Se la sua cliente fosse stata il Killer della Riserva, era in una situazione più grande di lui. Molto più grande. «Avvocato.» Feci un cenno alla sua cliente. «Signorina Addison.»

Mi rivolse un sorriso smagliante. «Salve. Sa, assomiglia davvero a George Clooney.»

Stava flirtando. C'era qualcosa di strano in quella donna. Molto strano. Accesi il dispositivo e registrai data, ora e presenti. «Mi dica cos'è successo ieri sera.»

«Quella donna era ubriaca; stava addosso a Stephen. Ci è venuta incontro e ha iniziato a mettergli le mani addosso come se io non fossi nemmeno lì.»

«Conosceva quella donna?»

Esitò. «Non proprio.»

«Si spieghi.»

«L'avevo vista in giro. È una dannata cacciatrice di dote.»

Ce n'erano parecchie a Naples. «Avreste potuto andarvene.»

La Addison fece spallucce. Ong aveva detto che ci avevano provato. O non avevano concordato le loro versioni, o c'erano testimoni che avrebbero chiarito le cose. «Dove ha preso l'ombrello?»

«Non lo so. Ce l'avevo.» Poi aggiunse: «Qualcuno l'ha lasciato a casa mia».

Sapeva che le avrei chiesto della punta affilata. «Chi l'ha lasciato?»

«Non lo so; è nell'armadio da molto tempo.»

Non pioveva quando erano usciti di casa. Non aveva senso prendere un ombrello non pieghevole. Avremmo scoperto se se lo portava in giro come un'arma. «Andava spesso al Blue Martini?»

Aggrottò la fronte. «Sì. È una vera stronza.»

Addison continuava a comportarsi in modo diverso dal nostro precedente interrogatorio. Era questa la sua vera natura? «Il suo ragazzo, uhm, il signor Madewell, ha detto che lei è appassionata di cristalli e tarocchi, quel genere di cose.»

Addison annuì e stava per parlare, quando Noto disse: «Stiamo divagando un po', detective. Qual è la pertinenza?».

Non potevo rivelare che l'assassino aveva usato i tarocchi. «Signorina Addison, è ancora impiegata alla Bank of America?».

Un altro cipiglio. «Sì. Ma per colpa di quella stronza, dovrò riabilitare il mio nome o mi licenzieranno».

«Chi è il suo medico? Il dottor Bigham?».

Qualcosa le balenò sul viso. Noto le mise una mano sull'avambraccio e disse: «È una questione privata, detective. Sa bene che non può fare domande su informazioni mediche».

«Mi scusi, avvocato, ha ragione. Mi è sfuggito».

C'era un collegamento o la domanda l'aveva colta di sorpresa? Non avevamo mai scavato nel passato di Addison. Aveva una Honda bianca, lavorava con Victor Trent e andava a letto con un tizio che possedeva un negozio di articoli metafisici. Inoltre, il suo modo di fare sollevava dei dubbi.

Dopo aver posto un altro paio di domande inutili, conclusi l'interrogatorio. Mi affrettai verso il mio ufficio, ansioso di esaminare ogni aspetto della vita di Addison. Non aveva senso aspettare i risultati del DNA. Accendendo il telefono, notai due messaggi di Derrick e mi misi il cellulare in tasca.

54

Derrick si sporse verso il monitor. «Frank, dai un'occhiata a questo. È la Dreman. La targa corrisponde».

Diedi un'occhiata più da vicino allo schermo. «È decisamente lei, e sono solo le nove e un quarto».

«Aveva tutto il tempo di uccidere Trent».

«Senza dubbio. Mi chiedo perché abbia mentito».

«Come copertura».

Non avevo problemi a scontrarmi con i sospetti, ma il pensiero di interrogare la Dreman sulla differenza d'orario mi faceva desiderare di essere in fila alla motorizzazione. «Non vedo l'ora di parlare con Miss Simpatia».

«Se cercassi la parola "recalcitrante" sul dizionario, ci troveresti una foto della Dreman».

«Hai imparato un altro parolone?»

«Era la parola del giorno. E se non le uso, me le dimentico subito».

«Non so se "recalcitrante" le si addica, ma "carogna" di sicuro».

«Senza dubbio».

«Oh, ho una parola nuova per te: ferula. Mai sentita?»

Casey entrò. «Siete occupati?»

«Sto per andare a parlare di nuovo con la Dreman, ma cosa hai scoperto?»

«Abbiamo riesaminato i primi dieci anni, cercando collegamenti, ma ora stiamo passando al setaccio i dieci anni precedenti e abbiamo un paio di cose che potrebbero significare qualcosa».

«Cosa avete trovato?»

«Una riguarda l'ambito medico. A ventisei anni, Melissa Wright lavorava in un posto chiamato Universal Phlebotomy. È un centro prelievi e Victor Trent ha lavorato, per un breve periodo, in un laboratorio di analisi».

«E abbiamo il dottor Bigham. Cosa facevano la Wright e Trent in questi posti di lavoro?»

«Entrambi avevano mansioni d'ufficio: la Wright registrava i pazienti e Trent gestiva le pratiche per il laboratorio».

«Quali sono gli archi temporali?»

«Per la Wright si tratta di dieci anni fa e per Trent di circa nove».

«È una scoperta interessante. Possiamo determinare se Bigham si sia avvalso dei servizi delle aziende per cui lavoravano?»

«Credo che potremmo ottenerlo senza un mandato».

«Bene. Che altro avete?»

«La dottoressa Bigham era nella squadra di tennis del college. Non siamo riusciti a trovare nessun club di cui facesse parte, ma i suoi vicini hanno detto che giocava nel suo quartiere. Victor Trent era membro della Naples Bath and Tennis Academy. La Wright non sembrava giocare, e

Ryan giocava nella squadra del liceo ma non appartiene a nessun club».

Disse Derrick: «Ci sono un sacco di tornei qui. Club e quartieri si sfidano continuamente. Le loro strade potrebbero essersi incrociate».

«Dovremmo identificare le squadre o le competizioni a cui hanno partecipato e i periodi di tempo».

«Stavo per farlo, ma volevo vedere se pensavi che ne valesse la pena».

«Non possiamo tralasciare nulla. Potrebbe essere stata una questione di competizione o di imbarazzo, un tradimento, gelosia, chissà».

Disse Derrick: «Basta ricordare le pattinatrici Nancy Kerrigan e Tonya Harding. Non fu un omicidio, ma fu una storia decisamente contorta».

«Senza dubbio. È tutto?»

Disse Casey: «Ancora una cosa: la Wright e Trent facevano paddleboard ogni tanto».

«Qualche indizio che lo facesse anche la dottoressa Bigham?»

«Niente che siamo riusciti a trovare, ma andava in kayak, e sappiamo che a Ryan piaceva andare in kayak».

«Controlliamo dove potrebbero averli noleggiati o da dove potrebbero essere partiti. Non so cosa possa aver scatenato una reazione simile...»

Disse Derrick: «C'è stato un caso pazzesco a New York. Una coppia stava andando in kayak sull'Hudson e il tizio è annegato. Hanno accusato la donna perché aveva tolto il tappo di scarico. Si è fatta due anni, ma ha incassato l'assicurazione sulla vita di lui».

Dissi: «C'era molto di più in quella storia. Era ottobre e l'acqua era a quattro gradi; lui non indossava un giubbotto di salvataggio e c'erano altre circostanze attenuanti. Non sto dicendo che lei non fosse responsabile, ma la faccenda non era così chiara e netta».

Disse Derrick: «Forse, ma secondo me gli ha teso una trappola. Gli ha fatto bere alcolici, promettendogli sesso, e c'era qualcosa che non andava nella sua pagaia e...»

«È molto lontano dalla situazione che stiamo affrontando, ma ci ricorda che ci sono molti modi per uccidere qualcuno. Rimaniamo in argomento. Casey, controlla tutto quello che hai scovato. Noi andiamo da Dreman».

Eravamo a un minuto da Lago, il complesso di appartamenti dove abitava Dreman. Disse Derrick: «Tutto bene?»

Non avevo detto una parola per tutto il viaggio. «Sì, sto solo cercando di dare un senso ai collegamenti che ha trovato Casey. Nessuno di loro sembra collegare tutte le vittime».

«È presto».

«Lo so, ma mi fa pensare che potrebbero esserci due assassini».

Il cancello si sollevò e Derrick parcheggiò in un posto libero. «Spiegherebbe molte cose».

Scendemmo e ci dirigemmo verso l'edificio. La musica si faceva più forte man mano che ci avvicinavamo alla zona della piscina. Disse Derrick: «Non sopporto questa musica rap».

«Non si possono mettere "rap" e "musica" nella stessa frase».

«Hai ragione. Non la capisco. È violenta e denigra le donne. Perché i ragazzi la ascoltano?»

«Mi dicono che è per la linea di basso potente».

«Sento le vibrazioni da qui».

«A me sembra odore di costolette».

Il bordo piscina era affollato. Non c'era un'anima sotto i quarant'anni e tutti avevano un bicchiere in mano. Ma nessuno lavorava? Qualcuno abbassò la musica. Eravamo così ovviamente della polizia?

Suonai due volte il campanello e ci mettemmo ai due lati della porta. La Dreman aprì la porta e ci guardò torva. «Cosa volete?»

«Vorremmo scambiare due parole con Lei».

«Riguardo a cosa?»

«Al suo alibi».

«Vi ho detto...»

Uno che sembrava un manutentore passò di lì. «Facciamolo dentro».

Lei esalò un respiro e si fece da parte. «Entrate».

Mi incamminai lungo il corridoio e lei disse: «No. Fate le vostre stupide domande qui. Non sono in vena».

Sul tavolino c'era una tavoletta Ouija.

«E noi non siamo in vena di sentirci dire bugie. Prima ha sostenuto di essere a Jacksonville con sua sorella. Abbiamo dimostrato che non era vero, e ha cambiato alibi, dicendo di essere andata a Miami».

«Sono andata a Miami».

«Può darsi, ma è passata al casello di Alligator Alley alle nove di sera».

Mi fulminò con lo sguardo.

«Cosa ha fatto per il resto della notte?»

«Non sono affari tuoi».

«Un omicidio li rende di mia competenza».

Sbuffò. «Sono andata a dormire».

Guidare avanti e indietro fino a Miami era stancante. Se non avesse mentito, forse ci sarei cascato. «Non credo che l'abbia fatto, altrimenti l'avrebbe detto la prima volta che gliel'abbiamo chiesto».

«Non mi importa un accidente di quello che credi».

Derrick disse: «Se non risponde, otterremo un mandato e la trascineremo dentro».

«Fuori. Adesso».

Feci un cenno col capo verso la porta e ce ne andammo. Derrick borbottò a bassa voce mentre tornavamo alla macchina. Una volta dentro, dissi: «Parla con la direzione di questo posto. Hanno accessi controllati. Scopriremo se è tornata a casa come ha detto».

«Scommetto di no».

Non ero uno che scommetteva, ma il mio istinto era d'accordo. «Aveva una tavola Ouija».

«Davvero? Dove l'hai vista?»

«Era sul suo tavolino da caffè».

«I pezzi stanno andando al loro posto. Meno male che la teniamo d'occhio».

55

Appena entrato in ufficio, mi tolsi la giacca e dissi: «Derrick, dobbiamo fare una colonscopia dei precedenti della Addison; c'è qualcosa in lei che non quadra».

Derrick si alzò. «La Dreman ha lasciato casa sua all'una e cinque del mattino».

«Che diavolo sta combinando?»

«Un paio di vicini dicono che è scostante e che riceve visite che hanno descritto come» – mimò le virgolette con le dita – «spaventose».

«Spaventose?»

«Sì. Hanno detto che è strana, e un tizio con tre cani ha aggiunto che la Dreman va e viene nel cuore della notte».

«Ci servono i registri degli accessi dei giorni in cui sono stati commessi gli omicidi».

«Senza dubbio. Sai, il tizio dei cani ha detto che la Dreman guida un paio di auto diverse, e una di queste è un furgone».

«Hai controllato alla motorizzazione?»

«Sì, nient'altro di registrato a suo nome».

«D'accordo. Dovremo identificare qualsiasi veicolo che lasci il complesso a tarda notte. Il Lago deve avere una lista di veicoli registrati a nome degli inquilini. Se un'auto non è sulla lista, potrebbe essere lei alla guida del veicolo di qualcun altro».

«Quando avremo il DNA della Addison?»

«Remin ha detto di aver chiesto al laboratorio di dargli la priorità. Gli darò altre due ore prima di andare a fargli pressione».

Derrick sorrise. «Se fossimo in *CSI*, l'avremmo in cinque minuti».

«Magari».

«Io vado al Lago».

«A più tardi».

Aprii il fascicolo dell'omicidio e lo sfogliai fino alla pagina sulla Addison. Su di lei non avevamo praticamente niente. Per prima cosa, dovevamo parlare con la sua famiglia e i suoi vicini. Avrei delegato quei compiti, ma volevo parlare personalmente con i suoi colleghi.

Mi ero incontrato con il direttore della filiale dopo l'omicidio di Trent, ma la sua lealtà era verso la Bank of America, e questo significava tenerla fuori dalle notizie. Il protocollo mi avrebbe costretto a informarlo, ma mentre mi chiedevo come approcciare la situazione, Willis e Cobalt entrarono nell'ufficio.

Cobalt disse: «Hai un minuto?»

«Sempre. Che succede?»

«Abbiamo controllato la pista del tennis e abbiamo scoperto che c'era un sacco di cattivo sangue tra Trent e la Addison. E, senti questa, Ong e la Bigham hanno avuto un incidente d'auto all'ingresso del Naples Bath and Tennis Club».

«Che tipo di incidente?»

«Ong stava andando verso nord sulla Airport e la Bigham è uscita dal club. I testimoni dicono che la Bigham era al telefono ed è uscita senza fermarsi. Si è schiantata contro una Mercedes nuova che Ong aveva appena comprato».

«C'è stata una lite o qualcosa di fisico?»

«No, ma Ong era incazzato nero».

«Chi non lo sarebbe stato? Ma non credo che significhi molto».

Willis disse: «La pensavo così anch'io, ma dato che l'auto era distrutta, ho scavato un po'. Ong aveva ritirato l'auto solo una settimana prima e non aveva l'assicurazione GAP».

«Quindi era responsabile della differenza tra quanto doveva ancora pagare e il valore svalutato che l'assicurazione avrebbe rimborsato».

Cobalt disse: «Nel momento in cui porti fuori l'auto dal concessionario, il suo valore cala del venti percento».

«Potrebbe averci rimesso ventimila dollari».

«Senti, ho visto gente uccidere per un cellulare, ma Ong è un professionista del settore immobiliare; deve guadagnare un sacco di soldi con questo mercato. Non mi sembra che la cosa quadri».

«Ho controllato le foto. La Bigham gliel'ha accartocciata. Potrebbe essersi fatto male alla schiena o qualcosa del genere».

Dissi: «Perché non le ha fatto causa?»

«Forse l'ha fatto. Dobbiamo indagare più a fondo».

«Okay, controllate, ma cos'altro avete sulla rivalità Trent-Addison?»

«Secondo il maestro del club, è iniziata durante una

partita. La Addison è venuta a rete e Trent le ha tirato una pallata in faccia. Le ha causato il distacco della retina».

«Quanto tempo fa è successo?»

«Diciotto mesi fa».

«È successo altro tra di loro?»

«Lei non ha giocato per molto tempo, ma quattro mesi fa ha colpito Trent alla testa con la racchetta. Gli ci sono voluti sei punti di sutura».

«L'ha aggredito?»

«Non c'erano testimoni. Trent disse che era stato intenzionale. La Addison disse che stava tentando un colpo a rete e non sapeva dove fosse Trent, e quando se n'è resa conto, non è riuscita a fermarsi in tempo».

«Perché giocavano da soli?»

«Non erano al club. Erano in centro, ai campi vicino a Cambier Park».

«Ecco il punto: Trent ha detto al maestro che la Addison aveva organizzato la partita, dandogli l'impressione che sarebbe stata una partita di doppio».

«Lo voleva da solo. Forse l'ha attirato con la promessa di fare sesso dopo aver giocato».

«Dobbiamo verificare con la moglie di Trent. Non le piacerà, ma la Addison potrebbe essere una di quelle donne ossessive che non riescono a lasciar perdere e si sono spinte troppo oltre».

Il telefono della mia scrivania squillò. Allungai la mano per prenderlo. «Aspettate un attimo, ragazzi».

«Omicidi, detective Luca».

«Frank, sono Gesso. Sembra che la Dreman sia in fuga».

Saltai in piedi. «Ne sei sicuro?»

«Ha caricato un sacco di bagagli in macchina ed è partita. La stiamo seguendo verso nord sulla Settantacinque. In questo momento si sta avvicinando all'uscita di Bonita Beach Road».

«Stalle addosso. Se la Dreman va all'aeroporto, dobbiamo sapere dove sta andando e farla tenere d'occhio dalla polizia locale».

«Sarà fatto. Ti faccio sapere».

Riattaccai. «La Dreman potrebbe essere in fuga. Si sta dirigendo a nord con l'auto carica di bagagli. Gesso la sta pedinando».

«È strano che se ne vada in pieno giorno».

«Forse no. Magari pensa di potersi confondere tra la folla».

«Deve sapere che la stiamo tenendo d'occhio».

«Probabilmente, ma o si tratta di nascondersi in piena vista o ha commesso un errore, ma questo assassino è stato troppo cauto per una cosa del genere».

«Non saprei».

«Sentite, dobbiamo continuare a lavorare su queste connessioni. C'è un sacco di cattivo sangue, e tra Trent e la Addison la cosa è degenerata. Sapete cosa si dice di una donna respinta».

«Quando avremo i risultati del DNA, lo sapremo».

«Aiuterà di sicuro, ma ci serve comunque una narrazione per il tribunale».

Il mio telefono squillò di nuovo; era Gesso. «Ha tirato dritto all'uscita dell'aeroporto. Vuoi che la fermiamo?»

«No. Vediamo dove sta andando».

Squillò il telefono sulla scrivania di Derrick. Feci cenno a Willis di rispondere e conclusi con Gesso.

Willis riattaccò. «Era il laboratorio. Hanno trovato diverse corrispondenze a livello familiare con il DNA della scena del crimine di Trent».

56

Mentre mi infilavo il copriscarpe, lo strappai. Gettandolo via, ne afferrai un altro. Vestito con l'abbigliamento protettivo, feci irruzione nel laboratorio. «Dov'è Geary?»

Un tecnico sollevò la testa da un microscopio e indicò l'ufficio del direttore. Nel suo camice bianco da laboratorio, Geary stava scrutando un'immagine su un monitor a parete con una lente d'ingrandimento. «Cosa stai guardando?»

«Fibre raccolte dalla rapina al Waffle House. Remin sta dando la caccia a questi tizi senza tregua per mandare un messaggio.»

«Ha ragione. Devono capire che se provano a fare qualcosa qui, daremo loro la caccia. Questa non è la California, dove ti lasciano rubare mille dollari.»

«È difficile credere a quello che sta succedendo là fuori e a New York.»

«Amen. Cos'hai per me?»

Geary scivolò dietro la sua scrivania e io mi accomodai

su una sedia. «Ci siamo concentrati su venti marcatori critici nel DNA trovato sulla gamba dei pantaloni di Trent. GEDmatch, uno dei database pubblici a cui Casey ha avuto accesso, ha fornito diverse possibilità.»

«Nessuna parentela con Dreman o Addison?»

«Al momento non è possibile dirlo.»

Geary aprì una cartella, prendendo un foglio di carta. «Quelli che abbiamo sono probabili parenti.»

«Madre, padre?»

«Purtroppo no. Una corrispondenza su dieci dei venti marcatori suggerirebbe un parente stretto come un genitore, un figlio o un fratello. Quello che abbiamo sono quattro individui la cui corrispondenza suggerisce un cugino, uno zio o una zia.»

«Okay. Questo ci dà qualcosa su cui lavorare. Dei quattro, ce n'è qualcuno di più attendibile degli altri?»

Geary mi porse il documento. «Sono in ordine di priorità.» Indicò il primo nome. «Questi due hanno una corrispondenza in più.»

Mi passò il rapporto. Scrutandolo, i miei occhi si posarono sul primo nome: Anthony Hatch. Come città natale era indicata Rye, New York. Non troppo lontano dal Jersey. Il secondo nome era Gloria Shea, di Louisville, Kentucky.

«È la mia copia?»

«È tutta tua.»

Mi alzai. «Grazie, Geary. Devo scappare.»

Salendo le scale, tenevo il documento come se fosse un neonato. Se i risultati del DNA fossero andati a monte, questa era la nostra ancora di salvezza. Il DNA familiare era uno strumento importante, ed ero felice di vivere in uno dei dodici Stati che ne consentivano l'uso alle forze dell'ordine.

La prima cosa che volevo fare era controllare entrambi i

nomi nel database nazionale. Non significava nulla se avevano precedenti. La depravazione non era ereditaria, ma le circostanze in cui si cresce avevano un loro effetto.

Remin doveva sapere che avevamo una pista importante da seguire. Feci una rapida deviazione, consegnando i risultati familiari a Derrick prima di aggiornare lo sceriffo. Salendo le scale, mi squillò il cellulare. Era Gesso. «Dov'è Dreman?»

«Sulla Route Four, in direzione di Orlando.»

Dreman era partita con dei bagagli, ma una gita a Disney World rivaleggiava con un viaggio sullo shuttle della SpaceX per improbabilità. «Continua a seguirla. Dobbiamo sapere se deve incontrare qualcuno, e il come e il perché.»

———

Togliendomi la giacca sportiva, entrai nell'ufficio. «Il DNA di Addison non corrisponde.»

Derrick sbirciò da sopra il monitor. «Mi stai prendendo per il culo?»

Il nostro sospettato principale, se non l'unico, era stato messo da parte. «Magari. Ma non distrarti; abbiamo il DNA familiare su cui lavorare.»

«Lo so, ma né Hatch né Shea hanno precedenti.»

«Non importa. Non è a loro che diamo la caccia. Hai i loro contatti?»

«Sì. Hatch ha quarantanove anni e vive a Yonkers. La Shea ne ha quarantatré ed è ancora a Louisville. E senti questa: lavora nella fabbrica di mazze da baseball.»

«È un bene che le facciano ancora lì.»

«Eccome.»

«E che mi dici di eventuali fratelli o figli che hanno?»

«Per ora ho solo lo stato civile. Hatch ha divorziato una decina di anni fa e sembra che la Shea sia ancora sposata. Ecco le loro foto della motorizzazione.»

Tenendo un'immagine in ogni mano, i miei occhi rimbalzavano tra le due. Cercavo un messaggio, ma quale? Nessuno dei due era sospettato e vivevano ad almeno mille-cinquecento chilometri di distanza. Scorsi rapidamente i fascicoli degli omicidi. «Qualcuna delle vittime viveva vicino a uno di loro?»

«No. Neanche lontanamente.»

«Va bene. Io chiamo Hatch e tu occupati della Shea. La chiave è scoprire se hanno figli o fratelli. Ricorda, non sono tenuti a collaborare e, se si tratta di un figlio, saranno protettivi. Dobbiamo essere discreti.»

«Senza dubbio. Dovremmo controllare anche i cugini di primo grado. Chissà da dove viene la corrispondenza di metà dei marcatori.»

Fu un altro brusco ritorno alla realtà. Avevo dato per scontato, o meglio, sperato, che stessimo cercando un parente stretto. «Hai ragione. Diamoci da fare.»

Mettendo la foto di Anthony Hatch accanto al telefono, composi il suo numero. «Anthony Hatch?»

«Sì. Chi parla?»

«Sono il detective Luca, dell'ufficio dello sceriffo della Contea di Collier, qui in Florida.»

«Ufficio dello sceriffo? Di cosa si tratta?»

«Non sono autorizzato a divulgare informazioni su un'indagine in corso, ma stiamo lavorando a un caso e avrei un paio di domande veloci da farLe.»

«Non capisco perché stia chiamando me.»

«Non c'è nulla di cui preoccuparsi. Questa è una

semplice indagine di background. Non è Lei l'oggetto dell'indagine.»

«Non lo pensavo. Non ho fatto niente.»

«Esatto. Dunque, Lei ha quarantanove anni ed è divorziato, giusto?»

«Corretto.»

«Come si chiamano le Sue sorelle e i Suoi fratelli?»

«Mia sorella si chiama Angela, ma non ho fratelli.»

«Dove vive? In Florida?»

«Non più. È in South Carolina.»

«Dove viveva in Florida?»

«Stava vicino a mia figlia, a Cape Coral. Affittava nella stessa comunità, ma poi ha conosciuto un uomo di Gaston e si è trasferita lì.»

«Cape Coral è carina. Sua figlia è ancora lì?»

«Sì, è andata al Gulf Coast College e ha trovato lavoro dopo la laurea.»

«Bene. Mia figlia va all'università, ma non sa cosa vuole fare. E la Sua?»

«Lavora per un posto che si chiama Karma and Coconuts.»

Era uno scherzo? «Di cosa si occupano?»

«Un po' di tutto. Tengono corsi d'arte e vendono le opere di artisti locali, e hanno un'ampia sezione di cristalli e pietre.»

«Wow. Anch'io mi interesso di argomenti metafisici. Come si chiama? Ci vado spesso. Chiederò di lei quando farò un salto a vedere cosa hanno.»

«Karen. A me non interessano e, a essere onesto, penso che siano stati soldi della retta sprecati. Ma sa una cosa? È felice.»

«È l'unica cosa che conta.»

«Proprio vero.»

«Stia bene, signore. Mi scusi per il disturbo.»

Riattaccai mentre lui diceva: «Nessun problema.»

Derrick era ancora al telefono. Inserii Karen Hatch nel database. Era stata arrestata cinque anni prima. L'accusa era di porto d'armi abusivo.

57

RECUPERAI LA FOTO SEGNALETICA DI KAREN HATCH. AVEVA pianto e sembrava spaventata. Cosa ci faceva con una pistola nella borsetta senza porto d'armi? La Hatch riempiva bene la tuta arancione ed era alta poco meno di un metro e ottanta. Non avrebbe avuto problemi a sopraffare o a spostare le vittime.

Ma qual era il nesso? Perché proprio loro? Controllai i veicoli registrati a suo nome. Non possedeva una Honda bianca né una MINI Cooper. Guidava una Chevy Tahoe rossa.

Derrick stava terminando la telefonata. Mi misi davanti alla sua scrivania mentre riagganciava. «La Hatch ha una figlia che vive a Cape Coral. Lavora in un posto chiamato Karma and Coconuts».

«Che razza di nome è?»

«È un negozio di articoli metafisici».

«Non riesco a credere a quanto sia popolare quella roba».

«Già. E non solo, è stata arrestata per porto d'armi abusivo».

«Accidenti. Non l'ha mai usata?»

«Non secondo il rapporto d'arresto. Adesso è il nostro obiettivo principale. Tu cos'hai scoperto sulla Shea?»

«Ha una sorella che vive a Staten Island. Ma non si parlano da anni; non la finiva più di raccontare di come Karen se n'era andata quando la madre si era ammalata di cancro, lasciandola da sola a prendersene cura».

«Non è mai facile. Dobbiamo rintracciarla».

«Ci sto lavorando. Ho controllato sul portale della motorizzazione di New York, ma niente su una certa Rachel Shea».

«Potrebbe essersi sposata».

«Ho controllato i registri dei cambi di nome mentre quella sproloquiava».

«Stai diventando troppo bravo per dovermi ancora fare rapporto».

«Ma che dici, figurati».

«Controlla nel New Jersey. Mi sembra che metà della gente del Jersey venga da Staten Island».

«Lo farò».

«Dacci un'occhiata quando torniamo. Dobbiamo parlare con Karen Hatch».

Prendemmo l'interstatale verso nord, uscendo a Cape Coral. Era da un po' che non venivo in una delle città con la crescita più rapida del Paese. «Sai, ormai qui ci vivono più di duecentomila persone».

«È proprio sul Golfo del Messico. Ottimo se ami andare in barca».

«Cape Coral ha più acque navigabili di qualsiasi altro posto del pianeta».

«Davvero?»

«L'ho letto in un opuscolo di un'agenzia immobiliare. Le case costano meno che a Naples, ma più che a Fort Myers».

«È tutta una questione d'acqua».

«A proposito d'acqua», dissi, indicando il Sun Splash Family Waterpark mentre ci passavamo davanti, «ci abbiamo portato Jessie, un centinaio di anni fa».

«Ne vale la pena?»

«Certo. Hanno un grande lazy river e un sacco di scivoli d'acqua. Ma aspetta che Emma abbia circa otto anni».

«Dopo essere andato a Disney prima ancora che Emma sapesse camminare, non farò di nuovo lo stesso errore».

«Eccoci arrivati».

«Non sapevo cosa aspettarmi, ma non questo».

Parcheggiai davanti a un edificio giallo sbiadito fino a diventare quasi bianco. Un'insegna blu e verde dipinta a mano poneva l'accento sulla parola Karma. «Uscirai di qui da credente».

Derrick sbuffò. «Immagino non si possa mai sapere».

«Amen».

Quando aprimmo la porta, si sentì un rumore pulsante, intervallato da folate di vento. Mi fece pensare a un film di fantascienza. Derrick mi guardò e fece spallucce. Il mio sguardo fu attratto dal dipinto di un dente di leone giallo. Da bambini ci esprimevamo desideri.

Una donna alta, che supposi fosse Karen Hatch, spuntò da dietro un espositore. «Benvenuti. State passando una splendida giornata?»

«Sì. Lei è Karen Hatch, giusto?»

Lei sorrise. «Sì. Ci siamo già conosciuti? Forse in un'altra vita?»

Se aveva fatto ciò di cui la sospettavamo, la reincarnazione era la sua unica speranza di rivedere il cielo. «Suo padre mi ha detto che lavora qui».

«Ah. Come sta Tony?»

Chiamare il proprio padre per nome, se non ci si lavorava insieme, era una cosa inaccettabile secondo me. «Sembra che stia bene. Dobbiamo farle un paio di domande».

«Certo. Ma prima, dovreste sapere che qui è tutto fatto a mano da artisti locali…»

«Non riguarda il negozio. Parliamone fuori».

Aggrottò le sopracciglia. Guardò oltre le nostre spalle. «Sono confusa… ma certo».

Derrick e io ci mettemmo gli occhiali da sole, e una Hatch socchiuse gli occhi, voltando le spalle al sole. «Signorina Hatch, siamo dell'ufficio dello sceriffo della Contea di Collier».

Si sporse all'indietro. «Tony sta bene?»

Era la reazione giusta, ma il killer della riserva era un professionista di prim'ordine. «Sta bene. Va spesso a Naples?»

«Non direi spesso. Ogni tanto, quando lo spirito mi chiama».

«Chi conosce lì?»

«Un sacco di anime. Perché tutte queste domande?»

«Lei possiede dei tarocchi, giusto?»

«Diversi mazzi. Sono, tipo, una finestra sul futuro».

Aveva forse visto la prigione nel suo futuro? «Li usa per inviare messaggi?»

«A volte ne mando uno a un amico che è giù di morale, per ricordargli che questa vita è temporanea. È desolante quante persone dimentichino che siamo in un viaggio da una dimensione all'altra».

Avevo i miei dubbi, ma non mi avrebbe impedito di sperare che sapesse qualcosa che io non sapevo. «È stata arrestata per porto d'armi abusivo, senza permesso».

Si acciglò. «Quello è stato prima della mia illuminazione. Vivevo nella paura e credevo stupidamente di poter controllare gli eventi».

Stava forse lanciando una frecciatina alle forze dell'ordine? «Di cosa aveva paura?»

«La società ti programma per vivere nella paura. Abbiamo paura l'uno dell'altro, del futuro. Dovremmo accogliere ogni giorno così come si presenta».

O la Hatch ci credeva davvero, o era un'attrice che aveva provato la sua parte. «Sarebbe disposta a fornire volontariamente un campione del suo DNA?»

Incrociò le braccia ma non disse nulla. Riuscivo a vedere le rotelle che giravano nella sua testa mentre dicevo: «Possiamo farlo qui; è un semplice tampone».

«Non so…»

Derrick finalmente parlò. «Dovremo portarla in centrale, Frank».

«In una stazione di polizia?»

«Esatto. E dovremo portarla a Collier».

«Ok, ve lo do».

Derrick le fece due tamponi e ce ne andammo. Di nuovo in macchina, dissi: «Chiama la Contea di Lee, dì loro di tenere d'occhio la Hatch. Dì loro che resteremo finché non arriva una macchina».

«Pensi che scapperà?»

«Non mi è piaciuto il suo comportamento. Era troppo composta per i miei gusti».

«O è una ciarlatana o era sotto l'effetto di qualcosa».

Dopo che Derrick ha chiamato la polizia locale, abbiamo

spostato la macchina di un isolato e ci siamo messi a sorvegliare il negozio. Stavo scrivendo a Mary Ann quando Derrick ha detto: «Hatch è appena uscita dalla porta laterale».

Hatch ha guardato in entrambe le direzioni e ha tirato fuori il cellulare. È stata una telefonata breve. Si è messa in tasca il cellulare ed è rientrata. Poteva non essere niente, ma il suo linguaggio del corpo diceva altro.

58

UN TUONO MI FECE TRASALIRE MENTRE MI INFILAVO DIETRO la scrivania. C'era il sole, ma stava per piovere. Derrick stava andando a consegnare il DNA di Hatch e a compilare i documenti necessari per la prova. Controllai l'appunto che aveva preso su Shea. Rachel Shea era la sorella con cui non aveva più rapporti.

Essendo figlio unico, non capivo come dei fratelli potessero arrivare al punto di non parlarsi più. Inserii il nome di Rachel Shea nel portale del Jersey e trovai una corrispondenza: Rachel Theresa Shea. Il suo indirizzo era a Lavallette.

Una cittadina sulla costa del Jersey, la cui popolazione aumentava a dismisura durante l'estate. Cercai un numero e trovai una linea fissa. Squillò cinque volte. Stavo per riagganciare quando qualcuno rispose.

«Pronto?»

«Parlo con Rachel Shea?»

«No. È al lavoro.»

«Dove?»

«Chi parla?»

«Sono il detective Luca, dell'ufficio dello sceriffo della Contea di Collier.»

«Oh, no. È successo qualcosa al suo appartamento?»

Balzai in piedi. «Non esattamente. Ma ne possiede uno qui da noi, giusto?»

«Sì, ce l'ha da una vita.»

«Beh, potrebbe non essere nulla, ma sembra ci sia un possibile tentativo di frode e vorrei parlarle.»

«Cos'è successo?»

«Non posso proprio dirlo, signora. Potrebbe dirmi il suo nome e che rapporto ha con la signorina Shea?»

«Cathy Garibaldi. Io e Rachel siamo amiche da una vita. Sto da lei da quando mi sono operata all'anca. Senza di lei sarei dovuta andare in un centro di riabilitazione.»

«Molto gentile da parte sua.»

«Sì. Parto oggi. Rachel è la migliore, un vero angelo.»

Che Shea avesse trovato un modo per compensare i suoi istinti omicidi? «È quello che ho sentito dire. Allora, qual è il suo numero di cellulare?»

La ringraziai e mi rimisi a sedere. Dovevo giocarmi bene questa carta. Lavallette si trovava nella Contea di Ocean. Era passato un po' di tempo da quando lavoravo nella vicina Contea di Monmouth, ma avevo ancora degli amici. Stavo pensando di chiedere un favore, quando Derrick rientrò. Era la cassa di risonanza perfetta.

«Abbiamo la pista più calda da molto tempo.»

Sollevò le sopracciglia. «Che abbiamo?»

«Ho rintracciato la sorella di Shea nel Jersey, non le ho ancora parlato, ma indovina dove ha una seconda casa?» Era vero, si finisce per assomigliare alla persona con cui si passa il tempo.

«A Naples?»

«Bingo. Ha un appartamento.»

«Dove?»

«Ho fatto finta di sapere dove fosse per avere il numero di Shea. Non ho avuto il tempo di controllare i registri catastali.»

Derrick si sedette alla sua scrivania. «Ci penso io.» Mentre picchiettava sulla tastiera, chiese: «Ha precedenti?»

«Niente che io sia riuscito a trovare.»

«Spiegami di nuovo, in che modo questo legame di parentela la rende una sospettata?»

«Sua sorella era sulla lista, corrispondeva a metà dei marcatori critici. Ciò significa che non era lei, ma poteva essere una sua parente stretta.»

«Ok, ma potrebbe essere chiunque sia imparentato con lei.»

«Sì, ma avere una casa da queste parti ha fatto suonare un campanello d'allarme.»

«Lei e una marea di altri abitanti del nord.»

«Senza dubbio uno tsunami di persone si è trasferito qui negli ultimi due anni.»

«Ha una casa a Bridgewater Bay, in Wind Song Court.»

«È dalle parti di Livingston, vicino a Orange Blossom.»

«Già. Sai, se fa la spola, sarà facile controllare se era qui quando sono avvenuti gli omicidi.»

«Esatto. Ma non voglio spaventarla. Se è lei e la chiamiamo per farle delle domande, potrebbe darsela a gambe.»

«Possiamo indagare un po', chiedere ai suoi vicini quando è stata qui, vedere se le date coincidono con quelle degli omicidi.»

«Stavo pensando la stessa cosa, ma dobbiamo stare attenti. Se qualcuno la chiama, chissà cosa potrebbe fare.»

«Cosa vuoi fare?»

«Ho dei contatti lassù.»

«Giusto. Lavoravi da quelle parti.»

Il mio cellulare squillò. La chiamata arrivava da un numero sconosciuto. «Pronto.»

«Sono il detective Luca. Parla il capitano Ruiz del dipartimento dello sceriffo della Contea di Lee.»

«Salve, cosa succede?»

«Temo che abbiamo perso le tracce di Hatch.»

«Come è potuto succedere?»

«L'hanno seguita fino a casa e l'agente ha pensato di avere il tempo di andare in bagno. Aveva mangiato dei tacos andati a male e gli è venuta la diarrea. Ha detto di essersi assentato al massimo dieci minuti e lei era sparita.»

Inspirai, dicendomi di mantenere la calma. «Se n'è andata a piedi o...»

«La sua auto non c'era più. Abbiamo diramato un avviso di ricerca. La rintracceremo.»

«Mi faccia sapere non appena l'avrete avvistata.»

Riagganciai. «Hatch ci è sfuggita.»

«Stai scherzando? Com'è successo?»

Glielo raccontai e aggiunsi: «Lasciamo che la Contea di Lee faccia il suo lavoro e noi indaghiamo su Shea.»

«Come vuoi procedere?»

«Controlla con Bridgewater. Hanno un cancello, quindi devono avere dei registri. Tutte queste comunità vogliono sapere che auto hai. Se ha un'auto, possiamo controllare l'attività del transponder.»

«Mi piace.»

«Ma devi andarci cauto. Di' loro che stiamo indagando su una banda che vende immatricolazioni e patenti false. Di' che abbiamo fermato una coppia che usava l'indirizzo di

Shea. Prendi altri due nomi dai registri catastali e usali come copertura.»

«Subdolo ma efficace.»

«Voglio prendere quel bastardo.»

«Amen. Prenderò due nomi e andrò a Bridgewater. È una cosa da fare di persona.»

Mentre Derrick se ne andava, il telefono della scrivania squillò. «Grazie.»

«Luca.»

«Frank, sono Gesso. Dreman è appena arrivata al Days Inn.»

«Non dirmi che si sta prendendo una vacanza.»

«Potrebbe, ma sembra che abbia preso solo una borsa da viaggio dall'auto. Il resto dei bagagli è ancora nel bagagliaio.»

«Se potete permettervi gli uomini, vorrei che continuaste a tenerla d'occhio. Vedete se incontra qualcuno o se va da qualche parte.»

«Abbiamo un sacco di uomini fuori, ma Remin ha detto che hai carta bianca.»

———

JESSIE ERA APPENA TORNATA A CASA. Era stata all'Università di Miami per accumulare crediti universitari prima di iniziare il suo primo anno. Ne ero orgoglioso, ma i duemilatrecento dollari a credito erano una bella sfida. Non volevo che contraesse prestiti studenteschi. Sapevo l'importanza di avere un interesse personale, ma Jessie aveva più grinta di un concessionario d'auto.

Avevo attinto ad alcuni dei nostri risparmi per pagare i farmaci sperimentali di Mary Ann, ma per quanto fossi incazzato, ero grato che stessero funzionando. Lavorare fino a settant'anni era una realtà che avrei potuto dover affrontare, anche se sarebbe stato nella sicurezza privata.

Chiusi la porta del garage ed entrai. Mary Ann e Jessie chiacchieravano come due liceali.

«Ehi, piccolina. Come sta la mia bambina?»

«Papà! Pensavo che fossi al lavoro.»

L'avvolsi in un abbraccio. «È vero, ma è passato troppo tempo. Com'è andato il viaggio?»

«Tranquillo. Io e Melissa ci siamo date il cambio.»

«È bello riaverti a casa.»

Lei sorrise. «Mi siete mancati entrambi.»

Mary Ann aveva un sorriso da vincitrice della lotteria e, vi dirò, valeva più di tutti i soldi del mondo. «Alla mamma sei mancata, ma a me, be', non dispiaceva affatto avere la casa silenziosa.»

«Ehi!»

Le diedi un bacio sulla testa. I suoi capelli profumavano di lavanda. Mary Ann propose: «Perché non usciamo stasera?»

Mentre rispondevo «Certo», il mio cellulare squillò. Era Derrick. «Shea era in città per gli omicidi di Wright e Bigham.»

SENZA TITOLO

"http://www.w3.org/TR/xhtml11/DTD/xhtml11.dtd">

59

DOPO ESSERMI SCUSATO CON LE MIE RAGAZZE, MI DIRESSI all'incontro con lo sceriffo Remin. Qual era il modo giusto di gestire la situazione? Se avessi chiesto alle autorità del New Jersey di intervenire e fosse emerso che Shea era il killer della riserva, lei avrebbe potuto rifiutarsi di venire in Florida.

Saremmo rimasti bloccati in un'aula di tribunale nel tentativo di estradarla in Florida. Mi fidavo dei miei fratelli in divisa, ma non del sistema giudiziario del New Jersey. Era un disastro dieci anni fa e da allora si era solo indebolito, offrendo più diritti ai criminali che alle vittime che prendevano di mira.

Remin era il relatore principale a un evento organizzato dalla St. Matthew's House. Passai in auto davanti all'Alice Sweetwater's, dove aveva lavorato la prima vittima, Melissa Wright. Ciò rafforzò la mia determinazione. Le circostanze erano difficili, ma speravo che, se avessi tenuto duro, questo caso non avrebbe macchiato la mia reputazione.

Entrai nel parcheggio del Lulu's Kitchen. La St. Matthew's House aveva costruito la struttura per aiutare a dare da mangiare ai suoi residenti. Mandai un messaggio a Remin, che uscì un minuto dopo. La giacca blu scuro e la cravatta rossa si addicevano al politico che si nascondeva sotto la superficie.

«Mi scusi, signore.»

«Non c'è bisogno di scusarsi. Niente è importante quanto questo caso.»

«Grazie. Cercavo un consiglio su come gestire Rachel Shea. Sappiamo che si trovava nel suo appartamento di Naples durante il periodo di almeno due degli omicidi. La mia preoccupazione è allertarla e finire in un pasticcio con l'estradizione.»

«Se è lei, a me va bene toglierla dalla circolazione. Prima o poi la faremo scendere qui per affrontare la giustizia.»

«Lo so, ma stavo cercando un modo per farla venire qui volontariamente.»

Remin sorrise. «Lei lo vuole bello e impacchettato.»

Feci spallucce. «Direi di sì. Abbiamo detto alla sua amica che c'era una rete di truffe alla motorizzazione che usava indirizzi di Bridgewater.»

«Perché non va lassù? Ci parli, veda come se la gioca.»

«Ci serve il suo DNA. Se corrisponde al sangue sui pantaloni di Trent, abbiamo il nostro assassino.»

«Sì, ma ai procuratori servirà ben altro.»

«Me ne rendo conto. Se è Shea, una volta che scaveremo a fondo, raccoglieremo prove a sostegno.»

«Allora vada lassù e veda dove la porta.»

Seduto in macchina, controllai i voli. Ce n'era uno alle sei e mezza del mattino. Era presto, ma non sarei riuscito a

dormire con quella faccenda in sospeso. Dopo aver preno-
tato volo e auto, dissi a Mary Ann che sarei andato nel New
Jersey per quello che speravo fosse solo un giorno.

60

Percorrendo la Route 35, la strada si restringeva a una sola corsia per senso di marcia. Accesi lo sbrinatore del parabrezza e rallentai. Svoltai in Brown Avenue. Era una via breve che portava all'oceano. La casa di Shea era più un bungalow che un'abitazione vera e propria.

Accostai dietro al SUV nel vialetto di ghiaia. Uscendo a fatica dalla macchina, per poco non rovesciai un bidone della spazzatura sul ciglio della strada.

Un rosario pendeva dallo specchietto retrovisore del SUV nero. Diedi una sbirciata all'interno, ma non notai nulla di particolare. Mentre una folata di vento mi travolgeva, mi strinsi nel cappotto e suonai il campanello.

Vestita con un maglione di lana rosa, la Shea era identica alla foto della patente. Tirai fuori il distintivo e mi presentai. «Entra. C'è vento là fuori.»

«Grazie.»

«Non posso credere che tu sia venuto fin quassù per vedermi.»

Un grande quadro della Beata Vergine dominava il soggiorno. «Prendiamo sul serio le frodi, Rachel.»

«Rachel. Per favore, chiamami Rachel.»

Sembrava una persona con i piedi per terra. «D'accordo, Rachel.»

«Sediamoci in cucina.»

Aveva un frigorifero a mezza altezza, un lavandino piccolo e un grande quadro di Madre Teresa. Raccolse in fretta un quotidiano *Christian Monitor* e lo mise sul bancone. Era una donna di chiesa.

«Stiamo indagando su questa rete della Motorizzazione…»

«Me l'ha detto Cathy. È una cosa deludente. Ma non devo preoccuparmi, vero? Voglio dire, stanno usando solo il mio indirizzo.»

«Non hai nulla di cui preoccuparti.»

«Non capisco perché tu sia venuto fin quassù, con questo tempo, per parlare con me.»

Non era facile mentire con Madre Teresa che mi fissava. «Ho dei parenti in zona ed è bene essere scrupolosi.»

«Oh, ottima scusa per venire fin qui, ma nel periodo sbagliato dell'anno.»

Sorrisi. «Proprio così. Vai spesso a Naples?»

«Il più possibile. Almeno quattro mesi all'anno. Vorrei andarci a tempo pieno, ma non posso lasciare Ocean of Love. Non vorrei sembrare presuntuosa, ma senza di me non vedo come possano andare avanti.»

«Cos'è Ocean of Love?»

«Un'associazione benefica per bambini malati di cancro. Dopo la morte di mio marito, ho deciso di dedicare il mio tempo ad aiutare gli altri.»

«Mi dispiace. Hai figli?»

«Non ne ho di miei. Ma ne ho tanti a Ocean.»

«È gentile da parte tua. Quindi, lavori lì?»

«Sì, ma dono il mio stipendio. Voglio dire, quale uso migliore dei miei soldi se non aiutare i bambini malati e le loro famiglie?»

Mi ero forse imbattuto in una santa? «Ti fa onore. Sono fortunati ad averti.»

«Oh, non saprei. La verità è che ci guadagno più io di loro.» Sorrise.

«Lo immagino.»

«Allora, come posso aiutare l'ufficio dello sceriffo?»

«Potrà sembrare una pazzia, ma usi i tarocchi?»

«I tarocchi? Quello è paganesimo» sbuffò lei. «Se vuoi cambiare le cose, investi il tuo tempo nella preghiera.»

Era una persona estremamente pratica. Il mio radar per le cazzate non aveva captato il minimo segnale. «Posso usare il bagno?»

«Certo.» Indicò. «È proprio lì.»

Chiusi la porta alle mie spalle e spostai delicatamente di lato la tenda della doccia. C'era un solo flacone di shampoo e una conchiglia con un rasoio rosa nuovo. Uno spazzolino solitario stava in un bicchiere sul mobiletto. Aprii l'armadietto dei medicinali. Non c'era niente di interessante, e neanche nell'armadio della biancheria.

Dopo aver contato fino a trenta, tirai lo sciacquone e mi lavai le mani. Non pensavo neanche per un minuto che quella donna fosse un'assassina. Non l'avrei turbata per nessun motivo puntandole il dito contro.

Feci un paio di domande diversive sui suoi vicini della Florida e la cosa sembrò funzionare. Qualunque scaltrezza avesse, il maltempo doveva averla mandata in letargo. Uscii e scossi la testa; stava nevischiando.

Avviandomi verso la macchina, il mio sguardo si posò sul bidone della spazzatura. Esaminai con lo sguardo la strada. Voltandomi a guardare la casa di Shea, indossai un guanto e sollevai il coperchio del bidone. In fretta e furia, feci un buco in un sacco di plastica e ci rovistai dentro. Un altro rasoio rosa, lo stesso che usava Mary Ann. Lo imbustai e saltai in macchina.

Trovare un po' di privacy all'aeroporto di Newark era impossibile. Mi fermai in un corridoio e chiamai Derrick. Dopo avergli detto che la Shea sarebbe stata l'assassina più improbabile della mia carriera, aggiunsi: «Dobbiamo scorrere la lista dei contatti familiari. La persona che cerchiamo deve essere imparentata con uno di loro.»

«Ho già iniziato a controllarli. C'è un tizio, Brent Turley, che è interessante. È nato a Tampa e ha cinque figli.»

«Non molta gente ne ha così tanti di questi tempi. In che fascia d'età sono?»

«Dai ventiquattro ai trentadue anni. E indovina un po'?»

In attesa del volo, evitai di fare il sarcastico. «Cosa?»

«Sono tutte femmine.»

«Chissà se la donna che cerchiamo è una di loro.»

«È probabile.»

Mentre dicevo: «Forse», il mio cellulare squillò. «Ehi, ti richiamo; è quel giornalista che l'assassino ha contattato.»

Cambiai chiamata. «Detective Luca.»

«Salve, detective. Indovini chi ha appena chiamato?»

«Il presunto assassino?»

«Sì, signore. Ha detto: 'Luca dovrebbe smettere di sprecare il suo tempo. Siamo noi che stiamo ottenendo giustizia'.»

«Hanno detto 'noi'?»

«Sì. Ho scritto quello che ho sentito. È stata una telefonata veloce.»

Sentii l'annuncio del mio volo dall'altoparlante. «Stanno chiamando il mio volo.» Avviandomi verso il gate, chiesi se ci fosse qualcosa di rivelatore su chi e da dove fosse stata fatta la chiamata, ma mi fu detto che il modus operandi era lo stesso.

Mentre l'aereo rullava sulla pista, mi concentrai sui tre elementi emersi dalla chiamata: l'uso della parola noi, il suggerimento di interrompere le indagini e il fatto che stessero ottenendo giustizia.

"Noi" poteva significare che avevamo a che fare con una sorta di cospirazione. O lo stavano usando in senso lato, come la gente usa "loro"? I miei pensieri si spostarono sull'assassino. Far sembrare che fossero coinvolte più persone rafforzava il fatto che si trattasse di un avversario formidabile.

Oppure poteva essere che ci stavamo avvicinando e stessero cercando di distrarci. Questo si collegava all'affermazione di "smettere di indagare". Era un bel pensiero, ma per quanto ne sapessi, non eravamo vicini a risolvere il caso. Cosa mi stava sfuggendo?

Erano stati Dreman o Addison? Il DNA non corrispondeva, ma il sangue era stato messo lì come depistaggio? Non ci eravamo concentrati sulla possibilità che l'assassino fosse qualcuno con accesso a una scorta di sangue. Più ci pensavo, più questa pista diventava solida. Dovevamo raddoppiare gli sforzi per trovare il collegamento.

L'accenno al fatto che stessero compiendo un atto di giustizia poteva rivelare il movente e aiutarci a definire il profilo dell'assassino. La vendetta aveva spinto molti a uccidere, ma qual era il torto subito? Avevamo indagato sulla pista dell'amore respinto, ma non eravamo riusciti a scoprire nulla.

Poteva trattarsi di imbarazzo, umiliazione o invidia? Mi ricordai di un corso che avevo seguito al John Jay College. Una psicologa sosteneva che le persone sadiche erano più propense a cercare vendetta. La cosa aveva senso, ma ricordavo che si era dilungata sul fatto che ci fosse una dimensione culturale nella predisposizione delle persone alla vendetta.

Stavamo forse cercando un immigrato recente?

61

Ero in piedi di fronte a un paio di foto che avevamo appuntato su una bacheca di sughero. Io e Derrick ci stavamo occupando delle figlie dei Turley, e dato che due di loro prestavano servizio all'estero e un'altra viveva in Asia, ci erano rimaste Ann Marie e Joan.

Bionda e la più giovane, Ann Marie si era stabilita nel New Hampshire dopo il college. Dissi: «Non so cosa significhi, ma è più che interessante che facesse parte della squadra di scherma del Boston College. E la carta dei Tarocchi aveva delle spade».

«Lo so. Sa come maneggiare un'arma. Scommetto che sa un sacco di cose sul torso umano».

«E dove pugnalare qualcuno per ucciderlo».

«Esatto. Le vittime sono state pugnalate tre volte. Tutte nella stessa zona».

«Mi chiedo se il numero di coltellate abbia qualche significato».

«Forse c'è un collegamento con la scherma, ma non riesco a immaginarmi che sia lei; è troppo giovane».

«Non proprio. La maggior parte dei serial killer miete la prima vittima quando è sulla ventina».

«Vado a vedere cosa trovo su internet riguardo alla scherma e al numero tre».

«Fai pure». Fissando la foto della figlia maggiore, cercai di decifrare i suoi occhi color nocciola.

«Porca miseria. Senti qua. La scherma è uno dei tre sport di combattimento. Ci sono tre persone coinvolte: due schermidori e un arbitro. E ci sono tre discipline nella scherma moderna: il fioretto, la spada e la sciabola».

«Queste ultime sono spade?»

«Sì».

«Ma Bilotti ha detto che è stato usato lo stesso coltello per ogni ferita».

«Forse è qualcosa di simbolico».

«Controlla i suoi spostamenti; vedi se era qui quando sono avvenuti gli omicidi. Io mi occupo di Joan».

«Era qui almeno una di quelle sere. Il rapporto sul rilevamento del cellulare la colloca in un incidente sull'interstatale, poco a sud di Tampa, il giorno in cui il dottor Bigham è stato assassinato».

«Perché era qui?»

«Non ho trovato prove che possieda qualcosa qui. Ma così tante persone affittano, non significa nulla».

«Vado a recuperare il verbale dell'incidente».

Il suo indirizzo risultava essere 11435 Palmetto Court, Apt 3B, a Clearwater. «È una floridiana, vive su a Clearwater».

A parte questo, la registrazione del tamponamento era banale come il sole che splende a Naples. Joan Turley stava viaggiando verso sud, da sola, su una Toyota argentata, quando un'auto piena di adolescenti l'aveva tamponata. Misi da parte la mia supposizione che il veicolo che aveva colpito la Turley fosse carico di distrazioni a base di testosterone e presi il telefono.

«Joan Turley?»

«Sì, chi parla?»

Resi la mia voce più profonda. «Detective Kenner della Polizia Stradale della Florida».

«C'è qualcosa che non va?»

Era una frase contorta che usavano tutti. «Lei è stata coinvolta in un incidente stradale sulla Route 75...»

«Sì, con quei ragazzi. Le dirò...»

«È proprio per questo che la chiamo, signora. Vede, il conducente è stato coinvolto in un altro incidente».

«Non mi sorprende».

«Qual era la sua destinazione?»

«Marco Island. Ann Marie, la mia sorellina, ha affittato una casa sul mare per due mesi. Sono dovuta tornare per un appuntamento con il mio oncologo, ma sono subito tornata giù».

«Spero sia andato bene».

«Sì. Nemmeno l'incidente mi ha turbata. Voglio dire, ero furiosa che quel cretino mi avesse tamponata, ma dopo il cancro non mi fisso più sulle piccolezze».

Caspita, se solo potessi dire lo stesso. Ha funzionato per un po', ma mi ritrovo a fumare di rabbia quando la persona davanti a me chiacchiera con il cassiere, e quando arriva il momento di pagare, deve tirare fuori il libretto degli assegni. «È un buon proposito».

«Bisogna lasciarsi trasportare dalla corrente. Urli nel cuscino, se serve».

«Giusto. È ancora a Marco?»

«Sì. Abbiamo altri sei giorni. È stato divertente passare di nuovo del tempo con Ann Marie».

Forse la sua rabbia repressa sfociava in attacchi omicidi. Avevo un sacco di domande per lei, ma non potevo porgliele fingendomi un agente della Polizia Stradale della Florida. «Se lo goda. Mia moglie e io stiamo pensando di prenderci un weekend lungo. È carino il posto dove alloggia?»

«Sì. Si chiama Tradewinds. Dovrebbe darci un'occhiata. Se le piace la spiaggia, non la frequenta quasi nessuno. Noi ci andiamo tutti i giorni».

«Grazie. Senta, mi lasci chiedere una cosa: il conducente dell'auto le è sembrato sotto l'effetto di qualche sostanza?»

«Non che io abbia notato».

«Crede che sia stato intenzionale?»

«Che mi siano venuti addosso di proposito?»

«Si sorprenderebbe di cosa fanno gli adolescenti di oggi per divertirsi».

«È da pazzi».

No, da pazzi era uccidere le persone e metterle in posa. «Se avessi tempo, le farei girare la testa con le cose che ho visto».

La mia testa girava mentre riattaccavo. «Dobbiamo concentrarci su entrambe le sorelle Turley».

«Cosa hai scoperto?»

Lo aggiornai. «Potrebbero essere d'accordo».

«L'idea di più di un assassino aleggia su questo caso da un po'. Riesci a immaginare che festa farebbe la stampa con le 'Sorelle Killer'?»

«Dobbiamo puntare dritti al DNA. Non abbiamo più tempo per le indagini sul campo».

«Okay. Cosa devo fare?»

«Alloggiano al Tradewinds a Marco. Ho bisogno che tu raccolga il loro DNA».

Lui annuì. «Non posso prenderlo il giorno della raccolta differenziata, ma mi inventerò qualcosa».

«Vanno in spiaggia tutti i giorni. Portati il costume da bagno e sii creativo».

«Ho le infradito in macchina».

Sorrisi. «Mentre affondi i piedi nella sabbia, io vado da Remin. Mi è venuta un'idea».

62

Ero in piedi davanti alla scrivania dello sceriffo. «Ha detto di chiedere qualsiasi cosa mi servisse. Quell'offerta è ancora valida?»

Gli occhi di Remin scrutarono il mio volto. Non mi aspettavo un sì immediato, e infatti non arrivò. «Considero mio dovere sostenere le necessità dell'intero dipartimento. Cosa stai chiedendo, di preciso?»

«La chiave per risolvere il caso è il DNA. Stiamo lavorando sui riscontri familiari e ci arriveremo, ma ci vorrà del tempo.»

Remin si sporse in avanti. «Di quanti altri uomini hai bisogno? Posso fare del mio meglio, ma questa influenza sta colpendo tutti i dipartimenti.»

«Non è una questione di uomini, signore. Dobbiamo accelerare l'analisi dei campioni di DNA che ci servono rispetto a...»

«Il laboratorio è al corrente della priorità. Non posso semplicemente spostare personale lì; i tecnici di laboratorio sono altamente specializzati.»

«Capisco, signore. Sono grato di avere una nostra struttura.»

«I contribuenti di Collier apprezzano l'indipendenza. Ma abbiamo dei limiti.»

«Il Florida Department of Law Enforcement ha le risorse di cui abbiamo bisogno. Non possiamo chiedere al complesso di Fort Myers del tempo dedicato?»

«Sai che non funziona così. Vige la regola del 'primo arrivato, primo servito' e, come ogni laboratorio del Paese, ci sono un sacco di 'primi' prima di noi.»

«Lo capisco, ma non c'è un modo per saltare la fila? Questo caso è enorme e abbiamo bisogno di un piccolo aiuto.»

«Se coinvolgi un'agenzia statale, finirai a portarle il caffè. È questo che vuoi?»

«No, ma voglio che il caso sia risolto. Tutto quello che voglio è accelerare l'analisi di un paio di campioni. Dobbiamo arrivare a una soluzione prima di trovare un altro cadavere.»

«Possiamo chiamare i federali, ma perderemmo di sicuro il controllo.»

«Non abbiamo bisogno dei federali; dobbiamo solo fare un controllo incrociato su un paio di campioni. Non stiamo chiedendo la luna.»

«Ogni detective della Omicidi dello Stato vuole che il suo caso abbia la priorità.»

«Capisco, ma perché non dovremmo chiedere? Abbiamo un serial killer a piede libero. Non c'è un modo per farlo, uhm, in via informale?»

Scosse la testa. «Nessuno rischierà la propria carriera. Dobbiamo seguire i canali ufficiali. Ma questo potrebbe portarci a perdere il caso.»

«Le sarei grato se facesse la richiesta.»

«Sei sicuro? Una volta che la macchina si mette in moto, sarà difficile fermarla.»

«Apprezzerei il tentativo, signore.»

Annuì. «Lo farò. Il nostro laboratorio sta facendo del suo meglio. Stanno facendo tutti gli straordinari possibili.»

«Lo so, signore.»

«Non è rimasto niente nel budget per gli straordinari, ma vedrò se riesco in qualche modo a trovare dei fondi da spostare.»

Ogni sceriffo aveva un fondo nero. Gonfiavano il budget di un settore quando presentavano il bilancio annuale. Era un modo silenzioso per mettere da parte un po' di soldi. Sembrava una cosa terribile, ma forniva un modo per finanziare necessità impreviste.

«So che è difficile, signore, ma lo apprezzo.»

«Non farci conto.»

Sapeva esattamente quanto aveva a sua discrezione. La domanda era se il piccolo staff del laboratorio potesse fare più straordinari di quanti ne stesse già facendo.

———

CERCAI DI SCACCIARE LA MALINCONIA. Derrick era stato ingegnoso, offrendo dei ghiaccioli Push-Up alle sorelle Turley e raccogliendo gli involucri di plastica che si erano lasciate dietro. Avevamo il loro DNA ma dovevamo aspettare. Delle sorelle serial killer sembravano un'ipotesi azzardata, ma una serie TV intitolata *Killer Siblings* ne confermava la possibilità.

In questo limbo del DNA, avremmo dovuto seguire ogni pista, concentrandoci sulle persone che avevano accesso al sangue. Vorrei che potessimo chiedere aiuto alla gente. Fare un appello riguardo a una certa professione dava sempre dei risultati. La maggior parte inutili, ma a volte si trovavano dei diamanti.

Tuttavia, usare quello strumento avrebbe potuto spingere l'assassino ad agire, per dimostrare di avere il controllo. Era un rischio che non potevo correre.

Girando sulla sedia, afferrai il fascicolo dell'omicidio dalla credenza. Melissa Wright era la prima vittima. Se ci era sfuggito qualcosa, poteva essere stato all'inizio.

Mentre studiavo una foto della scena del crimine, Casey bussò alla porta. «Mi scusi se la disturbo, signore, ma potrei avere qualcosa.»

Spingendo di lato il fascicolo, dissi: «Cos'hai?»

«Si ricorda la donna che Hatch ha incontrato a Orlando?»

«Certo. Cosa c'è su di lei?»

«A quanto pare è la sua sorellastra. Stessa madre ma padri diversi, da qui il cognome Cardinal.»

Guardai la foto che mi porse. Uno sguardo cattivo e capelli neri corti, la donna aveva una cicatrice sopra il sopracciglio destro. «Vive a Orlando?»

«No, si sono solo incontrate lì. Cardinal vive a Punta Gorda.»

A un'ora di macchina. «Ha precedenti?»

«Non da adulta. C'è qualcosa nel sistema minorile, ma non riesco ad accedervi.»

«Ci servirebbe di più per convincere un giudice a rompere il segreto.» Il mio cellulare vibrò.

«È Remin. Lasciami parlare con lui. Ci vediamo nella sala riunioni.»

«Signore, come sta?»

«Temo di avere brutte notizie.»

«Cos'è successo?»

«Niente da fare per la priorità al laboratorio del FDLE.»

Anche se avevo forti dubbi, feci l'ottimista. «Ce la faremo.»

Riattaccando, fissai il telefono della scrivania. Dopo quattro squilli, risposi: «Detective Luca.»

«Frank, sono Geary del laboratorio.»

«Che succede?»

«Abbiamo una corrispondenza per il DNA trovato sulla gamba dei pantaloni di Trent.»

Saltai in piedi. «Chi è?»

«Rachel Shea.»

Il telefono mi cadde di mano. Appoggiai una mano sulla scrivania e lo raccolsi. «Sei sicuro che sia lei?»

«A meno che non abbia una gemella identica, la probabilità di errore è una su un miliardo.»

63

Spinsi la sedia lontano dalla scrivania e mi alzai.
Dovetti sforzarmi per fermare il flusso di pensieri e mettere
insieme un piano d'azione.

Rachel Shea era l'assassina? Non mi ero mai sbagliato
tanto in vita mia.

Mi aveva fregato come se fossi un pivello. Come avevo
potuto cascarci e credere che fosse troppo religiosa per
uccidere? Mi venne in mente l'immagine di Madre Teresa.

Provavo una profonda ammirazione per quella santa.
Nessuno aveva vissuto una vita così altruista. Shea era solo
una donna della Jersey Shore, che viveva in un bungalow
vicino alla spiaggia, non nei bassifondi di Calcutta. Battei un
pugno contro il muro.

«Tutto bene?»

Era Derrick. «No! Per niente».

«Stai calmo. Che succede? Qualcosa che riguarda Mary
Ann?»

L'idea che potesse andare peggio rese la cosa più facile
da accettare. «Il DNA della Shea corrisponde».

«Rachel Shea? Quella che hai visto nel Jersey?»

«Esatto. Ho fatto un casino».

Mi strinse una spalla. «Non hai fatto nessun casino, amico. Non è successo niente. Adesso ce l'abbiamo in pugno».

«È imbarazzante da morire».

«No, non lo è. Se non avessi preso il suo rasoio, non l'avremmo mai scoperto».

Mi ripresi. «Ho agito col pilota automatico. Non pensavo fosse lei».

«Insisti sempre sui fondamentali. Dovrebbero farne un caso di studio e aggiungerlo al programma dell'accademia».

«Okay, basta così. Avviso Remin, ma dobbiamo preparare il necessario per una denuncia penale e un mandato d'arresto».

«Vai, vai. Inizio subito. Di' allo sceriffo che abbiamo preso quella bastarda».

«Okay».

«Ehi, amico. Su col morale! L'abbiamo presa».

«Hai ragione. Torno subito».

———

REMIN SI BATTÉ LE MANI. «Fantastico! Ottimo lavoro, Frank. Qualcuno la sta tenendo d'occhio?»

«Non ancora. Volevo informarla e assicurarmi che...»

«Mettetela sotto sorveglianza. Hai ancora contatti lassù? Altrimenti, faccio io qualche telefonata».

«Me ne occupo io, signore».

«Bene. Dobbiamo preparare le scartoffie».

«Il detective Dickson ci sta già lavorando».

«Bene, bene. Assicurati che il mandato preveda l'estradizione».

«Sarà fatto, signore».

«Oh, questa è un'ottima notizia. L'opinione pubblica sarà sollevata sapendo che questa pazza non è più in circolazione».

«Non dovremmo ancora dire niente alla stampa, signore».

«D'accordo. Aspetteremo finché non sarà in custodia».

«Dobbiamo raccogliere prove a sostegno del DNA».

«I procuratori avranno bisogno di un movente, della possibilità e dell'opportunità, ma la prova del DNA è schiacciante. Non mente, Frank».

«Temo che possa essere invalidata. Era nella sua spazzatura e non ci sono prove che il rasoio fosse suo».

«Alla Shea faranno un altro tampone. E poi l'abbiamo rintracciata tramite la ricerca familiare».

«Lo so…»

«Di cosa ti preoccupi? C'è qualcosa che dovrei sapere?»

Non potevo dirgli che il mio orgoglio era stato travolto e che il mio istinto non valeva più di quello di un decenne che viveva in periferia. «Immagino sia solo la stanchezza che si fa sentire».

«Quando sarà tutto finito, prenditi due, anzi, tre settimane di ferie. Sgombra la mente, okay?»

«Grazie, signore».

«Vai a fare quella telefonata. Dobbiamo mettere la Shea sotto sorveglianza. Non voglio che sparisca nel nulla prima che abbiamo la possibilità di arrestarla».

Mi alzai. «Sissignore».

Remin si alzò e mi tese la mano. «Lavoro incredibile,

Frank. Da un detective della omicidi a un altro, mi hai fatto un'ottima impressione».

Il mio ego non reagì. Se non fosse stato il giorno della spazzatura, la Shea sarebbe sgattaiolata via. Feci la chiamata per la sorveglianza e, non appena ricevetti la conferma che la polizia di Lavallette aveva un'auto a sorvegliarla, andai a dire alla squadra che la caccia era finita.

Dopo una raffica di cinque alti, dissi: «Senza il vostro aiuto, non avremmo identificato la Shea. È stato un lavoro di squadra e mi congratulo con ognuno di voi. Ci aspettiamo un arresto non appena le pratiche saranno state presentate».

Scoppiò un applauso. Alzai le mani. «Sapete che gli avvocati di sopra lo vogliono con tanto di fiocco, quindi ci sono dei buchi da riempire. Prendetevi il resto della giornata libera. Inizieremo domani».

Dopo aver stretto la mano a tutti, mi diressi verso il parcheggio. Non provavo la solita euforia che precede un arresto importante. Questa era una vittoria, ma a un prezzo alto: la rivelazione che l'istinto su cui facevo affidamento per il novanta per cento dei miei casi risolti si era rammollito come la mia pancia.

Padre Tempo mi aveva portato via un altro pezzo. Di nuovo.

———

«FRANK? SEI TU?»

«Sì».

Mary Ann era sulla mia poltrona reclinabile a leggere qualcosa con delle verdure in copertina. Le diedi un bacio sulla guancia. «Non diventeremo vegani, vero?»

«No, ma ci sono così tante prove che una dieta a base vegetale faccia meglio».

«Mi conosci, a me basta la pasta con qualsiasi verdura. Come ti senti?»

«Bene. Come mai a casa?»

Dopo averla aggiornata sulla Shea, disse: «È fantastico».

Annuii.

«Che c'è che non va?»

«Niente».

«Non dirmi 'niente'. Cos'è successo?»

«Ero sicuro che non fosse lei. Per la prima volta, il mio istinto mi ha tradito, e non di poco».

«Ma hai avuto l'istinto di imbustare il rasoio. Se non l'avessi fatto, non avresti ottenuto il suo DNA».

«Sì, e se non fosse stato il giorno della spazzatura, l'avrebbe fatta franca.»

«Avevi visto il bidone della spazzatura prima di entrare in casa sua?»

«Sì, l'ho quasi rovesciato.»

«Sai una cosa? Credo che inconsciamente tu sapessi che era lì e che fosse diventato un piano di riserva.»

Era una cosa che la maggior parte delle persone si sarebbe detta. Suonava bene, ma sapevo che era una cazzata. «Forse hai ragione.» Non mi piaceva dire cose in cui non credevo. La realtà era che io avevo fallito, mentre tutti pensavano che avessi avuto successo.

Nella cultura di oggi, ottenere la vittoria era l'unica cosa che contava. Ma una delle poche cose che ricordavo mio padre mi avesse detto era che la persona a cui è più facile mentire sei tu stesso. Ero felice di avere l'assassina nel mirino, ma dovevo essere onesto.

64

Era un'altra mattinata da cartolina, ma il mio umore non si era ancora ripreso. Feci un giro fino a Vanderbilt Beach. Fissai il Golfo per un'ora per cercare di rimettermi in sesto prima di andare in ufficio.

Accesi il computer. Derrick disse: «Meno male che sei arrivato».

«Non fare lo spiritoso».

«Ehi, ha telefonato l'avvocato di Shea per te».

Mi porse un Post-it giallo con un numero. Si chiamava Marco Delmar. «Ha detto qualcosa?»

«Solo che è urgente che lo richiami».

«Certo che è importante. La sua cliente si farà l'ergastolo».

Digitai il numero mentre Derrick usciva. «Marco Delmar. Chi parla?»

L'accento di New York era inconfondibile. «Detective Luca, Ufficio dello Sceriffo della Contea di Collier».

«La ringrazio per avermi richiamato. Ho qualcosa che deve sapere».

«E sarebbe?»

«La mia cliente è innocente».

«Se la tenga per il tribunale, avvocato».

«Aspetti, la prego. La signorina Shea ha donato il suo midollo osseo per un trapianto».

«È stato un bel gesto da parte sua, ma non capisco cosa c'entri con il caso».

«È molto semplice: qualcuno ha il suo DNA».

«Mi scusi?»

«Non sono un medico, ma il ricevente del midollo donato dalla mia cliente è la persona che state cercando. Non è Rachel Shea. Lei è una parte innocente trascinata in questo casino».

«Sta dicendo che, poiché la signorina Shea ha donato il suo, uh, midollo osseo, non ha avuto nulla a che fare con gli omicidi?»

«La esorto a parlare con un esperto medico. Le dirà che la persona che ha ricevuto il midollo osseo della mia cliente ha anche il suo DNA».

«Questo non significa che non sia stata lei».

«Significa che un'altra persona, il vero assassino, deve essere identificata. Lo trovi, e si renderà conto che la mia cliente è innocente».

«È una teoria interessante, avvocato».

«Capisco il suo scetticismo, ma è un fatto medico, non uno stratagemma».

«Gliel'ha detto lei?»

«Sì. Ma il mio studio ha verificato. La mia cliente ha donato al Moffitt Cancer Center di Tampa, in Florida. Le invierò una liberatoria per consentire loro di condividere ciò che possono per confermarlo».

«E quando sarebbe avvenuto questo trapianto?»

«Tre anni fa. Il 14 giugno 2019 è la data dell'operazione. Mi rendo conto che sia una situazione insolita, ma le prometto che sarà in grado di corroborare ciò che le sto dicendo».

«Darò un'occhiata a questa faccenda».

«La ringrazio. Sembra bizzarro, ma i progressi della medicina presentano circostanze senza precedenti. Lo scenario sta cambiando».

«Nessuna promessa, avvocato».

Con la mente a mille, gettai la cornetta sulla scrivania. Che diavolo stava succedendo? Era possibile? Sembrava uno scenario da film di Hollywood. Inserii "trapianto di midollo osseo" nella barra di ricerca.

Iniziai a scorrere i risultati. Questa roba era fuori dalla mia portata. Afferrai la giacca e uscii.

Il dottor Bilotti aprì la porta. Era la prima volta che lo vedevo in pantaloncini. «Frank».

«Scusami, Doc. So che è il tuo giorno libero, ma questa cosa non può aspettare».

Bilotti inarcò le sopracciglia. «Entra. Cosa ti preoccupa?»

«Shea. Questo caso dell'assassino della Preserve. Ogni volta che sono vicino alla soluzione, mi sfugge tra le dita. È come se l'assassino fosse un dannato fantasma».

«Calmati». Indicò un paio di poltroncine. «Vuoi un bicchiere di vino?»

«No, no. Ho bisogno che tu mi spieghi una cosa».

Bilotti incrociò le gambe. Aveva le ginocchia ossute. «Spero di poterti aiutare».

«Abbiamo Shea in custodia nel Jersey. Sostiene di non averci nulla a che fare. Il suo avvocato ha detto che ha donato il midollo osseo. Ho controllato su Google e non riesco a capirci niente. È possibile che qualcun altro abbia il suo DNA?»

«Se ha subito un trapianto di midollo osseo, è molto possibile, persino probabile, che il ricevente abbia il DNA del donatore».

«È come una trasfusione di sangue?»

«No. Le trasfusioni di sangue modificano temporaneamente il profilo del DNA nel sangue. Le cellule del sangue devono essere continuamente rimpiazzate, e queste nuove cellule sono prodotte dalle cellule staminali del midollo osseo. Se una persona riceve un trapianto di cellule staminali del midollo osseo di qualcun altro, le nuove cellule del sangue create avranno il DNA del donatore».

Mi alzai in piedi. «Quindi, quello che stai dicendo è che il suo DNA si trova in un'altra persona?»

«È possibile».

«È una follia. Roba da Frankenstein».

Bilotti rise. «Scusa. In realtà è abbastanza comune usare le cellule staminali del midollo osseo per trattare la leucemia e il linfoma».

«Non dirmi che mi imbatterò in altri casi in cui il DNA non conta».

«Conterà sempre, ma in rari casi può essere un fattore di complicazione. Nella maggior parte dei casi, i medici rimuovono le cellule staminali del paziente stesso, congelandole mentre il paziente si sottopone a chemioterapia, prima di reinserirle».

«E così manterrebbero il loro DNA?»

«Sì».

Mi lasciai cadere sul divano. «Comunque, è da pazzi. Devo ricominciare da zero».

«Non necessariamente. Potresti essere in grado di rintracciare il ricevente, che potrebbe essere l'assassino».

«Pensi che si possano ottenere queste informazioni nel mondo di oggi?»

Bilotti si strinse nelle spalle. «Con le leggi sulla privacy, sarà difficile, e spesso si tratta di una donazione anonima».

«La solita fortuna».

«Sei pronto per quel vino, adesso?»

«Solo un bicchiere».

Seguii Bilotti in cucina. Sfilò una bottiglia chiara da una cantinetta per vini. «Questo è perfetto. È un Albariño spagnolo. Leggero e rinfrescante».

Mentre inseriva il cavatappi, chiesi: «Potrebbe essere un maschio ad avere il DNA femminile di Shea?»

«Assolutamente».

Scossi la testa. «Non possiamo nemmeno escludere un sesso».

«Mi dispiace, Frank». Mi porse un bicchiere. «Vedi se riesci a sentire il lime e il pompelmo in questa meraviglia».

Presi un sorso, ma era impossibile sentire alcun sapore se non quello della bile che mi risaliva in gola.

65

Derrick rispose al telefono. Mettendolo in attesa, disse: «Frank, è il dottor Cartwright del Moffitt Cancer Center».

Afferrai la cornetta. «Dottor Cartwright, sono il detective Luca. Grazie per aver richiamato».

«Nessun problema, detective. Sono io che dovrei scusarmi per averla fatta attendere l'approvazione dell'ufficio legale».

«Capisco. Cosa può dirmi?»

«Rachel Shea ha offerto il suo midollo osseo e io ho eseguito il trapianto nel giugno del 2019».

«Chi ha ricevuto il suo midollo osseo?»

«Fino a due persone hanno ricevuto le sue cellule staminali, ma temo di non poter essere più specifico».

«Capisco le leggi sulla privacy, dottore, ma stiamo parlando di un serial killer».

«Anche se volessi, non potrei dirglielo. È stato fatto tutto in forma completamente anonima».

«Sta cercando di dirmi che ha operato qualcuno senza nemmeno conoscerne il nome?»

«Può sembrare assurdo, ma succede di continuo. Donatori e riceventi hanno il diritto di partecipare in forma anonima e, in questo caso, è andata così».

«Qui si tratta di vita o di morte. Deve aiutarci. Le prometto che manterremo la massima riservatezza».

«Ho familiarità con le situazioni di vita o di morte, detective».

«Mi scusi, signore. Non possiamo trovare una scappatoia?»

«Infrangere il voto di anonimato minerebbe la nostra missione. Non possiamo rischiare di danneggiare la nostra integrità. Porterebbe ad avere meno donatori e ad aiutare meno persone».

«Fatico a credere che collaborare per identificare un serial killer possa danneggiare la vostra attività. Ma se mi costringerà, chiederò a un giudice di decidere sul rilascio delle informazioni».

«Il centro difenderà i propri diritti, inclusa l'opposizione a un'ordinanza del tribunale, qualora Lei riuscisse a ottenerla».

«Faremo ciò che è necessario per proteggere i cittadini. Sono sicuro che genererà molta pubblicità, cosa che a Lei non farebbe piacere».

«Ho esposto la posizione del centro e il mio tempo è scaduto».

Riattaccai, chiedendomi se Cartwright avesse una laurea in legge. «Non ci aiuteranno e hanno detto che si opporranno se chiederemo un'ordinanza del tribunale».

«Ma c'è un serial killer là fuori».

«La comunità medica dovrebbe salvare vite, non

metterle a rischio nascondendosi dietro delle linee guida. Dov'è la flessibilità in un caso come questo?»

«Chiederemo comunque un'ordinanza del tribunale, vero?»

«Assolutamente. La scarico sulle spalle di Remin. Lascio che sia lui a redigere la richiesta. Penso che la otterremo, ma se faranno ostruzionismo come ha detto Cartwright, non si sa dove andremo a parare né quanto tempo ci vorrà».

«Non posso credere che dobbiamo lottare per una cosa del genere».

Scossi la testa. «Sottoscrivo. Ma non possiamo stare qui ad aspettare che i tribunali decidano. Per ora abbiamo la Shea, ma riesaminiamo tutti, uomini e donne, che sono apparsi sul radar. Controlla con lo studio del dottor Bigham; scopri se curavano persone con leucemia o linfoma. E di' alla squadra di darsi da fare anche loro».

Iniziai con Melissa Wright. Leggendo tra le righe, cercai di trovare indizi che potessero indicare che fosse stata malata.

Cercare il cancro era sconcertante. Mi aveva trovato senza alcun aiuto. Andare a cercarlo avrebbe fatto infuriare gli dèi del karma? Era un pensiero stupido. Ma perché tentare qualsiasi potere metafisico esistesse?

Non avevamo mai chiesto della storia clinica della Wright, ma sembrava in salute. Controllai l'autopsia. Bilotti aveva annotato che era in buona salute. Passai a Ryan. Se la faceva con la Wright. Il venditore di MINI Cooper conosceva anche il dottor Bigham, e il suo suicidio continuava a non quadrarmi.

Derrick riattaccò. «Lo studio di Bigham non si occupa di cancro. Hanno detto che se avessero trovato qualcosa di insolito, avrebbero indirizzato i pazienti a un ematologo».

«Hai ottenuto le informazioni di contatto per questi specialisti?»

«Sì, ma non credo che qualcuno ci darà un elenco di nomi».

«Probabilmente no, ma contatta e scopri a quale oncologo li indirizzerebbe l'ematologo».

«Okay».

Alzando la cornetta, dissi: «Più nomi abbiamo, più alta è la possibilità di trovare una connessione».

«Ricevuto».

Rispose al primo squillo. «Signora Ryan?»

«Sì. Chi parla?»

«Detective Luca».

«Oh. Salve».

«Avrei una domanda sulla salute di suo marito».

«La sua salute?»

Era stata una domanda stupida. «Mi chiedevo se avesse avuto problemi di sangue gravi, come la leucemia». Prima che potesse rispondere, mi resi conto che chiamarla era ridicolo. Ryan era già morto quando fu scoperto il corpo di Trent.

«Sì, li ha avuti. Se non ricordo male, aveva circa dieci o dodici anni. Perché me lo chiede?»

La cronologia non tornava. «Stiamo seguendo ogni pista. Per caso, ha subìto un trapianto di midollo osseo?»

«Non credo. È stato molto male e ne ha passate tante, ma non gli piaceva parlarne».

«Capisco. Grazie. La terrò informata se avremo bisogno di altro».

Non si poteva mai sapere se qualcuno fosse stato colpito dal cancro e avesse affrontato l'inevitabile battaglia per la sopravvivenza. Ryan era un donnaiolo e aveva tradito sua moglie, ma sono sicuro che avesse sofferto fisicamente e mentalmente. La mia mente vagò verso i genitori di bambini malati.

Tra il mio cancro e la sclerosi multipla di Mary Ann, non c'era dubbio che ci fossero state distribuite due brutte mani. Ma ero grato che Jessie fosse in salute.

Girai pagina e la foto di Stephen Ong mi fissò. C'era qualcosa in quel tipo. Non riuscivo a capire cosa fosse. Era meticoloso, sempre ben vestito, con un appartamento più bello di una casa modello.

Ong aveva mentito sul suo alibi e frequentava Addison. Anche lei andava ricontrollata. Non avevamo mai verificato il DNA di Ong e avevamo abbandonato la sua pista quando il sangue aveva spostato l'attenzione su una donna.

Rilessi le interviste e le informazioni di base che avevamo raccolto. Ong aveva lavorato per un'agenzia immobiliare a Mercato per tre anni. Avevamo bisogno di qualcuno che lo conoscesse all'epoca del trapianto.

L'unico suo amico che avevamo, Sal Takeya, era stato usato da Ong per fabbricarsi un alibi. Era il punto di partenza naturale. Se non avesse potuto aiutare, un nome portava sempre a un altro. Presi il telefono, sperando che la catena di nomi fosse breve.

66

Mentre aspettavo che l'amico di Ong richiamasse, risposi al telefono che squillava, parlai per un minuto e riattaccai sbattendo la cornetta. Quali erano le probabilità che le telecamere di Bridgewater Bay fossero fuori uso da un mese? Il modo più semplice per tracciare i movimenti di Shea era sfumato. L'universo era contro di me? Contro la risoluzione di questo caso?

Feci un respiro profondo, rassicurandomi che avevamo già ricostruito la maggior parte dei fatti. Avevamo confermato che lei si trovava in città quando era avvenuto ciascuno degli omicidi. Un vicino credeva che Shea avesse noleggiato un'auto bianca, ma non era riuscito a identificarne la marca, se non per il fatto che riteneva fosse giapponese. Ci sarebbe servito un mandato per ottenere i dettagli dell'autonoleggio.

Se si trattava della Hertz, avevo un amico che forse avrebbe potuto aiutarmi, ma era chiedere troppo. Il telefono squillò e allungai la mano per prenderlo.

«Salve, detective. Mi ha lasciato un messaggio?»

«Grazie per avermi richiamato, signor Takeya.»

«Nessun problema. Come mai questa telefonata?»

«Stephen Ong. Ha avuto un cancro circa otto anni fa?»

«Stephen? Non saprei. Non ha mai detto nulla, ma ci siamo conosciuti solo cinque anni fa.»

«Conosce qualcuno che conosca bene il signor Ong?»

«Ha una sorella in Ohio. Sono quasi certo che si chiami Betty, ma non si parlano più.»

«In che parte dell'Ohio?»

«Cleveland? Ricordo che diceva che la sua famiglia viveva dove si trova la Rock and Roll Hall of Fame.»

«Questo è d'aiuto. Sa se andava da un ematologo o un oncologo?»

«No, ma perché questo tipo di domande?»

«Sto solo sistemando gli ultimi dettagli.»

«È in qualche tipo di guaio?»

«No, no. Una persona con il suo stesso nome è saltata fuori in un'indagine per frode e sto solo verificando ogni possibile pista.»

«Oh.»

«Grazie per il suo tempo. Contatterò sua sorella. Se dovesse ricordarsi altro, la prego di chiamarmi.»

«Sa, in effetti Stephen ha accennato al fatto di essersi preso un anno sabbatico…»

«Quando è stato?»

«È buffo. Ha detto di essere rimasto bloccato in casa a guardare gli spot elettorali di Trump e Clinton.»

«Quindi era intorno al 2016?»

«Credo di sì.»

«Ha detto perché si è preso quell'anno?»

«No. Ha solo detto che era stato un brutto capitolo della sua vita e che non voleva parlarne.»

Ong non aveva né l'età né una posizione abbastanza altolocata da aver bisogno di un anno sabbatico per ricaricare le batterie. L'unica ragione che avesse senso era la salute.

Poteva trattarsi della sua salute mentale e che, per questo, fosse restio a parlarne. Ma poteva anche essere stato un cancro. Quando avevo avuto il cancro alla vescica, sentivo che nessuno capiva cosa stessi passando e lo tenni per me.

Rintracciando la sorella di Ong, sorrisi. Finalmente, una svolta. Potevano esserci decine di persone di nome Ong a New York City o a San Francisco, ma a Cleveland ce n'erano tre e solo una si chiamava Susan.

Le lasciai un messaggio e presi il fascicolo del caso, sfogliandolo fino alla sezione su Addison. Il suo DNA non corrispondeva al sangue sui pantaloni di Trent, ma quella era solo una vittima. Aveva una Honda bianca, era stata arrestata per aggressione e aveva una strana relazione con Ong.

La possibilità di due assassini rimaneva. Valutando la probabilità che potessero essere Ong e Addison, presi il telefono.

«Casey, sono Luca.»

«Salve, detective. Cosa posso fare per Lei?»

«Stai indagando su chi avesse accesso a una fonte di sangue.»

«Sì, esatto.»

«Fammi un favore, per il momento concentrati sulla possibilità che Addison o Ong potessero metterci le mani sopra.»

Riattaccai, cominciando a dubitare che fosse giusto

concentrarsi sul sangue, quando il telefono della scrivania squillò. «Omicidi, detective Luca.»

«Frank, sono Mindy Morton.»

Era una paralegale che lavorava per la procura. «Ciao, Mindy. Cosa posso fare per te?»

«Niente, Johnson voleva che ti informassi che l'estradizione di Shea è stata impugnata.»

«Stai scherzando?»

«No. L'istanza presentata dal suo avvocato cita il fatto che si tratta di un reato capitale.»

«Non la manderanno qui perché abbiamo ancora la pena di morte?»

«Crediamo che sia una tattica per ritardare i tempi.»

«Cosa faremo?»

«Abbiamo già risposto.»

«Quanto tempo ci vorrà?»

«È difficile da prevedere, tuttavia, ci aspettiamo una risoluzione a breve.»

«Insisti più che puoi. Devo interrogarla.»

Perché mai uno Stato dovrebbe voler proteggere una potenziale serial killer? Se Shea era l'assassina, i crimini erano stati commessi in Florida e sarebbero stati soggetti alle nostre leggi. Mi alzai e uscii nel parcheggio. La luce del sole mi aiutò a ritrovare la concentrazione.

Chiusi gli occhi, volgendo il viso verso il calore. Contai fino a venti, come mi aveva suggerito la dottoressa Bruno. Questo riordinò i miei pensieri su quali fossero le mie responsabilità.

Il mio lavoro era duplice: catturare l'assassino e fornire ai procuratori prove incriminanti. Dovevo concentrarmi sull'adempimento del mio obbligo. Per quanto fosse difficile da accettare, ciò che accadeva dopo era fuori dal mio controllo.

Mi godetti un altro minuto di sole e rientrai. A pochi passi dal mio ufficio, sentii chiamare il mio nome: era Casey.

«Mi serve un minuto, signore.»

«Entra.»

I suoi occhi erano fissi sulle sue scarpe. «Mi dispiace, ma c'è stata una svista.»

«Che tipo di svista?»

«Beh, ricontrollando la lista dei pazienti del dottor Bigham, ci siamo resi conto che Riley Addison era una sua paziente.»

«Come diavolo ce lo siamo perso?»

«Avremmo dovuto notarlo, ma l'ambulatorio del medico aveva il nome invertito. Risultava come Addison Riley.»

«Questo dimostra che ha interagito con Bigham. Potrebbe cambiare tutto.»

«Lo so, signore. Vorrei che ce ne fossimo accorti prima.»

Infierire non sarebbe servito a nulla. «L'importante è che l'hai scoperto. Ora andiamo avanti. Manderò Derrick a fare un salto nei loro uffici. Non si sa mai cosa potremmo scoprire su questa relazione.»

«Mi sembra un buon piano.»

«Ah, e vedi se ci sono prove che Addison abbia avuto relazioni lesbiche.»

Casey se ne andò e io elaborai la notizia. Addison era passata in secondo piano come sospetta per la sua mancanza di legami. Mentre il mio telefono squillava, mi chiesi come la scoperta di una semplice trasposizione avrebbe influenzato il caso.

67

Tolsi entrambe le foto dei gemelli Turley. Il loro DNA non corrispondeva. Invece di buttarle, le misi in fondo alla lavagna. «Per ogni evenienza. Non voglio perderli di vista».

«E abbiamo eliminato Dreman» disse Derrick. «Era più furba di quanto pensassi, a ricettare merce a Orlando».

Sfilai la puntina che teneva la foto di Riley Addison e la spostai in cima alla lavagna. «Non ci vuole un genio per capire che è più rischioso vendere merce rubata vicino a casa».

«Parole sante. Ma se la faceva arrivare da Miami, era un piano niente male».

«Gesso ha detto che sta rintracciando la proprietà ricettata legata a Miami. Vedremo cosa salta fuori. Ma dato che Addison e Ong sono stati rilasciati, voglio che siano sorvegliati».

Derrick si alzò. «Vado a vedere cosa si può fare».

«Più ci penso, più mi convinco che, primo, il legame di

sangue è la chiave e, secondo, è molto probabile che ci siano due assassini».

«L'ipotesi dei due killer spiegherebbe la mancanza di collegamenti e di un movente».

«Non trovare alcuna prova che Shea conoscesse Trent renderebbe l'omicidio casuale. O Shea è una psicopatica di prima categoria, o un assassino ha il suo DNA».

«Torno subito».

Esaminai ogni foto, soffermandomi su quelle di Ong e Addison. Erano una strana coppia, ma erano degli assassini? Cosa c'era nel passato di Ong che l'aveva tenuto fuori dai radar per un anno? Non avevamo trovato prove che avesse precedenti. Si trattava di una malattia che richiedeva un trapianto?

Addison era un enigma: lavorava nello stesso ufficio di Trent e aveva una relazione con lui. Era una brava bugiarda e, lavorando per la Bank of America e facendo festa fino a tarda notte, sembrava vivere quella doppia vita di cui un assassino ha bisogno per mimetizzarsi.

Cosa significava l'arresto per aggressione? Stava perdendo il controllo?

Il mio sguardo scese più in basso, su Hatch. La maggior parte di ciò che avevamo su questo caso era circostanziale, ma le prove su Hatch erano ancora più deboli. C'era quella storia metafisica, e suo padre e Addison avevano una relazione stabile. C'era la condanna per porto d'armi abusivo e qualcosa l'aveva spinta a fuggire. Avevamo emesso un avviso di ricerca per lei, ma non l'avevamo ancora presa.

Guardando McGovern, mi chiesi perché l'assassino fosse sparito dalla circolazione. Per fortuna, non c'era stato un altro cadavere. E non avevamo più ricevuto sue notizie. Perché? Perché Ong e Addison erano nel nostro mirino? O perché Shea era dietro le sbarre? O perché gli altri stavano in guardia?

Considerando le varie possibilità, studiai il viso cereo di McGovern. L'avevamo tenuto d'occhio, ma non usciva di casa da una settimana. Era perché aveva paura che gli stessimo col fiato sul collo?

Derrick rientrò e disse: «Gesso ha detto che con l'influenza che gira, non hanno abbastanza uomini per sorvegliare nessun altro».

«È ridicolo. Vado da Remin. Ha promesso che ci avrebbe dato ciò di cui avevamo bisogno».

––––––––

DERRICK ALZÒ lo sguardo quando rientrai in ufficio. «Oh-oh».

«Lo sceriffo ha detto che oggi ventidue agenti si sono dati malati».

«Sapevo che girava, ma questo è pazzesco».

«L'ultima cosa che ci serve è beccarcela anche noi».

«Io e Lynn abbiamo fatto il vaccino antinfluenzale. E tu?»

«No, non lo faccio mai».

«Davvero?»

«Ha un'efficacia solo del quaranta per cento. E Mary Ann ha paura di mettersi in corpo qualsiasi altra cosa».

«Capisco. Ma dovresti davv…»

«Basta, ti prego!» Mi lasciai cadere sulla sedia. «Scusa, sono solo frustrato».

«Non fa niente. Sai, posso occuparmi io di Ong se vuoi».

«Mi scoccia fare a meno di te, ma penso che dobbiamo tenerlo d'occhio».

«Resta Addison».

Mentre il mio telefono squillava, dissi: «Di' a Gesso di spostare la sorveglianza da McGovern ad Addison».

Risposi alla chiamata. Una donna, con il raffreddore, disse: «Salve, sono Susan Ong. Mi ha lasciato un messaggio?»

«Sì. Grazie per avermi richiamato».

«Nessun problema. Perché mi ha chiamata?»

«Riguarda suo fratello, Stephen».

«Oh, no. Non mi dica che gli è successo qualcosa».

«No, sta bene».

«Meno male. Io e Stephen ci siamo un po' allontanati. Non gli parlo da anni».

«Non sono autorizzato a dire molto, ma stiamo conducendo un'indagine ad ampio raggio che riguarda false identità e cose del genere».

«Gli hanno rubato l'identità?»

«No, ma, uh, non posso davvero rivelare altro, ma si può dire che avevano delle informazioni e stavano sondando il terreno».

«È pazzesco quello che succede di questi tempi».

Aveva centrato il punto. «Quindi, stiamo cercando, uhm, una verifica indipendente di dettagli che un hacker non potrebbe conoscere».

«Ha senso».

«Dunque, Stephen ha avuto un periodo di oltre un anno, crediamo, in cui non ha lavorato, circa quattro anni fa».

«Sì, ha avuto un crollo nervoso e non è stato un bel periodo. Sono anche andata a trovarlo in quel posto orribile dov'era rinchiuso».

«Che posto era?»

«Un ospedale psichiatrico a Toledo».

«Giusto, giusto. È stato lì per un anno?»

«Più o meno. Dopo che aveva continuato a fare minacce, hanno detto che era un pericolo per sé e per gli altri e lo hanno ricoverato lì. L'ho visto subito dopo che era entrato e, devo dire, non pensavo che sarebbe mai stato rilasciato, ma per fortuna si è ripreso».

«Si è ripreso completamente?»

«Gli ho parlato quando è uscito, ed era tornato il solito arrogante di sempre».

«Arrogante riguardo a quello che gli era successo?»

«No. Riguardo a tutti e a tutto. Non è una bella cosa da dire, ma è molto presuntuoso».

«Capisco. Chi aveva minacciato?»

«Il suo capo, un collega e un cliente».

«Dove lavorava?»

«In una di quelle banche del sangue mobili che sono state rilevate dalla Quest».

«A Cleveland?»

«Sì».

«Grazie. Lei è stata molto d'aiuto. È importante mantenere segreta questa indagine. Non possiamo farne parola con Stephen. Se gli hacker scoprissero che siamo sulle loro tracce, sparirebbero. Sarebbe anche un intralcio alla giustizia».

«Non si preoccupi».

Quale frase detestavo di più: *Nessun problema* o *Non si preoccupi*? «Grazie, signora».

Misi Derrick al corrente della telefonata. «Mettiti alle calcagna di Ong. Io faccio in modo che Gesso sposti la sorveglianza da McGovern ad Addison».

68

MENTRE ENTRAVAMO IN CASA, DISSI: «SONO DAVVERO FIERO di te».

«Lo siamo entrambi» disse Mary Ann.

«Grazie. Sono contenta che ci foste entrambi» disse Jessie.

«Non me lo sarei perso per niente al mondo, piccola». Non era stato facile sgattaiolare via mentre il mio partner era seduto in macchina a sorvegliare Ong. Andando verso la camera da letto, immaginai Derrick con in mano un thermos di caffè.

Mary Ann mise su un altro film di Hallmark. Non mi lamentai; la mia mente era all'assassino della Riserva. Passare in rassegna i sospettati rafforzò l'idea che potessero esserci due assassini. Mi si rivoltò lo stomaco; li avevamo entrambi tra i sospettati?

Ong e Addison erano una coppia. Ma erano forse i Bonnie e Clyde del sistema dei parchi di Collier? Mi alzai. «Vuoi qualcosa?»

«No, sono a posto».

Presi una bottiglia d'acqua e mi sedetti. Stava andando in onda la scena di un matrimonio. Mi riportò alla mente la nostra piccola cerimonia. Quando il marito recitò: «In salute e in malattia», il mio sorriso svanì. McGovern aveva detto che sua moglie se n'era andata quando si era ammalato.

Arrivò un messaggio da Derrick. «Controllo veloce. Tutto tranquillo a casa di Ong». Sentii un peso sul petto. Risposi: «Siamo appena tornati dalla cerimonia».

«È andata bene?»

«Sì. Siamo fieri di lei».

«Meno male che sei potuto andare».

«Sto per andare a tenere d'occhio McGovern».

«Perché?»

Non potevo dire che mi sentissi in colpa. «Gli omicidi sono avvenuti di notte. Bisogna sorvegliarlo».

Non mi contraddisse. Mi alzai dal divano. «Era Derrick. Con questa influenza in giro, non abbiamo gli uomini che ci servono. Vado a fare un giro per dare una mano».

«Sono le otto».

«Non fa niente. Non aspettarmi sveglia».

———

Spensi i fari e mi fermai a due case di distanza da quella di McGovern. La pressione sul petto si allentò. Scivolando più in basso sul sedile, mandai un messaggio a Derrick per fargli sapere che ero in posizione e sintonizzai la radio su una stazione jazz.

Non ascoltavo molta musica ma, quando ero una recluta a New York, il mio primo partner era un grande fan di Stan Getz, e durante gli appostamenti metteva su musica bossa nova. Era incredibile come facesse passare il tempo in fretta.

Mentre muovevo la testa a ritmo di un pezzo swing, una coppia di fari si fece lentamente strada lungo la via. Erano le 21:38. L'auto si fermò davanti alla casa di McGovern. Era tardi per una visita. A meno che non avesse un complice.

Un uomo sulla ventina scese dall'auto. Aveva due sacchetti bianchi. Erano troppo piccoli per del cibo d'asporto. Andò alla porta, suonò il campanello e porse i sacchetti a McGovern.

Il fattorino risalì in macchina e proseguì. Sul cruscotto c'era un cartello. Aveva una W rossa: Bingo. Stava consegnando delle ricette mediche da Walgreens. McGovern era malato.

Dopo un'ora, chiamai Mary Ann per darle la buonanotte e assicurarle che stavo bene. Tenendo gli occhi sulla casa di McGovern, chiamai Derrick. Avevo bisogno di valutare con lui se parlare o meno con Ong. Tutto ciò che avevamo indicava che Ong era diventato un agente immobiliare dopo il suo rilascio. Non riuscivamo a trovare prove che avesse lavorato di recente per un'azienda di prelievi ematici o per un laboratorio.

Aveva senso verificare se un amico, inclusa Addison, avesse modo di accedere al sangue. Anche se pensavo di poter spremere qualcosa di utile da Ong, avrei aspettato.

Alle tre del mattino, mandai un messaggio a Derrick dicendogli di andare a casa. Avevamo bisogno di dormire. Tornai a casa, dubitando della decisione di aspettare a parlare con Ong e rimuginando su come tenere d'occhio ogni sospettato.

Con le labbra incollate a una tazza di caffè, entrai in ufficio. «Buongiorno» disse Derrick.

Aveva quindici anni meno di me, ma non aveva bisogno di dormire? «Giorno».

«Come ti senti?»

«Io? Alla grande».

Lui alzò le sopracciglia. «Bene. Ho chiamato Gesso per vedere come siamo messi con i numeri all'appello».

«Da quello che ho visto in giro, questo virus ti mette al tappeto per cinque o sette giorni».

«Lo so».

Esaminai gli arresti del giorno precedente. «Questa merda di metanfetamina ci sta riempiendo le carceri».

«Un paio di giorni fa ho letto un rapporto della DEA. Diceva che il cinquanta per cento della metanfetamina prodotta nel mondo viene consumata in America».

«Un primato di cui andare fieri, non c'è che dire».

«La metanfetamina sembra peggio del problema degli oppioidi. Non so come faremo a invertire la rotta».

«È una crisi. In posti come il Johns Hopkins stanno sperimentando farmaci psichedelici per curare i tossicodipendenti, e i risultati sono promettenti».

«Dobbiamo pensare fuori dagli schemi se vogliamo venirne a capo».

Dissi di sì, che forse poteva funzionare per la tossicodipendenza, ma non per dare la caccia agli assassini. Quello che dovevamo fare era scavare più a fondo, unire i puntini, anche se alcuni erano a malapena leggibili. Bisognava essere aperti a tutte le possibilità e usare i fondamentali per indagare.

Derrick prese il telefono. Era Gesso. Mi fece il pollice in

su e lo ringraziò. «Gesso ha detto che può coprire Addison e Ong».

«Bene. Riesaminiamo tutto quello che abbiamo. Un ripasso potrebbe farci bene. Forse qualcosa scatterà. E qualsiasi informazione raccolta dalla squadra è stata esaminata man mano che arrivava».

«Vero. Guardare tutto insieme potrebbe aiutare».

«Perché non inizi con Addison e Ryan? Io parto con McGovern e Ong».

Presi un sorso di caffè e aprii il fascicolo del caso alla sezione McGovern. Casey e la sua squadra avevano ottenuto venti foto di McGovern risalenti agli ultimi dieci anni.

Ce n'era solo una di lui all'aperto. Era con una donna. Il suo viso mi era familiare.

Girai la foto. Era la sua ex moglie, Diane. Sebbene la foto fosse stata rimossa da Facebook, l'avevamo recuperata. Ero sicuro di averla vista da qualche parte e presi nota mentalmente di controllare dove lavorasse.

Rilessi il riassunto dei nostri interrogatori. L'episodio al Molo di Naples, dove avevamo pensato che potesse essere stato lui a telefonare al giornale, mi parve strano. Guardai una foto del suo viso cereo.

Si trovava in una zona dove c'erano delle barche all'ora della telefonata. All'inizio sembrava incriminante, ma la chiamata era stata fatta davvero vicino all'acqua? Non avevamo nulla che indicasse da dove fosse partita. Diffidavo sempre delle coincidenze, ma questa non sembrava essere niente di più.

Scorsi velocemente il resto del materiale su McGovern. Guidava una Honda bianca e sosteneva di essere insonne. C'era qualcosa in lui che non mi convinceva, ma c'era un motivo se era in fondo alla lista dei sospettati.

Passando alla sezione su Ong, il fatto che avesse mentito sul suo alibi, non una ma ben due volte, mi colpì come una doccia fredda. Dissi: «So che avevamo detto di aspettare, ma voglio parlare con Ong».

«Davvero?».

«Sì. Stare qui con le mani in mano non mi sembra giusto».

«Vuoi che venga anch'io?».

Afferrai la giacca. «No. Se ci andiamo in due, si chiuderà a riccio».

69

FERVEVANO I LAVORI DI COSTRUZIONE IN UN ALTRO EDIFICIO, vicino a Goodlette. Naples Square faceva parte di un progetto di ampliamento del centro città. Vivere vicino alla Fifth Avenue era costoso e non si poteva comprare in questo complesso per meno di due milioni di dollari.

Avvicinandomi all'appartamento di Ong, diedi un'occhiata all'auto che sorvegliava casa sua. Suonai il campanello. Ong aprì la porta, scuotendo la testa. «Deve passare dal mio avvocato.»

C'era qualcosa che non andava. I suoi occhi erano vitrei e aveva la camicia fuori dai pantaloni. «Non sono qui per quello che è successo al Blue Martini.»

Iniziò a chiudere la porta. «Non importa.»

«Ho parlato con sua sorella.»

Lui corrugò la fronte. «Mia sorella?»

«Sì. Susan di Cleveland. Aveva molte cose da dire.»

«Ha un rapporto difficile con la verità.»

«Quello che mi ha detto sulle minacce di morte che lei

ha rivolto al suo capo, a un collega e a un cliente ha trovato riscontro.»

«È stato un malinteso.»

«Dev'essere stato un grosso malinteso per farla ricoverare in un istituto.»

Il suo viso si rabbuiò.

«Mi parli del suo lavoro all'emoteca mobile.»

Lui sbatté la porta. «Mi lasci in pace.»

Sapeva che gli stavamo addosso. Mi diressi verso l'ufficio vendite. Una donna con una gonna che sembrava dipinta addosso scattò in piedi dalla sedia. «Benvenuto a Naples Square, il posto che amerà chiamare casa.»

Sorrisi. «Siamo ancora alle prime fasi, ma vorrei vedere le Sue planimetrie.»

«Con piacere. Le interessa un bilocale, un trilocale? O qualcosa di più grande?»

«Almeno un bilocale. Vorrei vederne qualcuno con un secondo ingresso. Nostra figlia ha vent'anni e vorremmo darle la libertà di entrare e uscire come le pare.»

«Al momento non offriamo questa opzione. Tuttavia, tutte le nostre residenze sono state progettate per soddisfare le esigenze di privacy dei proprietari, con una comoda separazione dagli ospiti.»

Ong non aveva un'altra via d'uscita per sparire. «Mi dispiace, ma credo sia meglio tornare con mia moglie.»

Tornai in ufficio con due cose in mente: assicurarmi di tenere d'occhio Ong e spingere la squadra a trovare il collegamento tra Ong o Addison e l'accesso a una scorta di sangue.

Stavo forse dando troppo peso al sangue sui pantaloni di Trent? Era un depistaggio? Mi afflosciai sul sedile al pensiero ricorrente di dare la caccia a due assassini.

L'idea che qualcuno avesse messo di proposito il sangue su Trent mi tornò in mente. E poi la possibilità che avessimo a che fare con un secondo omicida. Ogni teoria riempiva dei buchi nei casi. Ripensai a Trent; a parte le sue scappatelle, sembrava un uomo piacevole. Ma un sacco di persone piacevoli finiscono per irritare gli altri.

Mi era difficile pensare a Trent senza che mi venissero in mente i suoi figli. Al funerale, non avevano chiaramente idea che il loro padre se ne fosse andato per sempre. Deglutii il nodo che mi si stava formando in gola e cercai di scacciare dalla mente le immagini della veglia, ma senza successo.

La moglie di Trent era curva su se stessa e singhiozzava in modo incontrollabile. Mi ricordai di aver urtato una donna mentre fuggivo in bagno. Strinsi gli occhi. Era la stessa donna della moglie di McGovern?

Accostai nel parcheggio di un Publix e feci una telefonata. «Casey, sono Luca.»

«Che succede?»

«Avete tirato fuori un sacco di foto su McGovern.»

«Sì?»

«Ce n'era una su Facebook di lui e della sua ex moglie.»

«Sì, me la ricordo.»

«Fammi un favore e mandamela, al più presto.»

«Sarà fatto.»

«Sbrigati. È importante.»

Il mio entusiasmo calò quando mi ricordai che non avevamo prove che McGovern e Trent si conoscessero. Cercai di ricordare la donna alla veglia. La mia interazione con lei non era stata più di un «Mi scusi». Ricordavo che non aveva sorriso, ma questo era tutto. La mia memoria non era più quella di una volta.

Il telefono vibrò per un messaggio. Era la foto. La studiai, ingrandendola. Cercando di ricordare qualche somiglianza nelle acconciature, misi il telefono in tasca e inserii la marcia.

La Route 41 era bloccata all'incrocio con Pine Ridge. Svoltai a destra superando i Waterside Shops e poi a sinistra su Crayton Road. Park Shore era uno dei quartieri che mi piacevano, ma avevo troppi casi che coinvolgevano i suoi residenti.

Svoltai a destra su Mooring Line Road e mi diressi verso casa dei Trent. Un SUV Kia era parcheggiato nel vialetto. Aveva visite. Sperai non fosse un uomo.

La signora Trent aprì la porta. Batté le palpebre. «Detective Luca.»

«Salve, signora Trent. Mi scusi se la disturbo, ma vorrei mostrarle la foto di una persona. Spero possa identificarla.»

«Se posso essere d'aiuto, lo farò.»

Visualizzai l'immagine e le porsi il telefono. Fu come se le avessi dato un sacchetto di escrementi di cane. Me lo restituì subito. «Questa è Brenda McGovern.»

«Come la conosce?»

Abbassò la testa e la voce. «Vic ha avuto una relazione con lei.»

Mi dispiacque per lei, ma dovevo approfondire quella relazione. «Quando è successo?»

«Circa otto anni fa.»

«Quanto è durata?»

Serrò le labbra. «Disse che era finita nel giro di un mese, ma io sapevo che andava avanti da un bel po' di tempo.»

«Ha mai conosciuto suo marito, Gene McGovern?»

«Non credo. Perché?»

«Non posso dire altro, se non che stiamo esplorando ogni possibile collegamento.»

Me ne andai da quella casa analizzando vari scenari nella mia testa. La relazione risaliva a diversi anni prima. Mi venne in mente Ethan Dwyer. Aveva aspettato anni per vendicarsi. Poteva McGovern essersela presa con Trent per avergli rovinato il matrimonio?

Ma perché gli altri? Si tornava alla teoria dei due assassini. McGovern aveva forse approfittato dell'opportunità offerta da un serial killer, facendo sembrare che la stessa persona avesse commesso tutti gli omicidi?

Il cellulare squillò mentre svoltavo su Neapolitan Way. Era Casey. «Hai un minuto?»

«Certo. Che succede?»

«Willis ha appena seguito Ong fino a un edificio medico.»

«È una clinica oncologica?»

«Ci sono tre insegne sull'edificio: una per pneumologia, una per nefrologia e una per oncologia. Sono abbastanza sicuro che l'oncologia riguardi il cancro».

Lo era senz'altro. «Riesci a scoprire in quale studio è entrato?»

«Vedo cosa posso fare».

«Assicurati che non ti veda».

70

Mi squillò il cellulare; era Gesso. «Cosa succede, Sergente?»

«Ho appena parlato con Bemis del carcere di Immokalee. Mi ha detto che un detenuto vuole parlare. Un tipo di nome Orlando Johnson ha affermato di avere informazioni su chi ha ucciso Melissa Wright. Vuole parlare».

«E cosa ha fatto questo Johnson?»

«Rapina a mano armata al Publix vicino ad Ave Maria».

Cercai di ricordare il suo volto tra le persone arrestate due giorni prima. «Era fatto. Non è vero?»

«Sì, di meth».

«Quella merda sta facendo un sacco di danni».

«Puoi dirlo forte».

«Vado io a parlarci».

«In bocca al lupo con questo tipo».

La gente dietro le sbarre direbbe o farebbe qualsiasi cosa per uscire o per ottenere uno sconto di pena. Ne avevo avuti parecchi di detenuti che mi avevano dato informazioni così inconsistenti che ci si poteva leggere il giornale in trasparenza. A rendere interessante questo caso era la tempistica.

Johnson era appena stato arrestato. Qualunque cosa avesse da dire, non proveniva da un compagno di cella che cercava di farsi un nome. Una guardia, in sovrappeso di una quindicina di chili, mi accompagnò in una stanza con i muri di blocchi di cemento gialli.

Orlando Johnson era seduto a un tavolo da picnic di metallo. Ciondolava la testa. La sua gamba sobbalzava come un martello pneumatico mentre mi presentavo. Guardandolo in faccia, capii che stava entrando nell'inferno dell'astinenza.

La panca era fredda. «Signor Johnson, mi risulta che Lei abbia informazioni che potrebbero interessarci».

«Sì, ho la roba buona, compare».

«Sono tutt'orecchi».

«Però mi deve tirar fuori di qui, se Le dico tutto».

«Lei è accusato di rapina a mano armata. È un reato grave. Non ho la bacchetta magica».

«Ma si tratta del killer della Riserva, compare».

«Se l'informazione è credibile e porta a un arresto, informeremo i procuratori, che ne terranno conto nel Suo caso».

«Ma mi serve una garanzia, compare. Ho dell'oro in mano e vale qualcosa».

«Finché non sapremo esattamente quanto vale l'informazione, dovrà fidarsi di me».

Le sue spalle si afflosciarono. «Non è giusto, compare».

«Ai Suoi occhi forse no. Ma Le prometto che, se è un'informazione solida, ne trarrà beneficio. Mi dica quello che sa».

Sbuffò. «È meglio che non mi freghiate».

«Non succederà. Cominci a parlare o me ne vado».

Johnson si grattò l'avambraccio. «Vede, questa tipa mi ha contattato».

«Chi?»

«Riley, uhm, Addison».

Mi sporsi in avanti. «Okay, quindi Addison L'ha contattata».

«Sì, esatto».

«Cosa Le ha detto?»

«Tipo, mi ha chiesto di uccidere Melissa».

«Melissa Wright?»

«Sì».

«Riley Addison Le ha chiesto di uccidere Melissa Wright?»

«Già. Ha detto che mi avrebbe dato cinquemila dollari per farla fuori».

«E Lei cosa ha risposto?»

«Io non le faccio 'ste cose. Non sono un santo o roba del genere, ma uccidere no, non lo faccio».

«Quando gliel'ha chiesto?»

«Oh, cavolo, sarà stata tipo una settimana o al massimo due prima che la tipa venisse ammazzata. Io ho pensato, tipo, "non posso credere che l'abbia fatto"».

«Dove gliel'ha chiesto?»

«Nel parcheggio dell'Alice Sweetwater's».

«C'era qualcuno con Lei quando gliel'ha chiesto?»

«No, solo io e lei».

«Cosa le ha detto?»

«Le ho detto che non faccio quel genere di affari».

«Le ha indicato qualcuno che li faceva?»

I suoi occhi guizzarono per la stanza. «Io, uhm, non conosco gente così».

«Andiamo, Orlando. Mi prende per stupido?»

«No, non penso nulla».

«Da chi le ha detto di andare?»

«Da nessuno. Lo giuro, compare».

Giurò. Dovevo credergli. «A chi l'ha indirizzata?»

«A nessuno. Forse le ho detto, tipo, che per quella merda doveva andare a Miami, ma niente di più».

«Quanto conosce bene Riley Addison?»

«Non so, abbastanza bene, credo. Uscivamo insieme, sa, un tempo».

«Usciva con lei?»

Annuì. «Più o meno».

Addison lo conosceva. Se gli aveva chiesto di commettere un omicidio su commissione, credeva che l'avrebbe fatto o che conoscesse qualcuno che l'avrebbe fatto. «Chi ucciderebbe Wright per cinquemila sacchi?»

Sbuffò. «La metà delle merde in questo posto».

«A chi ha raccomandato di rivolgersi ad Addison per il lavoro?»

«A nessuno, compare. Mi deve credere. Non voglio avere quella merda sulla coscienza».

Scommisi che in cambio di soldi per la sua dose, Johnson avesse fatto una segnalazione. Dopo dieci minuti in cui continuava a fare muro, me ne andai. C'era qualcosa. Dovevamo scavare nel passato di Johnson e vedere chi fossero i candidati.

————

DERRICK ERA di fronte alla lavagna bianca quando entrai in ufficio. «Casey è su Johnson. Sembra che questo tizio sia affiliato alla gang dei Saucy Boyz».

«Hanno fatto un sacco di colpi, ma tutti legati alla droga».

«Per quanto ne sappiamo. Per cinquemila dollari, ucciderebbero la loro stessa madre».

«Brutti bastardi. Devo andare di sopra, a vedere che margine di manovra sono disposti a dare a Johnson se canta».

«Okay».

«Se questo è stato un omicidio su commissione, probabilmente abbiamo a che fare con due assassini».

«Ho pensato la stessa cosa. Ho detto a Casey di far cercare al team dei collegamenti con qualcuna delle altre vittime.»

Mi diressi verso la porta. «Bene, ma non credo ce ne siano.»

«Aspetta un secondo. Ho parlato con la moglie di McGovern. È la direttrice di quel posto nuovo, il Del Mar sulla Fifth. Ha detto che non finisce prima delle undici, come minimo.»

«Dove abita?»

«A Forest Lakes. Dalle parti di Pine Ridge.»

«Meglio che andare in centro. Dammi il suo numero. La incontrerò a casa sua dopo il lavoro.»

«Te lo lascio sulla scrivania.»

«Torno subito.»

«Oh, un'ultima cosa. Willis ha confermato che Ong è andato da un oncologo.»

«Come ha fatto?»

«Conosci Willis, ha detto di aver abbindolato l'addetta alla reception.»

«Stagli addosso a Ong.»

Mi affrettai su per le scale sentendomi come un gioco-
liere. Sbucando dal vano scale, pensai di chiedere aiuto allo
sceriffo. Il tubo da giardino dei sospetti si era trasformato in
un idrante dei pompieri.

71

DERRICK SPENSE IL COMPUTER. «PER OGGI HO FINITO.»

Guardai l'orologio. «Sono quasi le sette. Devo andare anch'io.»

«In bocca al lupo per stasera con la moglie di McGovern.»

«È già passata da un pezzo la mia ora di andare a dormire. Speravo ci fosse una svolta.»

«Rimanda a domani. Puoi beccarla prima che entri al lavoro.»

Chiusi il fascicolo dell'omicidio. «Buona idea. Vedrò se crollo sul divano.»

Derrick rise mentre staccavo un post-it attaccato al fascicolo. «Non ho mai richiamato questa signora.»

«Ha chiamato di nuovo, oggi. Le ho detto che l'avresti richiamata domani.»

«Buonanotte.»

IL PREFISSO ERA 732. Era un numero del Jersey, ma non significava molto, dato che io stesso mi ero tenuto il numero del Jersey quando mi ero trasferito.

«Claire Shott?»

«Sì. Chi parla?»

«Detective Luca, Contea di Collier. Mi ha chiamato?»

Abbassò la voce. «Sì. Due volte.»

«Cosa posso fare per Lei, signora?»

«Voglio che indaghi sulla mia amica Natalie. È scomparsa tre anni...»

«Mi dispiace, signora, ma non mi occupo di...»

«L'ha uccisa Rachel Shea.»

«Prego?»

«Natalie era venuta giù da Albany e stava da Rachel quando è semplicemente sparita. So che l'ha uccisa Rachel.»

Mi irrigidii. «Qual è il nome completo di Natalie? E come la conoscevate, Lei e la signorina Shea?»

«Si chiama Natalie West. Lei e Rachel andavano al college insieme. Io vivevo nella stessa via. Uscivamo spesso insieme.»

«Ha presentato una denuncia di scomparsa?»

«Sono andata alla polizia di Lavallette, ma mi hanno detto che era maggiorenne e viveva in un altro stato, quindi non potevano fare nulla.»

«Ha avvisato la polizia di New York?»

«Non potevo andare ad Albany, quindi ho telefonato, ma hanno detto che non c'era nulla che indicasse che le fosse successo qualcosa di brutto. Così, quando Rachel è stata arrestata, ho capito che era stata lei.»

«Perché crede che la signorina Shea abbia fatto del male a Natalie West?»

«È una persona molto cattiva. Tutti pensano che sia una specie di angelo, ma non lo è.»

«Sa qualcosa di concreto riguardo alla signorina Shea che possa indicare una sua natura violenta?»

«Ha ucciso sua madre per i soldi. Come crede che abbia comprato la casa sulla spiaggia e il suo appartamento in Florida?»

«Questa è un'accusa grave.»

«È la verità. Si era appena trasferita da Rachel. Sono andata a trovarla il giorno prima che morisse. Stava bene, camminava, quindi com'è che il giorno dopo era morta? Tutti sapevano che era successo qualcosa di brutto, e tutto quello che Rachel diceva era che era arrivata la sua ora.»

«Come si chiamava sua madre?»

«Emily Shea. Era una brava donna, così piena di vita.»

«Perché pensa che sua figlia abbia avuto a che fare con la sua morte?»

«Ha fatto cremare il corpo subito. Niente funerale né niente.»

La cremazione e la mancanza di una cerimonia religiosa non quadravano con la persona che Shea sembrava essere. Era un campanello d'allarme. «Sa come è morta Emily Shea?»

«Probabilmente Rachel le ha dato un'overdose come ha fatto con Kenny.»

«Kenny?»

«Era il ragazzo di Rachel. È morto per overdose di eroina, ma è stata lei. Lo so. Vivevo accanto a lui. Fumava marijuana, ma nient'altro. Non si è mai fatto di roba pesante. L'ha ucciso lei. Glielo dico io.»

Faceva tre persone nell'orbita di Rachel Shea che, secondo Claire Shott, erano morte misteriosamente. Presi nota del nome completo di Kenny e promisi di verificare le accuse. Era qualcosa che potevo iniziare a controllare da casa.

———

MARY ANN si alzò dal divano. «Vado a leggere a letto. Vuoi che lasci la TV accesa?»

«No, vado a lavorare un po' nello studio finché non devo uscire.»

«Mi raccomando, fai attenzione.»

Andai nello studio e cercai il certificato di morte di Emily Shea. Mentre lo visualizzavo, mi stupiva ancora la rapidità con cui si poteva trovare qualcosa nell'era digitale.

Emily Shea aveva sessantadue anni quando era morta. La causa del decesso era indicata come naturale. Non aveva senso. Non era troppo giovane per morire di vecchiaia?

In attesa che l'ex moglie di McGovern mi scrivesse di essere a casa, mi persi in una serie di ricerche di informazioni su Kenny Green. Dopo aver confermato che era morto per un'overdose di eroina, cercai possibili arresti o trattamenti per uso di droga. L'eroina era per tossicodipendenti seri. E i tossici finiscono inevitabilmente per avere guai con la legge.

Per quanto cercassi, non trovai nulla su Kenny. Erano le undici e dieci e l'ex di McGovern non mi aveva mandato un messaggio. Gliene mandai uno per ricordarglielo e iniziai a cercare Natalie West.

C'erano ventisei donne nel database di New York. Le controllai una per una, soffermandomi su una donna con un indirizzo di Albany. Caricai la sua scheda della motorizzazione e mi fermai. La sua patente era scaduta. Dov'era questa donna?

Il mio cellulare squillò. Era Casey. «Scusa se ti disturbo, ma McGovern si sta muovendo.»

Erano da poco passate le undici e mezza. «Dove si sta dirigendo?»

«Si sta muovendo verso la Route 41.»

«Non lo perdere di vista. Sto arrivando.»

Corsi in garage e saltai in macchina. Mentre uscivo dal quartiere, Casey chiamò di nuovo. «Sembra un falso allarme, McGovern si è fermato a un Walgreens.»

I muscoli del collo si rilassarono. «Va bene. Tienilo d'occhio.»

«Ricevuto.»

L'ex di McGovern non si era ancora fatta viva. La chiamai. Stava tornando a casa, sostenendo di essersi dimenticata del nostro appuntamento. Feci un'inversione a U e mi diressi a nord. Mentre guidavo per andare da lei, riflettei sulla possibilità di passare informalmente le nuove informazioni su Shea alle autorità del New Jersey. Potrebbe essere sufficiente a costringerli a smettere di ostacolare la sua estradizione.

72

GUIDARE SU PINE RIDGE VERSO MEZZANOTTE ERA UN piacere. Mentre pensavo a come rintracciare Natalie West, mi squillò il cellulare. «Che si dice, Casey?»

«Sto rispondendo a una chiamata per rapina a mano armata e ho dovuto interrompere la sorveglianza su McGovern.»

La richiesta di rinforzi era arrivata via radio. «Al Waffle House?»

«Sì.»

«Fa' attenzione.»

«Scusa.»

«Non fa niente. Probabilmente McGovern è sulla via di casa.»

«Sì, stava andando in quella direzione.»

Era inutile. Se non stava tornando a casa, non l'avrei mai trovato. I miei pensieri tornarono su Shea. A tutti piace dire che questa o quella storia sarebbe perfetta per un film, ma niente avrebbe superato la storia di Shea, se fosse stata lei l'assassina.

Fermo al semaforo di Shirley Street, mi resi conto che avrei dovuto chiedere ai miei contatti di Monmouth County di fare un controllo su Shea. La maschera da santarellina che indossava era reale o era la migliore truffatrice del mondo?

Svoltai sulla strada di accesso e la seguii fino a un complesso di appartamenti chiamato Mira Vista. Rallentando, controllai il numero sull'edificio.

Una Honda bianca era parcheggiata nel vialetto della sua unità. Accostando al marciapiede, notai una striscia di luce sempre più grande sotto la porta del garage.

Con gli occhi fissi sulla porta che si sollevava, emersero due paia di gambe. Mi abbassai per non farmi scoprire.

Un paio di fari apparve in fondo alla strada e la coppia sgusciò fuori dal mio campo visivo.

Mentre il furgone colossale passava, la coppia tornò visibile. Strizzai gli occhi e capii di colpo: era Gene McGovern, e la Honda a cui si stavano avvicinando era la sua.

McGovern stava spingendo l'ex moglie verso il veicolo.

Un bagliore metallico balenò. Un coltello. Sganciai la fibbia della fondina. Estrassi la pistola e saltai fuori.

Con due mani sul tettuccio dell'auto, puntai la pistola. «Fermi! Polizia!»

Alzando il coltello, McGovern si tirò l'ex moglie davanti. «Se ne vada o la uccido!»

Sua moglie gemette: «No, no. Aiutatemi».

Con la pistola puntata sulla coppia, girai intorno all'auto. «La lasci andare. Possiamo risolvere questa cosa.»

«Stia indietro o giuro che la uccido qui, su due piedi.»

«Stia calmo. Nessuno si farà male.»

Trasalii quando lui le immerse il coltello nella spalla. Lei si accasciò a terra. «Lo getti o sparo!»

«Avanti. Mi spari. Non mi interessa.»

Con il dito che premeva sul grilletto, dissi: «Non gliela renderò così facile».

Chiamai rinforzi mentre McGovern allungava la mano verso la maniglia. «Non ci provi nemmeno! Le sparo alle rotule.»

Lui sogghignò: «Non ha importanza».

«Lei non sa cos'è il dolore.»

Lui abbassò la testa. «È qui che si sbaglia.»

«Getti il coltello o le faccio saltare quelle dannate rotule.»

McGovern esitò.

«Lo getti. Ora!»

McGovern lanciò via l'arma. Mi precipitai su di lui. «In ginocchio!»

Mentre lo ammanettavo, il suono delle sirene si intensificò. Mi inginocchiai accanto alla sua ex moglie. «Andrà tutto bene.»

La sua camicetta era scura di sangue. Non sembrava una ferita mortale, ma ansimava ed era debole. Sperando che fosse solo un polmone perforato, feci pressione sulla ferita mentre una pattuglia svoltava nella via.

Avevo visto piangere molti criminali durante l'arresto, ma i singhiozzi di McGovern mi misero a disagio. Lo fecero salire sul retro di un'auto di pattuglia.

In piedi nel vialetto mentre l'auto si allontanava, mi chiesi se ci fosse un altro assassino ancora a piede libero.

73

HO GUARDATO IL VIDEO DEL MONITOR PRIMA DI ENTRARE nella stanza. Perry Gorman aveva una mano sulla spalla di McGovern. Gorman era passato dall'altra parte dopo dieci anni passati a mandare gente nelle prigioni della contea di Lee.

Derrick chiese: «Ti sei mai scontrato con lui?».

«No. L'ho incontrato a un paio di eventi, ma questa è la prima volta. Vediamo cosa ha da dire McGovern». Bussai ed entrammo.

McGovern si sforzò di alzarsi in piedi. Gorman disse: «Resti seduto, resti seduto». Allungò una mano. «Salve, detective».

Mentre stringeva la mano di Derrick, feci un cenno a McGovern. Chiunque passi una notte in prigione non ha mai un bell'aspetto, ma il colorito cereo di McGovern era diventato grigio.

Ci accomodammo sulle sedie e Derrick recitò le formalità. Prima che potessi parlare, Gorman alzò una mano.

«Speriamo che la contea tenga conto della volontà del mio cliente di collaborare».

«Se fornirà un resoconto completo e una confessione e saremo in grado di evitare un processo, sono sicuro che i pubblici ministeri ne terranno conto».

«Il mio cliente è un malato terminale e vorremmo la garanzia che eviti la detenzione».

Gorman aveva delle palle grosse come una casa. «Perché non sentiamo cosa ha da dire il signor McGovern, avvocato?».

Esitò prima di dare una pacca sull'avambraccio del suo cliente. «Va bene. Avanti, Gene. Racconti loro cosa è successo».

McGovern tirò su col naso. «L'ho fatto io. Dovevo. Mi hanno rovinato la vita».

Dissi: «Che cosa ha fatto?».

«Io, ehm, li ho uccisi».

«Chi?».

«Tutti quanti».

«Melissa Wright?».

Fece un cenno d'assenso. «Era un'idiota pasticciona».

«La dottoressa Bigham?».

«Sì, lei era la peggiore, una stupida incompetente».

«Bobby Ryan?».

«No, non c'entro niente con quello».

Se era stato un suicidio, la responsabilità era della stampa, ma non c'erano leggi che li ritenessero responsabili. «E Victor Trent?».

Sbuffò. «Quegli spot. Un uomo di famiglia? Che stronzata. Quel bastardo mi ha rovinato il matrimonio».

«Come li ha uccisi?».

«Li ho pugnalati con un coltello».

«Quante volte?».

«Tre sono bastate. Anche se una volta potrebbero essere state quattro».

«Come li ha convinti a seguirla nei parchi?».

«Ho usato la pistola».

«Quella che abbiamo trovato in macchina?».

«Sì».

«Ma non l'ha usata sulla sua ex moglie».

Chinò la testa. «Dopo di lei, volevo farmi fuori».

«Voleva suicidarsi?».

«Sì. Sto morendo comunque. Ho pensato di risparmiarmi dolore e sofferenza».

«Perché l'ha fatto?».

McGovern scosse la testa e abbassò la voce. «Se lo meritavano. Mi hanno fatto passare l'inferno».

———

INFILAI una capsula nella macchina del caffè e mi stirai la schiena. Avevo fatto tardi e, piuttosto che svegliare Mary Ann, avevo dormito sulla poltrona reclinabile. Tra la poltrona e quello che McGovern aveva rivelato, avevo sonnecchiato solo per tre ore prima di farmi una doccia nel bagno a bordo piscina.

Mary Ann entrò in cucina a passi felpati. «A che ora sei tornato a casa?».

«Verso le due».

«Sembri esausto».

«Sto bene».

«Perché non sei venuto a letto?».

Versai un goccio di latte nel caffè. «Ho dormito un paio d'ore. Starò bene».

«Cos'è successo?».

Scossi la testa. «McGovern ha confessato di aver ucciso tutti tranne Ryan. Immagino sia stato un suicidio».

«Oh mio Dio. Che mostro».

«È stato pazzesco. Mi ha quasi fatto pena».

«Cosa vuoi dire?».

Mi sedetti e presi un sorso di caffè. «McGovern aveva la leucemia e nessuno se n'era accorto. Si sentiva male e il medico gli aveva ordinato le analisi del sangue. Melissa Wright lavorava nel centro come addetta alla registrazione dei pazienti e ha incasinato le scartoffie».

«Oh mio Dio».

«Dopo un paio di mesi, stava peggiorando, e qualcuno lo ha indirizzato alla dottoressa Bigham. Lei gli ha fatto fare degli esami, ma ha detto che aveva un tipo di leucemia non grave e che l'avrebbero semplicemente tenuta sotto controllo. Alla fine è venuto fuori che aveva interpretato male gli esami e il cancro era progredito».

«Due errori? È incredibile».

«È quello che ho pensato anch'io, ma Bilotti ha detto che gli errori possono capitare all'inizio con la registrazione, come ha fatto la Wright. E che i laboratori commettono errori, così come i medici, o tralasciando qualcosa o interpretandola male».

«È terribile. Si è ammalato gravemente?».

Annuii. «Alla fine ha ricevuto la diagnosi corretta e ha subito un trapianto di midollo osseo. Ha funzionato per un po', ma poi la malattia è tornata».

«Capisco perché fosse arrabbiato, ma non si va in giro a uccidere la gente quando commette un errore».

«McGovern ha detto che voleva svegliare la gente, e che per questo li ha messi in posa».

«Ci è riuscito di sicuro».

«Bilotti ha detto che ci sono prove che le persone che subiscono un trapianto di midollo osseo manifestino disturbi mentali».

«Deve deprimere».

«E Bilotti ha detto anche che rende molto ansiosi».

«Posso immaginarlo».

«Non sto cercando scuse, ma capisco perché McGovern abbia perso la testa. Ha avuto una sfortuna nera e gli è costata la vita. Il suo avvocato ha detto che gli resta meno di un anno da vivere».

Entrai in ufficio di slancio. «Se devo fare un'altra intervista, sbrocco.»

«Vedo già il titolo di domani», disse Derrick, «'Il bel Luca-'»

«Piantala, vuoi?»

«Goditela finché dura.»

«Godermela? È estenuante. Ora voglio godermi la sabbia. Andremo a Key West per un paio di giorni. Un'amica di Mary Ann ci presta casa sua.»

«Bello.»

«Non vedo l'ora. Voglio indagare su Shea. Quello che ha detto quella donna non quadra, ma non andrò in vacanza finché quella storia e quella di Addison non saranno risolte.»

«Non preoccuparti di Addison. Mentre tu facevi le tue pubbliche relazioni, noi abbiamo controllato i filmati dell'Alice Sweetwater. Non siamo riusciti a trovare Johnson.»

«Sapeva che lei lavorava lì e Addison era sulle pagine di tutti i giornali.»

«Esatto. E l'ultima volta che Johnson è stato arrestato, ha affermato di avere informazioni su un giro di droga, ma non c'era niente di vero.»

Scossi la testa. «Un problema in meno. Diamo un'occhiata a Shea, così posso partire con la mente sgombra.»

———

Mary Ann mi aveva chiesto di prendere il latte tornando a casa. Da Publix c'era una vasta gamma di tipi di latte e in effetti ce n'era bisogno. Mary Ann beveva quello di mandorla, Jessie preferiva quello di soia e a me piaceva quello scremato. Misi i cartoni nel carrello, chiedendomi cosa avrebbe avuto da dire mio padre su quelle scelte.

Percorrendo il corridoio della pasta, mi fermai. Kate Swift e sua madre stavano ponderando la scelta dei maccheroni. Mi avvicinai. «Mi scusi.»

Si voltarono e sorrisero. «Detective Luca. Come sta?», disse Kate.

Aveva messo su un po' di peso e aveva un bel colorito. «Sto bene. Lei come sta?»

«Molto meglio, grazie.»

Sua madre le mise un braccio intorno alle spalle. «Katie è tornata quella di un tempo.»

Katie scrollò le spalle. «Sto facendo qualche progresso.»

«Ce la farà.»

«Continuano a dirmi che ci vorrà del tempo.»

«Può farcela, Kate. Lei è una donna speciale.»

«Non ne sarei così sicura.»

«Beh, io sì.»

Lei abbozzò un sorriso e io ricambiai, dicendo: «Beh,

vederla mi ha davvero rallegrato la giornata. Buona serata, signore. E se avete bisogno di qualcosa, fatemelo sapere.»

Vedere la ragazza che avevo salvato dalla prigionia mi sollevò il morale a tal punto che non mi infastidii nemmeno quando la cassiera si mise a chiacchierare con i clienti invece di passare la merce. Attraversando il parcheggio, passai accanto a un uomo che indossava una maglietta dei Mets.

Mi ricordò di quando andavo allo Shea Stadium a vederli giocare. La mia mente passò a Rachel Shea.

Era una brava persona e, mentre tornavo a casa, mi sforzai di non rimuginare su come l'avevamo trascinata nell'indagine. Svoltando nella nostra strada, pensai alla donna che l'aveva accusata di aver ucciso Natalie West, sua madre e un fidanzato.

Si scoprì che la donna scomparsa aveva accettato un incarico di cinque anni a Singapore con la Microsoft. Non era scomparsa, e la madre di Shea aveva avuto tre infarti ed era morta per arresto cardiaco. Non c'era motivo di cercare Kenny Green.

Shea non era Madre Teresa, ma la donna che l'aveva accusata non era nel pieno delle sue facoltà mentali.

Scorrendo la posta, tirai fuori la busta dell'American Cancer Society. Da quando mi ero ammalato di cancro, donavamo duecento dollari all'anno. La portai nello studio e feci una rapida ricerca sugli enti di beneficenza. L'American Cancer Society aveva un'ottima valutazione, ma la Leukemia and Lymphoma Society spendeva in ricerca una parte maggiore dei dollari che riceveva.

Tirando fuori il libretto degli assegni, ne staccai uno a loro nome. Poi ne compilai un altro. Questo era per Ocean of Love, l'associazione benefica del New Jersey per cui lavorava Rachel Shea. Le avevamo sconvolto la vita e sentivo di dover fare qualcosa. E poi, era per i bambini malati di cancro.

Cento dollari era tutto ciò che potevamo permetterci, ma avrei visto cosa poteva fare la Gulf Coast Police Benevolent Association. Il caso del Killer della Riserva mi aveva procurato molta buona stampa. Non mi sarei fatto scrupoli a usare la mia buona reputazione, finché fosse durata, per aiutare Shea.

———

GRAZIE PER AVER DEDICATO il vostro tempo alla lettura di *L'assassino della riserva.*

Se vi è piaciuto, per favore, consigliatelo a un amico o lasciate una breve recensione. Il passaparola è il miglior amico di un autore. Grazie, Dan.

Dan ha una newsletter bimensile che presenta i suoi scritti, curiosità sul mondo del crimine e offerte speciali. Iscrivetevi su www.danpetrosini.com

L'ARTE DELLA VENDETTA

ALTRE OPERE DI DAN PETROSINI

Dan è un autore di bestseller per USA Today e Amazon che ha scritto la sua prima storia all'età di dieci anni e ama raccontare storie o barzellette.

Dan trae le idee per le sue storie esplorando la domanda: e se?

In quasi ogni situazione in cui si trova, Dan si chiede cosa succederebbe se accadesse questo o quello. E se questa persona morisse o facesse qualcosa di insolito o illegale?

Questo suo continuo lavorio mentale fornisce a Dan abbondante materiale da intrecciare in storie interessanti.

Amante di libri e film con colpi di scena e difficili da prevedere, Dan costruisce le sue storie in modo da impedire ai lettori di indovinarne lo svolgimento. Scrive ogni giorno, forzando le parole a uscire quando necessario, e a oggi ha scritto più di venticinque romanzi.

Non è una questione di voler scrivere, per Dan è semplicemente una necessità.

Dan crede fermamente che le persone possano realizzare i propri sogni se si concentrano e agiscono, ed è proprio ciò che incoraggia a fare.

Il suo detto preferito è: «Il prezzo della disciplina è sempre inferiore al costo del rimpianto»

Dan ricorda alle persone di eliminare la negatività dalle proprie vite. Crede che sia contagiosa e consiglia di stare alla larga dalle persone negative. Sa che avere una mentalità autentica e positiva dà la sensazione che la vita sia truccata a proprio favore. Quando si sente giù, si dice: «Non si può avere una bella giornata con un brutto atteggiamento».

Sposato, con due figlie e un Maltese bisognoso di atten-zioni, Dan vive nel sud-ovest della Florida. Originario di New York, Dan ha insegnato nei college locali, scrive romanzi e suona il sassofono tenore in diverse jazz band. Beve anche decisamente troppo vino e non si prende mai, e poi mai, troppo sul serio.

Pubblica una newsletter bimensile con articoli, i suoi scritti e offerte speciali e occasioni imperdibili.

Iscriviti su www.danpetrosini.com